A PROPOS DE L'AUTEUR

A trente ans, Susan Andersen a une révélation : avec ce qu'elle a déjà vécu, elle a de quoi écrire un livre tout entier. Une révélation qui aboutit en 1989 à la publication de son premier roman. Habituée des listes de best-sellers du *New-York Times*, de *USA Today* et de *Publishers Weekly*, Susan Andersen écrit des histoires drôles, sexy, portées par des personnages attachants et pleins de vie. Elle vit dans le Nord-Ouest Pacifique avec son mari — et bien sûr avec ses deux chats, Boo et Mojo.

Le sentiment d'aimer

SUSAN ANDERSEN

Le sentiment d'aimer

Saga
Le défi des frères Bradshaw

◆ sAGAs ◆

HARLEQUIN

Collection : SAGAS

Titre original : SOME LIKE IT HOT

Traduction française de ELISA MARTREUIL

HARLEQUIN®
est une marque déposée par le Groupe Harlequin

SAGAS®
est une marque déposée par Harlequin.

HARLEQUIN
83-85, boulevard Vincent-Auriol, 75646 PARIS CEDEX 13.
Service Lectrices — Tél. : 01 45 82 47 47
www.harlequin.fr

ISBN 978-2-2803-4880-5 — ISSN 2426-993X

1

— Je le crois pas ! Il vient chez moi ?

Quand Harper Summerville aperçut par sa fenêtre Max Bradshaw remontant d'un pas décidé son allée bordée d'arbres entre lesquels scintillait le soleil, elle était en train de savourer sa journée de repos, paressant avec volupté dans sa maison de poupée, une pièce unique avec combles aménagés mise gratuitement à sa disposition comme indemnité de logement par le village de vacances haut de gamme les Deux-Frères, où elle coordonnait les activités pendant l'été. La vue qui s'offrait de sa maisonnette sur le canal Hood — en fait, un fjord au pied des montagnes Olympiques, dans l'Etat de Washington — l'émerveillait littéralement. Les touristes non plus ne s'y trompaient pas, et ils accouraient dans la petite ville de Sequim pour admirer ce spectacle grandiose.

Mais l'arrivée de cette armoire à glace au visage fermé qui se dirigeait droit vers chez elle ternit son plaisir. Etrangement, elle sentit les battements de son cœur s'accélérer.

L'homme lui parut différent de celui qu'elle avait vu au cours de leurs deux brèves rencontres précédentes. D'autant plus que la première fois qu'elle avait posé les yeux sur lui, ainsi que lors des quelques occasions où elle l'avait entrevu en ville, il portait son uniforme de shérif adjoint. Impossible cependant de ne pas reconnaître ce grand gaillard, à l'air si dur, si fermé, si maître de lui.

— Bravo, Harper ! Tu te prends pour le centre du monde maintenant ? murmura-t-elle en le voyant quitter brusquement le sentier et s'évanouir dans la nature.

Elle aurait pourtant parié qu'il venait lui rendre visite puisque personne d'autre qu'elle n'habitait sur ce chemin avant la forêt.

Poussant un soupir — de soulagement, vraiment ? —, elle mit en place ses oreillettes et s'attaqua enfin aux derniers cartons qu'elle n'avait pas encore trouvé le courage de déballer.

Quelques instants plus tard, elle avait recouvré sa bonne humeur coutumière. Tout allait pour le mieux. Elle menait la vie dont elle rêvait, découvrant sans cesse de nouveaux lieux, nouant de nouvelles relations, exerçant des emplois qui ne ressemblaient jamais tout à fait aux précédents.

Tandis qu'elle vidait prestement les cartons du bric-à-brac que sa mère avait tenu à lui envoyer, elle se mit à chanter avec Adam Levine, des Maroon 5, et à danser en agitant son postérieur au rythme de la musique qui se déversait dans ses oreilles. Elle ne put cependant retenir une moue en pensant aux espoirs que sa mère avait nourris pour elle. Gina Summerville-Hardin refusait en effet de croire que sa fille pouvait vivre décemment sans ancrage solide quelque part ou sans des montagnes de bibelots autour d'elle. Elle-même avait souffert des éternels déménagements qu'avait imposés le travail de son mari et s'était évertuée à construire chaque fois, en compensation, un nid douillet pour sa famille. Contrairement à sa fille et à son mari, son fils Kai et elle n'avaient, eux, éprouvé aucun plaisir à visiter des pays étrangers et à rencontrer des inconnus.

Malgré son peu d'intérêt pour la décoration d'intérieur, Harper dut reconnaître que les coussins et les bougies que sa mère lui avait envoyés ajoutaient une touche chaleureuse et bienvenue à son minuscule logement. Une concession qui ne remettait cependant nullement en cause la façon dont elle avait choisi de vivre et d'honorer la mémoire de son père.

D'ailleurs, à la fin du titre des Maroon 5, elle lança la chanson fétiche de ce dernier à une époque.

— *Daddy was a rolling stone*, chanta-t-elle, accompagnant les Temptations tandis qu'elle cherchait désespérément un endroit où entreposer les autres cadeaux de sa mère dans ce logement exigu pauvre en rangements. *Wherever he…*

Elle poussa un hurlement à faire s'effondrer la maison.

Quelque chose de chaud venait de lui frôler le coude. Le cœur battant la chamade, elle tourna vivement la tête. Une large main d'homme, osseuse, aux doigts vigoureux, touchait la sienne.

— Merde ! s'exclama Max Bradshaw, alors qu'elle arrachait les écouteurs de ses oreilles et se retournait d'un bloc vers lui.

Il avait battu en retraite, bras écartés, ses larges paumes tournées vers le ciel, comme si quelqu'un lui avait tiré une balle en plein cœur.

— Mademoiselle Summerville, je veux dire Harper, je suis désolé, marmonna-t-il. J'ai frappé plusieurs fois sans résultat mais, comme je vous entendais chanter, je savais que vous étiez là. D'accord, ce n'est pas une excuse, je n'aurais pas dû entrer.

Après avoir lentement baissé les bras, il enfonça ses mains dans ses poches en un geste qui voûta ses puissantes épaules.

— Je ne cherchais vraiment pas à vous foutre... euh... à vous faire peur.

Malgré sa honte d'avoir été surprise en train de remuer son popotin en chantant à tue-tête, Harper songea que jamais auparavant Max Bradshaw n'avait aligné autant de mots d'un coup en sa présence. Elle prit une profonde inspiration et se ressaisit.

— Eh bien, quoi qu'il en soit, monsieur Bradshaw...

— Max.

— Max...

Pourquoi ne l'avait-elle pas d'emblée appelé par son prénom ? Après tout, ils avaient été présentés le jour où elle avait passé son entretien d'embauche aux Deux-Frères et ils avaient en outre participé au même barbecue, deux semaines plus tôt.

— Je disais donc que... Hé !

La porte d'entrée, qui venait de heurter violemment le mur du salon, la fit sursauter.

Max et elle firent volte-face pour découvrir, éberlués, un homme qui entrait en trombe. Du coin de l'œil, Harper vit Max porter la main à sa hanche droite, sans aucun doute là où se trouvait habituellement son pistolet.

L'individu, emporté par son élan, atterrit au milieu du petit salon tandis que, dans un claquement, la porte moustiquaire de la véranda se fermait derrière lui. Une fois sorti de la lumière crue du soleil qui inondait la véranda, il se cristallisa en un grand échalas de trente-cinq ans environ... qui disparut presque aussitôt du champ de vision de Harper, Max s'étant placé devant elle en bouclier. Elle dut se pencher sur le côté pour observer la suite des événements.

— Tout va bien, mademoiselle ? s'inquiéta le nouveau venu en jetant des regards quelque peu égarés autour de lui.

Soudain ses yeux s'agrandirent et Harper le vit avaler bruyamment sa salive dans un va-et-vient spectaculaire de sa pomme d'Adam. S'étant habitué à la relative pénombre de l'intérieur, il venait probablement de prendre toute la mesure de Max, devina-t-elle.

Une réaction compréhensible car Max dépassait largement le mètre quatre-vingt-dix et devait approcher les cent kilos.

Cent kilos de muscles.

Conscient de son infériorité physique, l'homme — un vacancier des Deux-Frères, reconnut-elle — aurait de toute évidence volontiers pris ses jambes à son cou. Malgré tout, et ce fut tout à son honneur, il s'avança et ordonna d'un ton ferme :

— Ecartez-vous d'elle, je vous prie, monsieur.

— Oh ! C'est pas vrai ! marmonna Max tout en s'exécutant.

Après avoir réprimé un rire nerveux à ce spectacle, Harper se tourna vers le client pour le rassurer.

— Tout va bien, ne vous inquiétez pas. C'est un simple malentendu. Vous êtes monsieur Wells, n'est-ce pas ? Votre femme est inscrite à mon cours de yoga du soir, je crois.

— Oui, Sean Wells, confirma-t-il d'une voix plus faible maintenant que la tension tombait.

— Je vous présente le shérif adjoint Bradshaw. Je ne l'ai pas entendu entrer à cause de la musique. Il m'a fait peur et j'ai crié. Voilà.

Quoiqu'un peu rassuré, Sean Wells considéra d'un œil dubitatif le short cargo kaki de Max, son débardeur noir et le tatouage tribal qui descendait tout le long de son bras droit à l'impressionnant biceps.

— Difficile de croire qu'il est policier, murmura-t-il.

Max le pétrifia littéralement de son regard noir.

— C'est mon jour de congé, expliqua-t-il, laconique, du même ton qu'il aurait employé pour demander à un témoin de s'en tenir aux faits.

Un ton qui enveloppa Harper comme une douce brise…

— Je suis seulement passé inviter Mlle Summerville à dîner, ajouta-t-il.

Elle tourna vivement la tête vers lui, bouche bée.

— C'est vrai ?

Mince ! Sa voix s'était-elle réellement étranglée sur le dernier mot ?

Pourtant, elle se laissait rarement déstabiliser. Mais à sa décharge elle avait des raisons d'être interloquée par cette invitation car, lors de leurs précédentes rencontres, Max avait en effet semblé l'ignorer totalement et la prendre pour une demeurée.

— Oui, répondit-il, le feu gagnant son visage anguleux. Plus exactement, c'est Jake qui m'envoie. Jenny donne une petite fête ce soir et aimerait que vous veniez.

Là-dessus, il lança à Sean Wells un regard hautain signifiant : « Vous êtes encore là, vous ? »

Sean marmonna une excuse, puis entreprit de s'éclipser sans demander son reste.

— Merci ! lui lança Harper, avant de s'adresser de nouveau à Max. Dites donc ! Vous savez faire déguerpir les gens, vous !

— Oui, c'est un de mes dons, déclara-t-il avec modestie dans un haussement de son épaule tatouée. Alors, que dois-je répondre à Jenny ? Vous venez ou pas, ce soir ?

— Je viens. Qu'est-ce que j'apporte ?

— C'est à moi que vous posez la question ? Je suis plutôt du genre à me pointer avec un pack de bières.

— J'appellerai Jenny, alors, dit-elle avec un petit sourire qu'il ne lui rendit pas.

Cependant, son visage s'éclaira légèrement. Sa façon à lui de sourire ? En tout cas, sa voix grave n'avait rien perdu de sa brusquerie lorsqu'il déclara :

— Bonne idée. Bien. Désolé de vous avoir fait peur. A ce soir.

Là-dessus, il la salua de la brève inclinaison de la tête dont il l'avait déjà gratifiée lors de leurs précédentes entrevues, puis tourna les talons.

Machinalement elle l'accompagna jusqu'à la porte et le suivit du regard jusqu'à ce qu'une courbe de l'allée le cache à sa vue.

— Waouh ! s'exclama-t-elle en retournant dans la maison.

Rien, pas même sa photo dans le dossier que l'enquêteur de

l'association Sunday's Child lui avait envoyé, ne l'avait préparée au véritable choc provoqué par la présence en chair et en os du personnage.

Au moins, cette fois, il ne lui avait pas donné du madame, songea-t-elle, amusée.

Max ouvrit brutalement la porte de la chambre que Jake, son demi-frère, avait transformée en bureau, et fonça droit vers la longue table de travail où ce dernier était assis, le regard braqué sur l'écran de son ordinateur.

— Elle viendra, dit-il, refusant de s'appesantir sur les palpitations de son cœur, qui n'avaient pas cessé depuis sa brève entrevue avec Harper. Je ne comprends toujours pas pourquoi tu ne l'as pas invitée toi-même. Après tout, c'est *ta* fiancée qui organise ce dîner.

— Comme je te l'ai expliqué, frérot, répondit Jake en se tournant vers lui, je suis rentré depuis quatre malheureux jours et je suis débordé. Mes chefs me fixent un délai de dingue pour rendre mon prochain travail. Je crois qu'ils ne m'ont jamais autant mis le couteau sous la gorge.

— Pourquoi sont-ils si pressés ? Tu es revenu ici en courant au bout de dix jours, alors que tu disposais de trois semaines pour ton reportage. Dans ces conditions, il devrait te rester du temps. C'est drôle quand même, quand on y pense. Toi qui avais tellement hâte de quitter Sequim, tu sembles ne plus pouvoir t'en passer !

— Ouais, confirma Jake dans un sourire. C'est la faute de Jenny et d'Austin.

— Sans blague, ironisa Max.

Son demi-frère était revenu à Sequim au printemps dernier avec l'intention de ramener avec lui à New York Austin, son fils de treize ans, qu'il avait abandonné à la garde de ses grands-parents maternels, après la mort de sa mère quelques jours après l'accouchement, quand lui-même n'était qu'un adolescent. Mais New York avait vite été oubliée car Jake avait craqué non seulement pour Austin, mais pour la directrice des Deux-Frères, Jenny Salazar, qui avait été une vraie sœur pour son fils.

— A ton avis, pourquoi Jenny a-t-elle lancé l'idée de ce dîner alors qu'elle sait que tu as tout ce boulot ? demanda-t-il soudain.

— Je n'en sais fichtre rien.

Dubitatif, Max le fixa en silence de son regard implacable de flic... et se délecta de la gêne de son demi-frère.

— Bon d'accord, finit par admettre Jake, les yeux rivés sur son ordinateur, affichant une concentration que démentait la rapidité avec laquelle il ouvrait et fermait les miniatures de ses photos. Peut-être que je n'ai pas précisé la date limite à laquelle je devais rendre mon travail.

— Attends... Pas précisé ou pas *mentionné* ?

— Il est possible que j'aie oublié de la mentionner.

Jake tenta un haussement d'épaules nonchalant et renonça à faire mine de travailler.

— Ecoute, si Jenny veut faire une fête, eh bien elle en fait une, déclara-t-il avec un sourire si niais que Max en eut honte pour lui.

— OK. Mais pour en revenir à ton voyage interrompu, pourquoi le *National Explorer* est-il si pressé ?

— Contrairement à toi, mes employeurs n'ont jamais cru qu'il me faudrait trois semaines pleines pour réaliser mon reportage. Et il a toujours été entendu que je leur soumettrais mes premiers clichés une semaine après mon retour.

— Tu es donc en train de m'expliquer qu'on ne t'a pas réellement mis le couteau sous la gorge.

Jake leva la tête vers Max, sans cacher son agacement.

— Quelle mouche te pique, Max ? Pourquoi montes-tu cette histoire en épingle ?

— Du calme ! J'essaie seulement d'y voir clair. Si tu étais prévenu du calendrier, pourquoi n'as-tu pas davantage avancé ?

— Euh... Disons que j'ai passé presque tout mon temps en parties de jambes en l'air avec Jenny.

— Arrête avec ça, s'il te plaît ! Tu me mets dans la tête des images que je n'ai aucune envie d'avoir et dont je n'arrive plus à me débarrasser !

Jake éclata de rire, ce qui l'énerva encore plus. Jusqu'au retour de son demi-frère à Sequim, il n'avait jamais pensé à Jenny en tant que femme.

— Arrête ton char, répliqua Jake, moqueur. Tu es jaloux parce que tu n'as personne avec qui t'éclater.

Les pensées de Max se dirigèrent aussitôt vers la jeune femme de la maison de poupée nichée dans la forêt, à deux pas de là… Harper. Sa belle couleur café au lait. Ses grands yeux vert olive. Ses longs tortillons de boucles noires. Sa voix délicieusement rauque. Que ne donnerait-il pour s'éclater avec elle ?

D'un mouvement de tête impatient, il chassa la vision importune.

— Je peux avoir une femme *comme ça*, si ça me chante, riposta-t-il en claquant des doigts sous le nez de Jake.

Seulement voilà, celles qui lui tomberaient dans les bras ne l'intéressaient pas. Une seule l'hypnotisait : Harper Summerville. Et ce depuis la seconde où il avait posé les yeux sur elle.

Il lança un regard noir à son demi-frère.

— La prochaine fois, trouve quelqu'un d'autre pour faire tes commissions, marmonna-t-il. Pourquoi n'as-tu pas usé de ton autorité paternelle pour en charger ton fils ?

— Je l'aurais fait si je l'avais pu, frérot, mais c'est l'été, Austin a quatorze ans et il est parti en bateau avec Nolan et Bailey pour toute la journée. Et puis j'ai dégagé un temps précieux de mon emploi du temps pour te préparer du café.

— Super !

— Je t'ai également montré mon travail. Tu as vu en avant-première le talent du maître qui a pris ces photos en dix jours. Ce n'est pas donné à tout le monde, tu sais.

— Quel privilège !

Malgré son ton délibérément sarcastique, Max avait été flatté et ravi d'être ainsi admis dans les coulisses du travail de son demi-frère. Ce n'était pas tous les jours que l'on avait l'occasion de regarder des centaines de clichés inédits pris dans différentes régions d'Afrique par un célèbre photographe du *National Explorer*.

Il alla se poster près de la fenêtre ouverte du luxueux bungalow que Jake louait dans l'enceinte des Deux-Frères depuis son retour et feignit de s'intéresser à un aigle qui survolait le complexe, traînant dans son sillage une mouette et des corbeaux.

Puis il se plongea dans la contemplation des lourdes branches des conifères disséminés dans la propriété qui se balançaient dans la brise estivale.

Les mains enfoncées dans ses poches, il regarda son demi-frère par-dessus son épaule. Même avec le stress de la date butoir, il restait M. Tip-top : cheveux châtains blondis par le soleil coupés dans un salon haut de gamme, T-shirt en soie à cent dollars, exactement du même vert que ses yeux.

Comment Jake et lui pouvaient-ils entretenir des rapports normaux, voire complices, après avoir passé quasiment toute leur vie à se détester cordialement ? se demanda-t-il une nouvelle fois. Qui aurait prédit un pareil dénouement ? Certainement pas lui ! En tout cas, la nouvelle nature de leur relation lui plaisait.

— Harper va bien ? demanda Jake en lui jetant un regard en coin.

— Aucune idée. Je l'ai juste invitée, comme tu me l'avais *ordonné*.

— C'est vrai ! J'oubliais que c'est une fichue corvée de devoir adresser la parole à une jolie fille, rétorqua Jake d'un ton moqueur.

— Harper n'est pas jolie, espèce de débile. Elle est *belle*. Et tu te rappelles quand même que je lui ai parlé deux fois déjà ?

Deux fois où il avait été incapable d'aligner deux mots… Carrément pathétique ! Lui, le shérif adjoint ! L'ancien marine ! Habituellement, il engageait facilement la conversation avec n'importe qui.

Sauf avec les femmes nées avec une cuillère en argent dans la bouche.

— Oui, je me rappelle, reconnut Jake. Tu as même été assez pitoyable. Bon d'accord, j'ai une dette envers toi, s'empressa-t-il d'ajouter pour calmer le jeu.

— Un peu, oui ! marmonna Max. Même si je m'en suis mieux tiré aujourd'hui. Heureusement ! Me ridiculiser de nouveau ? Hors de question ! Plutôt me tirer une balle dans la tête. J'ai accès à tout l'arsenal nécessaire.

— Arrête ton cirque, Max, et regarde les choses en face. Nous savons tous les deux que tu es bien trop pragmatique, sans parler de tes fonctions de représentant de la loi auxquelles tu sembles avoir dévoué ta vie, pour régler un problème passager d'une façon aussi définitive.

Il lui adressa un sourire jovial et ajouta :

— Vois plutôt le bon côté de la situation, frérot. Tu ne peux que progresser.

— Ça, c'est sûr ! Surtout avec des encouragements aussi chaleureux ! Allez, mets-toi au boulot. Et moi, j'ai autre chose à faire que traîner ici toute la journée.

Il ne progresserait jamais assez vite à son goût, songea-t-il alors qu'il quittait le bungalow.

Et pourtant, il en avait plus qu'assez de bafouiller comme un adolescent en rut devant son premier béguin chaque fois qu'il croisait Harper Summerville.

2

Max claqua la portière de sa voiture, traversa au pas de course le petit parking à l'arrière du chalet de Jenny et grimpa en deux enjambées les quelques marches du perron.

Il n'avait pas prémédité d'arriver en retard au dîner organisé par la jeune femme. Simplement, après sa visite à Jake, il était passé au Village des Cèdres, un foyer de jeunes garçons à problèmes situé à quelques kilomètres de la ville, et il y était resté plus longtemps que prévu, oubliant l'heure — lui-même ayant vécu une adolescence houleuse, il comprenait mieux que personne le parcours de ces adolescents, et leur consacrait une partie de son temps libre.

Deux jeunes l'avaient invité à participer à leur partie endiablée de basket, une initiative qui témoignait des progrès qu'ils commençaient à faire. Comment aurait-il pu refuser, au risque de compromettre cette avancée et de voir ces deux gamins se fermer définitivement ?

Malgré son retard, il avait pris le temps de passer chez lui pour se doucher et se changer. Certes, Jenny n'était pas du genre à faire des chichis, cependant elle n'aurait certainement pas apprécié qu'il vienne sans s'être rasé et dans la tenue négligée dans laquelle il aimait traîner pendant ses jours de congé — surtout quand Jake, l'amour de sa vie, était toujours tiré à quatre épingles ! Il ne voulait même pas imaginer sa tête s'il avait débarqué en empestant la transpiration après avoir couru dans tous les sens sur un terrain de basket avec des gamins pleins d'énergie.

Il lissa de la main les marques de pliage du T-shirt bleu marine qu'il avait rentré dans son jean taille basse, ajusta la patte de boutonnage de la chemisette vert cendré qu'il avait enfilée par-dessus pour donner plus de chic à l'ensemble. Faisant changer de main le pack de bières qu'il avait apporté, il frappa à la porte.

Elle s'ouvrit d'un coup et une déferlante de rires de femmes mêlés à un cliquetis de vaisselle s'abattit sur lui.

— Salut, tonton !

Max baissa les yeux vers son neveu, Austin, un gamin de quatorze ans tout en jambes et en bras comme les adolescents de cet âge, qui lui souriait.

— Ouf ! On a besoin d'hommes ! Jenny a invité vachement plus de filles.

— Qu'est-ce que tu racontes ? objecta Jenny en passant la tête par la porte de communication avec le vestibule, ses cheveux châtains brillant sous le soleil qui filtrait par la verrière. J'ai seulement demandé à quelques collègues qui n'avaient rien de prévu pour la soirée de venir. Salut, Max !

Souriante, elle vint à sa rencontre. Connaissant à présent ses habitudes, il se pencha pour qu'elle puisse l'embrasser. Un rite nouveau pour lui, auquel il cédait avec la raideur d'un manche à balai, sans pour autant décourager Jenny, qui s'y livrait chaque fois qu'il arrivait ou qu'il partait.

A vrai dire, il trouvait cette coutume plutôt sympathique même s'il se sentait toujours intimidé comme une première communiante.

Malgré sa petite taille, Jenny n'hésita pas à le serrer vigou-reusement et sans complexe dans ses bras.

— Les hommes s'occupent du barbecue sur la terrasse de derrière, dit-elle en lui tapotant le bras. Emporte donc tes bières là-bas. Tu trouveras une glacière à droite de la porte. Dis donc, Austin, pourquoi rôdes-tu près de la cuisine si la présence de toutes ces femmes t'embarrasse autant ?

— N'importe quoi ! protesta le gamin en bombant le torse. Leur présence ne m'embarrasse pas du tout. Je dis simplement que nous, les mecs, sommes en infériorité numérique. De toute façon, je suis venu ici uniquement pour chercher le matériel de croquet. Papa a promis que nous ferions une partie après le repas.

— Mes plus humbles excuses, jeune homme, répliqua Jenny en se hissant sur la pointe des pieds pour lui ébouriffer les cheveux. Tu trouveras tout le nécessaire dans la remise.

— Cool ! s'exclama Austin en filant comme s'il participait à une chasse au trésor.

— Bon, dit Max qui ne se voyait guère affronter cette nuée de femmes, je vais rejoindre les autres sur la terrasse. Belle journée, hein ?

« Qui crois-tu tromper ? » demanda le sourire dont Jenny le gratifia. Mais, en bonne fille qu'elle était, elle se contenta de lui tapoter de nouveau le bras et de répondre :

— Oui, vas-y.

— Jen ! Où ranges-tu…

Tasha, la meilleure amie de Jenny, qui venait de passer sa tête auréolée d'une chevelure blond vénitien par la porte, n'acheva pas sa question en l'apercevant.

— Oh. Salut, Max !

— Salut, Tasha ! Comment va ?

— Ça baigne. Dis-moi, tu entres ou tu sors ?

Il était en effet resté sur le seuil, un pied dedans, un pied dehors.

— J'allais dire bonjour aux hommes, sur la terrasse, répondit-il.

Elle le considéra, un sourire moqueur au coin des lèvres.

— Intimidé par le nombre de femmes dans la cuisine, c'est ça ?

— Absolument, reconnut-il. Et sans même avoir eu besoin de les compter.

Soudain conscient du ridicule de son attitude, il sourit.

— Mince alors ! s'exclama Tasha. Tu devrais en être moins avare !

— De quoi ?

— De tes sourires, répondit Jenny à la place de son amie. Ils sont magnifiques mais tu ne t'en sers quasiment jamais.

— C'est parce que je les réserve aux jolies filles, rétorqua-t-il d'un ton charmeur, rare chez lui. Sur ce, je vous quitte. Pour de bon cette fois.

Leur rire le suivit tandis qu'il descendait les marches du perron.

Quelques instants plus tard, il rejoignait Jake et Mark, le père du meilleur copain d'Austin.

— Il n'y a vraiment que vous ? demanda-t-il, consterné. Austin ne blaguait pas quand il disait que nous étions en nette minorité.

— Wendy Chapman est venue avec son nouveau compagnon, dit

Mark. Malheureusement, il est dans la phase initiale de béatitude amoureuse et il a préféré rester avec les femmes dans la cuisine.

Alors que tous secouaient la tête d'un air incrédule devant un comportement aussi étrange, Jake arbora brusquement une mine réjouie en découvrant le pack de bières, de la Flat Tire, qui pendait au bout du bras de Max.

— Ah, c'est sympa ! Tu as apporté celle que j'aime. Il y a de la Budweiser pour toi dans la glacière.

Refusant d'admettre qu'il était touché par la prévenance de son demi-frère, Max rangea les bouteilles de Flat Tire au frais et prit une Budweiser qu'il entama aussitôt puis, après avoir dûment ajouté son grain de sel sur la façon de cuire des steaks au barbecue — existait-il un homme capable de ne pas donner son avis quand il était question de feu, de couteaux à découper et de viande rouge ? —, il engagea la conversation avec Jake et Mark.

— Un volontaire pour installer la grande table de jardin ! les interrompit Jenny.

Comme Jake refusait de lâcher sa fourchette à long manche, Max se sacrifia. Quelques femmes la dressèrent ensuite avec de la pimpante vaisselle en plastique et des serviettes en papier décorées. Elles allèrent jusqu'à poser un bouquet de fleurs au milieu, nota-t-il, amusé, se gardant de tout commentaire.

Apparut alors Harper, chargée d'un gros saladier de légumes, et il dut faire appel à toute sa volonté pour résister à la tentation de l'observer sous toutes les coutures.

Il avait déjà remarqué sa sérénité imperturbable, son allure majestueuse. Etait-ce dû à sa silhouette, à la couleur de sa peau et à ses longs membres musclés ? Ou bien à son port de tête altier ? A moins qu'il ne faille attribuer cet air distant à l'expression solennelle de sa bouche ou à ses yeux aux paupières un peu lourdes ? Quoi qu'il en soit, elle avait cette prestance de jeune fille riche et éduquée qui ne manquait jamais… de lui faire perdre tous ses moyens.

D'où lui venait cette gaucherie en présence de ces femmes nées avec une cuillère en argent dans la bouche ? Il l'ignorait. De son béguin contrarié pour Heather Phillips en classe de sixième, quand sa mère avait décrété d'un ton hargneux, avec son éternel air d'en vouloir au monde entier, que cette fille était bien trop riche pour un garçon comme lui ? Peu probable. Ce brutal avertissement ne l'avait pas perturbé outre mesure pour la bonne raison que sa mère avait vu juste : il aurait perdu son temps à se rendre aux fêtes organisées par ce genre de fille. De toute façon, il n'accordait guère d'attention aux jugements systématiquement négatifs de sa mère — sauf quand ils concernaient son père. Et heureusement ! Sinon il aurait depuis longtemps renoncé à entreprendre quoi que ce soit ou à avancer dans la vie.

Parce que sa mère dénigrait tout, absolument tout, et ce depuis le jour où son père, Charlie Bradshaw, les avait quittés pour celle qui allait devenir la mère de Jake.

Mais pour en revenir à Harper… Pourquoi s'autoflageller ? Il s'était très honorablement tiré d'affaire tout à l'heure, chez elle. Et puis son image hautaine en prenait un sérieux coup quand elle agitait son très joli postérieur en chantant sur de la musique qu'elle était seule à entendre. En ce moment même, tout en garnissant la table d'autres salades, d'une coupe de fruits et de pain, elle riait aux éclats avec Tasha, sans aucune retenue. Et elle dégageait une cordialité et un magnétisme électrisants.

— La viande est cuite ! annonça Jake en empilant les steaks sur un plat de service au moment où Jenny apportait une carafe de sangria… presque aussi grande qu'elle.

Mark alla chercher les enfants, qui installaient le parcours de croquet sur le côté de la maison et, petit à petit, tout le monde s'attabla dans un joyeux tohu-bohu.

Pendant que les plats circulaient, Max parcourut les convives des yeux. Les ados, Austin et sa copine Bailey, Nolan et son petit frère, les femmes non accompagnées, Tasha, Harper et Sharon. Il connaissait mal cette dernière, qui avait épousé un gars du coin. Après leur divorce, deux ans plus tôt, elle était restée pour s'occuper de l'intendance des Deux-Frères tandis que son ex-mari était allé s'établir à Tacoma. Il y avait aussi Jake, Jenny, Mark et sa femme Rebecca, ainsi que Wendy, la propriétaire du salon de coiffure Wacka Do's dans la rue du port, accompagnée de sa nouvelle conquête, Keith quelque chose.

Lorsque tout le monde fut enfin servi, rires et bavardages cédèrent la place à des bruits de couverts jusqu'à ce que Tasha interpelle Harper :

— J'ai vu ton annonce pour ton cours de yoga sur la plage au coucher du soleil. J'ai bien envie de m'y inscrire. Je manque de souplesse, alors que toi…

Elle ne termina pas sa phrase mais lança à Harper un regard admiratif auquel cette dernière répondit par un sourire qui la transfigura. Un sourire lumineux, généreux, qui dévoila une dentition étincelante à rendre jaloux n'importe qui.

— Passe un de ces jours, lui proposa Harper. Je ne pense pas que Jenny y voie le moindre inconvénient. Après tout, tu n'es pas cliente du centre mais tu es sa meilleure amie, non ?

— Oh ! Naturellement, chère madame, ce sera un honneur pour moi de vous compter parmi mes invités, plaisanta Jenny.

Tasha la punit d'un coup de poing amical puis se tourna de nouveau vers Harper.

— Je te prendrais sans hésiter au mot si ton cours ne tombait au moment le plus chargé de ma journée.

— Ah oui ! C'est toi la propriétaire de la pizzeria, c'est ça ?

— Oui. Chez Bella T.

— Je n'ai pas encore eu l'occasion d'y aller, mais on m'a dit que l'on y mangeait très bien.

— Impossible de trouver de meilleures pizzas dans tout le pays, confirma Nolan, la bouche pleine des grains de maïs qu'il venait de croquer à même l'épi.

— La forme manque incontestablement d'élégance, intervint Mark, mais il n'y a rien à redire sur le fond.

— Dans ce cas, il faut absolument que je trouve un moment pour la tester, décréta Harper.

— Que faisais-tu avant de venir à Sequim, Harper ? demanda Rebecca, la femme de Mark.

— J'ai touché un peu à tout. A la consternation de ma mère d'ailleurs. Depuis notre retour aux Etats-Unis, j'ai pris plusieurs boulots d'intérim. Dans la chaîne de magasins Nordstrom, dans un petit journal universitaire, dans une entreprise de rénovation, et j'ai aussi assuré des fonctions de coordonnatrice des marchés dans le bâtiment.

— Pourquoi aviez-vous quitté les Etats-Unis ? Et vous avez dit « notre » retour. De qui parliez-vous ?

Max l'avait interrompue de manière totalement impulsive. Les deux questions avaient fusé presque malgré lui.

La tête inclinée sur le côté, elle le regarda droit dans les yeux.

— Vous voulez la version longue ou la courte ?

— La longue ! s'écrièrent les femmes en un chœur parfait.

— D'accord.

Ses cils épais qui formaient de petits croissants quand elle riait cachaient presque entièrement ses yeux vert olive.

— Mes parents se sont rencontrés à l'université, et deux mois plus tard ils se mariaient. Ma mère est cubaine, afro-américaine et galloise. Mon père, lui, était le fils unique d'une vieille famille de Winston-Salem, en Caroline du Nord. Certes ce n'était plus le Sud des années 1960, mais son père et sa mère ne voyaient pas ce mariage d'un très bon œil. En fait, ils ont carrément essayé de l'empêcher.

Elle secoua la tête d'un air pensif, un peu triste, et poursuivit :

— Ceux qui connaissaient mon père savaient qu'ils venaient de commettre une grave erreur. Papy et mamy connaissaient pourtant leur fils. Mais je suppose qu'ils ont cédé à la peur du qu'en-dira-t-on.

Après un soupir désabusé, elle reprit :

— Bref ! Son tout nouveau tout beau diplôme d'ingénieur des travaux publics en poche, papa est parti en Europe avec maman. Nous avons habité un peu partout dans le monde. Je suis née à Amsterdam et Kai, mon frère, à Dubaï.

— Ce n'était pas trop pénible de déménager sans arrêt ? demanda Jenny.

— Non. Franchement. Papa et moi adorions bourlinguer, visiter des endroits nouveaux et faire de nouvelles connaissances. En revanche, ces bouleversements perpétuels pesaient à Kai et maman.

Une ombre fugitive traversa son regard.

— Je pense que c'est pour cette raison que ma mère accepte difficilement que je continue à voyager. Mon frère et elle ont été aux anges quand nous avons arrêté de bouger, à notre retour aux Etats-Unis. Elle me reproche de ne pas avoir jeté définitivement l'ancre quelque part, moi aussi.

— Tes parents ont-ils fini par se réconcilier avec tes grands-parents ? demanda Tasha.

— Oui. Assez vite, en fait. Personnellement, je ne me rappelle que les histoires que l'on m'a racontées à ce sujet, pas la brouille elle-même. Dans mon souvenir, ils aimaient maman presque autant que papa l'aimait. Et ils ont été des grands-parents formidables, conclut-elle avec un sourire qui illumina littéralement la pièce et poignarda Max en plein cœur.

Jake, qui voyageait beaucoup pour son magazine, interrogea Harper sur les pays où elle avait vécu, comparant avec elle leurs impressions sur les lieux qu'ils avaient tous deux connus. Max écoutait en silence… et suait sang et eau pour ne pas succomber à la jalousie.

Mais l'enfance dorée de Harper ravivait en lui une ancienne insécurité et d'anciens doutes. Harper avait grandi dans un milieu si éloigné du sien ! Devant les années-lumière qui séparaient leurs deux mondes et l'aisance avec laquelle Jake, lui, discutait avec elle, il peinait à résister à l'assaut de sentiments qu'il pensait avoir définitivement enterrés. Il mit toutes ses forces dans la bataille. Plutôt mourir que de se laisser entraîner dans le tourbillon des émotions malsaines qu'il avait éprouvées pour son demi-frère dans son enfance ! Plus par la suite, quand Jake et lui avaient enfin trouvé un terrain d'entente.

Charlie Bradshaw, leur père, avait abandonné Max et sa mère quand Max marchait à peine, mais il était resté à Sequim. Et voir son père se comporter en vrai papa avec Jake pendant que lui était devenu le « fils invisible » avait été une véritable souffrance pour lui. Si Charlie avait quitté Sequim — ce qu'il avait fait lorsqu'il avait abandonné à leur tour Jake et sa mère —, les choses se seraient passées bien différemment.

Si Angie Bradshaw n'avait pas été la femme pleine de haine et de colère qu'elle avait été, aussi…

Mais à quoi bon ruminer sur cette époque sordide de son enfance ? On ne changeait pas le cours de l'histoire avec des « si ».

Pendant cette incursion dans le bourbier du passé, Max n'avait pas quitté des yeux Harper, en face de lui. Aussi, quand il vit le gros pichet plein à ras bord de sangria basculer vers l'avant au moment où elle voulut le soulever, il intervint en un geste réflexe pour empêcher l'incident en plaquant sa main sur celle de Harper qui tenait l'anse.

A ce contact, une onde de feu parcourut ses veines à la vitesse de l'éclair, l'enflammant tout entier jusqu'à la pointe des cheveux. Comme s'il s'était électrocuté ! Harper avait-elle ressenti la même chose ? Certes, elle s'était figée et ses grands yeux, aussi ronds que le « o » que formaient ses lèvres, étaient restés rivés sur lui. Mais peut-être s'agissait-il d'une simple réaction de surprise devant la rapidité avec laquelle les événements s'étaient enchaînés entre le moment où elle avait tendu le bras vers le pichet et le moment où il avait empêché ce dernier de tomber ?

L'incident ayant été évité, il retira sa main et se rassit. Evitant délibérément de croiser le regard de Harper, il se réfugia dans le souvenir moins dangereux de son ancienne animosité envers Jake.

La personnalité de sa mère n'avait rien arrangé. Non pas qu'il en eu ait conscience, à l'époque. Ce n'est qu'avec le recul et la maturité acquise à l'âge adulte qu'il avait réussi à analyser la situation et à comprendre qu'avec une mère autre qu'Angie Bradshaw il n'aurait probablement pas autant souffert de l'abandon de son père. Il avait à peine deux ans quand Charlie était parti. Aussi, l'essentiel de ses souvenirs concernant son père venait des films familiaux que ce dernier avait tournés et qu'il n'avait pas emportés avec lui.

Sa mère, elle, n'avait pas cru aux vertus de l'oubli. Pas un jour ne s'était écoulé sans qu'elle rappelle à Max ce qu'ils avaient perdu. Sans qu'elle déverse sa haine sur la traînée qui lui avait volé son père et sur le sale morveux de demi-frère qui bénéficiait de tout ce qui lui était dû à lui.

Pour couronner le tout, Jake, qui était bon élève, fréquentait les enfants des notables de Sequim quand lui, qui n'obtenait que des résultats scolaires moyens, traînait avec une bande de gamins frondeurs et s'attirait fréquemment des ennuis.

Comment s'étonner, dans ces conditions, qu'il se sente désemparé en présence de femmes nées dans la soie ? Elles représentaient tout bonnement la version féminine de Jake.

— Max ?

La voix de Harper le tira brutalement de son vagabondage dans le passé, et tandis qu'il reprenait pied dans le présent, il comprit qu'elle ne s'était pas contentée de dire son nom. Elle lui avait posé une question. Il la regarda et, comme chaque fois, il ressentit cet inexplicable pincement au cœur.

Il s'éclaircit la voix et mentit effrontément.

— Excusez-moi. C'est mon travail qui me préoccupe. Que disiez-vous ?

— Je vous demandais ce que vous aviez fait après votre visite chez moi, l'autre jour.

Parfait ! Voilà un sujet qu'il prenait plaisir à évoquer.

— Je suis allé au Village des Cèdres.

Apparemment, le nom disait quelque chose à Harper.

— Vous connaissez ? demanda-t-il, surpris.

— J'en ai entendu parler, mais je ne me rappelle plus dans quelles circonstances. C'est… une colonie de vacances pour garçons ?

— Ne faites pas attention à lui, dit Max avec un sourire complice à Harper comme Jake s'était mis à ricaner. Il considère plutôt ça comme une maison de redressement. En fait, il s'agit d'un foyer pour des jeunes en difficulté, des garçons exclusivement. La plupart d'entre eux ont effectivement eu des démêlés avec la justice. Comme moi à leur âge et…

— Regarde comment il a tourné, conclut Jake.

Etait-ce du lard ou du cochon ? Mais Max accueillit l'ironie de son demi-frère avec un sourire.

— Parfaitement bien, non ? lança-t-il d'un ton léger, avec un petit sourire en coin. Moi, contrairement à M. Photodingue ici présent qui passe son temps à faire mumuse avec ses objectifs, j'ai un *vrai boulot*.

Comme Harper gardait son regard braqué sur lui, son sourire s'évanouit et sa timidité prit de nouveau le dessus. Pas au point cependant de le détourner de ses préoccupations à l'égard de ses protégés du Village des Cèdres.

— Pour en revenir à nos moutons, reprit-il, beaucoup de ces gamins ont des antécédents familiaux lourds. Foyer éclaté, père ou mère, ou parfois les deux, toxicomanes. Aucun des parents n'a maltraité physiquement nos pensionnaires, mais certains les ont délibérément laissés livrés à eux-mêmes, et d'autres doivent travailler comme des forçats pour simplement mettre de la nourriture sur la table ou garder leur logement. Quelques-uns de nos jeunes viennent de familles aimantes et impliquées dans leur éducation, mais ils ont momentanément perdu les pédales ou ont mal choisi leurs fréquentations. Quelle que soit leur histoire, ils ont tous besoin de l'attention et de la stabilité que les éducateurs du foyer peuvent leur offrir.

— Educateur ? Vous exercez cette fonction en plus de celle de shérif adjoint ? demanda Harper, visiblement étonnée.

— Moi ? Non, répondit-il avec une moue amusée. Mon rôle consiste essentiellement à être là, près des gamins. Je siège aussi au conseil d'administration. D'ailleurs, à ce propos…

Un gémissement général l'interrompit.

— Eh oui ! s'exclama-t-il. Vous n'y couperez pas. Nous organisons notre petit déjeuner crêpes pour collecter de l'argent dimanche prochain. Je sais que pour la plupart vous avez déjà acheté des billets, mais nous avons aussi besoin de bonnes volontés sur place, le jour J. J'ai justement un formulaire d'inscription dans ma voiture.

— Nous pouvons sortir de table, Jenny ? demanda vivement Austin en se levant en toute hâte, aussitôt imité par Nolan et Bailey. Nous avons le croquet à finir d'installer.

— Je prends ça pour un oui, dit Max. Vous préférez servir ou travailler dans la cuisine ?

— Oh non ! Pitié !

— Plusieurs jeunes des Cèdres vont prêter main-forte, mais des bras supplémentaires ne seraient pas superflus.

Il transperça son neveu du regard et précisa :

— Ces gamins n'ont pas eu ta chance. C'est pour une bonne cause.

Austin poussa un soupir… mais hocha la tête, imité par ses amis. Max se tourna alors vers les adultes.

— Ne me regarde pas ! protesta Sharon. Ces garçons me fichent la trouille.

— Ce sont juste des gosses, voyons !

Elle haussa les épaules.

— Peut-être, marmonna-t-elle. Il n'empêche qu'ils me font peur. Mais je vais venir donner un coup de main.

— Merci. Toute contribution est la bienvenue. Tu souhaites venir à 8 heures ou 9 h 30 ?

— 8 heures.

— Je veux bien venir aider, intervint Harper. Vous pouvez m'inscrire.

Max se tourna vers elle avec vivacité.

Sans problème, mon chou !

Maudissant l'irruption intempestive de sa libido, il haussa un sourcil.

— Vraiment ?

— Oui. Je ne travaille pas dimanche prochain. J'assurerai le service. Cela me donnera l'occasion de prendre le pouls de la ville, de me familiariser avec ses habitants et de faire connaissance avec davantage de monde.

— Parfait. Merci.

Il se cala contre le dossier de sa chaise et parcourut la tablée du regard.

— Voilà, les amis. Harper et les jeunes ont donné l'exemple. Et vous, alors ?

Avec de grands gestes exubérants qui ne lui ressemblaient guère, il s'écria :

— Approchez, mesdames et messieurs ! Formez une file sur la gauche !

3

Un rire masculin, grave et sonore, échappé de la cuisine de la salle des fêtes, roula par-dessus le comptoir où Harper venait de se saisir d'un énorme plat de crêpes. Elle s'immobilisa. Le brouhaha des conversations et le cliquetis de vaisselle provenant des tablées de convives à l'appétit d'ogres semblèrent s'estomper tandis qu'elle fouillait du regard la cuisine grouillant de monde à la recherche de la source de cet éclat de rire joyeux.

Non qu'elle ait douté une seule seconde de quelle puissante poitrine il avait jailli. Elle ne l'avait entendu qu'une seule fois auparavant et il ne lui avait pas été destiné, mais le rire de Max Bradshaw ne ressemblait à aucun autre. Sans compter qu'il était un phénomène rare et précieux. Même une nouvelle venue à Sequim comme elle le comprenait. Lors du dîner chez Jenny, quelques jours plus tôt, elle s'était déjà quasiment pâmée à cause d'un simple sourire de sa part. Un sourire qui avait découvert des dents d'une blancheur éclatante. Aujourd'hui, son rire, tel un rouleau compresseur, menaçait de l'anéantir carrément.

Mais attention à ne pas se bercer d'illusions. Max Bradshaw ne s'intéressait pas à elle. Elle ne devait surtout pas perdre cela de vue. Ce n'était pas si difficile que ça, d'ailleurs. Il suffisait qu'elle se rappelle l'épisode de la sangria. Au moment où la main de Max s'était posée sur la sienne pour empêcher le pichet de basculer, elle avait reçu comme une décharge électrique. Exactement la même sensation que celle provoquée par le contact avec la peau nue de son avant-bras lors de leur première rencontre. Tous les hommes avaient pourtant la même température, non ? Alors pourquoi son cerveau essayait-il de la convaincre du contraire ?

Elle secoua la tête. Inutile de s'aventurer sur ce terrain car, si elle, pour sa part, avait été incontestablement électrisée, Max, en revanche, s'était écarté en toute hâte comme s'il avait touché un déchet toxique sans être protégé par une combinaison. Pourtant, jusque-là, les hommes s'étaient montrés plutôt sensibles à son charme. Alors pourquoi pas ce cher shérif adjoint ? Peut-être avait-elle oublié comment séduire ? Ou alors elle le laissait tout bonnement indifférent. Dans les deux cas, elle perdait son temps avec lui.

Elle finit par le repérer près de l'énorme fourneau, au milieu d'adolescents qu'il dépassait de la tête, voire des épaules. Tatouage tribal marron, jean déchiré, T-shirt moulant d'un blanc aussi étincelant que ses dents, bandana d'un bleu délavé noué autour de ses cheveux noirs… On l'aurait pris pour un Hell's Angel si son visage n'avait rayonné de gaieté.

Autour de lui, ses jeunes protégés, bouche bée, le regardaient avec des yeux ébahis, tels des fans devant une rock star. Ce dont Harper ne pouvait se moquer, vu sa propre fascination. Si, comme pour elle, les rapports que ces garçons entretenaient avec Max se limitaient à quelques échanges superficiels, nul doute qu'ils n'avaient guère l'habitude de le voir aussi exubérant.

— Arrête de bayer aux corneilles, s'ordonna-t-elle, avant de se diriger vers une des longues tables du secteur qui lui avait été attribué. Une autre crêpe, quelqu'un ? proposa-t-elle aimablement.

Sa question fut accueillie par un brouhaha enthousiaste de voix, essentiellement masculines, et elle répondit à la demande avec bonne humeur.

— Il reste assez de sirop d'érable ? demanda-t-elle.

— Le niveau baisse dangereusement, lui répondit un des hommes.

Elle appela donc un des jeunes bénévoles pour qu'il remplace le flacon et deux autres pour qu'ils servent en eau ou en jus d'orange les convives dont le verre était vide.

— Megan ! Joe ! Bonjour ! s'écria-t-elle à l'adresse de deux clients des Deux-Frères qui avaient participé à la promenade en kayak de la veille. Je vous remercie d'être venus.

— Merci à vous de nous avoir parlé de cet événement, répondit Joe dans un sourire. Elles déchirent, ces crêpes.

Harper ne put retenir un petit rire. Certes, les crêpes n'étaient pas mauvaises, mais de là à *déchirer...* Cela dit, il y en avait à volonté, et l'atmosphère conviviale contribuait certainement à les rendre plus savoureuses.

Arrivée à la moitié de la deuxième table, elle se trouva à court de munitions. Alors qu'elle se hâtait vers la cuisine pour faire le plein, elle manqua de peu renverser Tasha.

— Oh ! Pardon ! Je ne regardais pas où j'allais, s'excusa-t-elle en tendant le bras pour stabiliser le plat bien rempli de son amie. C'est toi qui approvisionnes le concours de mangeurs de crêpes, là-bas ? Ils sont fascinants !

— Oui, je sais. On dirait des chacals dévorant une gazelle. On a beau essayer de détourner les yeux, bizarrement, on n'y parvient pas. C'est toujours comme ça.

— Ce n'est donc pas un événement improvisé par une bande d'excités ?

— Ah non ! Il a lieu tous les ans.

D'un mouvement de tête, Tasha attira l'attention de Harper sur un petit bonhomme sec qui engloutissait une quantité impressionnante de crêpes.

— C'est Greg Larson qui va vraisemblablement gagner, dit-elle. Comme toujours ou presque. Mais de temps en temps, juste assez souvent pour que le concours garde de son intérêt, il y a une surprise.

Changeant subitement de sujet, elle demanda :

— Comment tu t'en sors, Harper ?

— Très bien. La bonne humeur de tous ces gens me donne la pêche.

— Tu as bien de la chance, petit lapin Duracell, déclara Tasha avec un sourire las. J'ai terminé vachement tard hier à la pizzeria. Je commence à fatiguer. Franchement, j'aimerais bien savoir comment Jenny a réussi à se défiler.

Harper haussa les épaules.

— Trop de travail aux Deux-Frères.

— Ouais, c'est ce qu'elle m'a raconté à moi aussi. Tu y crois ?

— Pas une seconde, non. Oh ! Pas parce qu'elle se tourne les pouces, au contraire ! Mais...

Elle jeta un regard interrogateur à Tasha, qui confirma d'un hochement de tête.

— Vu que moi non plus je ne vois Jake nulle part, je parierais volontiers qu'ils rattrapent le temps perdu pendant son absence récente.

— Moi aussi !

— Tu sais quoi ? dit Tasha d'un ton soudain sérieux. Nous devrions nous faire une soirée entre filles, toutes les deux, un de ces jours. Ou toutes les trois avec Jenny si nous réussissons à l'arracher des bras de son prince charmant. Mais ça paraît compromis vu qu'elle n'est pas encore sortie de la phase « Il n'y a que Jake qui existe pour moi ». Qu'en dis-tu ? Tu es partante ?

— Oui ! Trois fois oui !

La vie itinérante qu'elle avait menée avec ses parents pendant son enfance et son adolescence l'avait empêchée de fréquenter beaucoup de jeunes de son âge. En contrepartie, grâce à ces voyages, elle avait vécu toutes sortes d'expériences enrichissantes. Mais, après ses douze ans, elle n'avait pas connu ce que les femmes appellent de « vraies copines ». Quand elle voyait Tasha et Jenny ensemble, elle se rendait compte qu'elle avait raté quelque chose.

— Super ! s'exclama Tasha. Bon, à présent, je ferais bien de servir ces crêpes avant qu'elles ne soient complètement froides. Je t'appelle, d'accord ? Pour de bon, cette fois. Pas comme pour le yoga...

Harper exécuta ce haussement d'épaules typiquement français qu'elle avait appris lors de son séjour de dix-huit mois à Clermont-Ferrand.

— T'inquiète ! Je sais ce que c'est !

Tasha se dirigea vers la table de mangeurs de crêpes et Harper vers le comptoir entre le réfectoire et la cuisine.

Elle discutait avec le jeune qui chargeait son plateau de crêpes quand un épouvantable fracas de verre les fit sursauter. Elle tourna la tête avec vivacité et vit deux adolescents émergeant d'un nuage de vapeur qui s'échappait par la porte ouverte d'un gigantesque lave-vaisselle. L'un d'eux poussa sans ménagement son camarade, pourtant plus grand que lui.

— Regarde ce que j'ai fait à cause de toi, espèce de crétin ! cria-t-il en lui donnant un nouveau coup dans la poitrine.

— Répète un peu ! répliqua Grand Costaud. Qui c'est que tu traites de crétin, petit merdeux ?

Il poussa à son tour son camarade, qui recula de plusieurs pas en chancelant, et poussa son avantage en venant coller son nez contre le sien.

— C'est toi qui m'es rentré dedans, sale co…

— Ça suffit.

Une voix grave interrompit net le flot de gros mots qui menaçait et, surgi de nulle part, Max apparut, les bras tendus pour séparer les protagonistes.

— Les accidents, ça arrive, dit-il. Il n'y a pas nécessairement un coupable. Jeremy, attrape un balai.

— Pourquoi ce serait à moi de nettoyer ses bêtises ? se rebella le dénommé Jeremy.

— Et d'une, par esprit d'équipe, et de deux, parce que je te l'ai demandé, répondit posément Max avec un regard calme mais ferme sous lequel le gamin se recroquevilla avant de s'éloigner.

Comme le jeune qui restait se mettait à ricaner, Max fondit sur lui.

— Je ne me réjouirais pas trop vite à ta place, Owen. Je n'en ai pas fini avec toi. Va chercher une pelle et une serpillière. Quand tu auras ramassé les bouts de verre balayés par Jeremy, tu pourras passer la serpillière.

— Hé ! protesta Owen d'un ton agressif. Lui, vous ne lui avez donné qu'une seule corvée. Pourquoi j'en écope de deux, moi ?

— C'est le code de la route, mon gars.

Max avait répondu avec un certain détachement mais d'une voix qui apaisait, telle l'eau fraîche sur une terre desséchée.

— Jeremy avait un peu raison, tu sais, précisa-t-il. Tu as pris un énorme plateau chargé de verres et tu as reculé sans regarder derrière toi. Celui qui est en marche arrière est toujours en tort.

— C'est pas juste !

Max posa la main sur l'épaule du gamin.

— Peut-être. Mais les règles sont les règles. Allez ! File chercher la pelle et la serpillière.

Owen continua à ronchonner mais s'exécuta.

Harper s'empara alors de son plateau sur le comptoir et s'en alla… contrariée.

Ne suffisait-il pas que Max la fascine sans raison particulière ? Pourquoi fallait-il en plus qu'il sache aussi bien s'y prendre avec les jeunes ?

Son attirance incompréhensible pour lui l'agaçait. Cela lui ressemblait tellement peu, à elle qui avait toujours été davantage séduite par les hommes plus âgés et raffinés que par les armoires à glace un peu rustres. Mais Max Bradshaw… Chaque fois qu'elle se trouvait en sa présence, elle se sentait comme un vampire salivant à la pensée de planter ses canines dans une veine bien gonflée, et luttant pour ne pas se laisser aller à sa gourmandise et ne pas dépasser la quantité de sang qu'il était autorisé à sucer.

Ce qui compliquait au-delà de l'imaginable une situation déjà terriblement délicate car elle n'était pas venue à Sequim uniquement pour travailler aux Deux-Frères. Il existait une autre raison à sa présence en ville.

— Ne restez pas là, m'dame, lança une voix juvénile, l'arrachant soudain à sa rêverie.

— Pardon ?

Elle cligna des yeux puis, suivant le regard de l'adolescent, s'aperçut que d'autres bénévoles se pressaient derrière elle et attendaient leur tour.

— Oh ! Désolée ! s'excusa-t-elle avec son sourire le plus aimable avant de reprendre son service.

Après le départ du dernier convive, Harper, qui avait débarrassé et essuyé les tables, aligné les chaises, passé un coup de balai et n'avait donc plus aucune raison de s'attarder, décida de s'en aller à son tour. Elle s'apprêtait donc à filer avec le sentiment du devoir accompli, lorsqu'elle remarqua Max et ses protégés qui s'affairaient encore à ranger et nettoyer la cuisine.

Visiblement, les jeunes commençaient à caler et traîner des pieds. Avec un soupir résigné, elle contourna le comptoir et s'approcha de Jeremy, le jeune qu'elle avait secrètement surnommé « Grand Costaud » tout à l'heure, qui se préparait à soulever une pile d'assiettes sur laquelle il avait posé en équilibre précaire un nombre tout à fait déraisonnable de verres.

— Attends, je vais t'aider, proposa-t-elle en prenant les verres pour les disposer habilement en deux tours.

— Merci, m'dame.

Là-dessus, Jeremy ouvrit un placard en hauteur dans lequel il se débarrassa des assiettes et désigna l'autre rangement à côté d'un mouvement du menton.

— Les verres vont là.

— Je m'appelle Harper.

— Jeremy, dit l'adolescent d'une voix qui n'invitait pas à poursuivre la conversation.

— Enchantée.

Alors qu'elle levait le bras pour mettre un des verres sur l'étagère, elle évalua mal la hauteur et heurta la pile en place qui commença à basculer vers elle…

Au lieu du fracas redouté, elle sentit une soudaine onde de chaleur lui parcourir le dos en même temps qu'un biceps bronzé bordé de coton blanc apparaissait dans son champ de vision périphérique.

— Permettez-moi d'en retirer quelques-uns, dit la voix grave de Max.

L'opération ne lui prit que quelques secondes, qui parurent à Harper s'étirer langoureusement, comme un chat après un long somme, tant elle se délecta de la proximité de ce corps tout en muscles, du feu qu'il dégageait, de son odeur épicée, légèrement musquée, qui se mêlait à celle de crêpes et de lessive. Après avoir un instant examiné — de près ! — les tatouages qui émergeaient de la manche de son T-shirt et ondulaient au rythme des mouvements de son bras, elle porta son attention sur les muscles de son avant-bras, son poignet et sa longue main tandis que dans un mouvement leste et fluide il positionnait correctement le reste des verres.

— Voilà !

Expirant doucement l'air qu'elle avait instinctivement retenu, elle le regarda par-dessus son épaule.

— Décidément, vous êtes toujours là quand il faut pour m'éviter des catastrophes ! lança-t-elle. Merci.

Il se figea l'espace d'un instant, le regard embrasé par un éclat torride. A moins qu'elle ne l'ait imaginé ? Car la seconde d'après il hochait poliment la tête et murmurait avec l'ébauche d'un sourire :

— Tout le plaisir est pour moi.

« Oh ! Pour moi aussi, je vous assure ! » faillit-elle répliquer avant de se ressaisir rapidement.

Au lieu de s'embarquer là-dedans, elle ferait mieux de saisir l'occasion qui s'offrait à elle d'inspecter de l'intérieur le foyer de jeunes.

— Ecoutez… Je ne suis employée qu'aux trois quarts de temps aux Deux-Frères. J'aimerais consacrer une partie de mes heures de liberté à travailler comme bénévole aux Cèdres.

— Vraiment ?

Il plissa ses yeux noirs pour mieux la dévisager.

— Que proposez-vous de faire ?

— Je ne sais pas exactement, avoua-t-elle. Je suis relativement polyvalente, mais j'assure vraiment dans l'organisation d'activités. Et la collecte de fonds.

Comme il continuait à la dévisager d'un regard impassible, elle haussa les épaules, agacée que son savoir-faire pour récolter de l'argent ne suscite pas l'intérêt habituel.

— Je peux aussi tout simplement apporter une touche féminine au foyer.

— Une touche féminine, je dirais pas non, intervint d'une voix traînante et très suggestive un blondinet qui nettoyait le comptoir.

— Ça suffit, Brandon, lança Max.

Mais elle savait se défendre toute seule, et elle mata l'adolescent en lui jetant un regard qu'elle avait mis au point quand elle avait douze ans. Un regard dénué de menace mais d'une froideur telle que le destinataire regrettait sur-le-champ les propos qui l'avaient provoqué.

— Pardon, bredouilla Brandon.

— Ce n'est pas grave, répondit-elle en ébauchant un sourire qui adoucit ses traits sans pourtant encourager Brandon à poursuivre son petit discours ironique.

L'incident étant clos, elle reprit sa conversation avec Max :

— Bien sûr, c'est trop tard pour aujourd'hui, mais je pourrais vous indiquer comment accroître les gains de votre prochain petit déjeuner crêpes. En outre, peut-être Jenny autoriserait-elle vos protégés à participer de temps en temps à certaines des activités qu'offrent les Deux-Frères, à condition de correctement les encadrer. Attention, je ne peux rien promettre avant d'en avoir parlé à Jenny.

Max lui tendit une carte de visite, qu'il sortit de son portefeuille dans la poche arrière de son pantalon.

— Appelez-moi pour que nous en discutions, lui proposa-t-il. Pour le moment, allez profiter du reste de votre jour de congé.

Comment lui signifier plus clairement qu'il souhaitait mettre fin à l'entretien ? songea-t-elle, vexée, tandis qu'elle glissait la carte dans sa poche.

— D'accord, dit-elle. Ravie d'avoir fait ta connaissance, Jeremy, ajouta-t-elle à l'adresse de l'adolescent qui empilait à présent la vaisselle à côté d'elle.

Après avoir pris congé d'un bref signe de tête des autres jeunes qui s'étaient interrompus dans leur tâche pour la regarder, elle sortit.

— Waouh ! s'exclama un des gamins alors que la porte se fermait derrière elle. Elle est canon. Pourquoi vous l'avez laissée partir ?

Puis, après un court temps de silence, la question suivante fusa :

— Hé ! Me dites pas que c'est parce qu'elle est noire ?

Harper se pétrifia. L'idée ne lui avait même pas traversé l'esprit. Peut-être parce qu'elle avait passé la plus grande partie de sa vie en Europe, où la question raciale ne soulevait pas de réels problèmes — ou du moins n'avait pas la même résonance qu'aux Etats-Unis. Mais pour autant qu'elle sache…

— Evidemment que non ! rétorqua Max avec vigueur. Ecoute, mon gars, les hommes ne draguent pas toutes les femmes canon qu'ils croisent.

Il se tut un instant avant d'ajouter d'un ton un peu rêveur :

— En plus, t'a-t-elle donné l'impression d'être le genre de femme qui serait contente que je la drague ?

Aussi gênant que cela soit à admettre, elle en serait même ravie !

— Non, pas vraiment, répondit l'adolescent.

Harper lâcha un soupir désabusé avant de gagner sa voiture.

— Quelle idée d'avoir mis des espadrilles à hauts talons compensés ! marmonna Harper en franchissant le seuil de sa maison, les pieds en capilotade après toutes ces heures passées debout.

A peine fut-elle entrée que Loggins et Messina se mirent à chanter *Your Mama Don't Dance* sur son téléphone portable, qu'elle avait volontairement laissé sur la table basse. Elle se précipita pour décrocher.

— Bonjour, maman.

Téléphone à l'oreille, elle envoya valser ses chaussures d'un coup de pied et se dirigea vers son petit réfrigérateur pour y prendre une bouteille de thé vert à la framboise avec laquelle elle commença par se rafraîchir le front.

— Bonjour, Poussinette.

Depuis la mort de son père, qui remontait à quelques années à présent, Harper et sa mère s'accrochaient souvent. Pour ne pas dire tout le temps. Aussi, quelle agréable surprise pour elle d'entendre ce petit nom affectueux dans la bouche de Gina Summerville-Hardin !

Son portable toujours coincé entre son oreille et son épaule, elle dévissa la bouteille et la vida à moitié en une longue goulée.

— Ne me dis pas que tu es en train de boire en même temps que tu me parles, Harper ? Où sont passées les bonnes manières que nous t'avons inculquées, avec ta grand-mère Hardin ?

Harper dut prendre sur elle pour ne pas envoyer paître sa mère. A trente ans, elle avait largement dépassé l'âge d'être grondée mais aussi de réagir comme une enfant. Elle ne put cependant éliminer toute animosité de sa voix lorsqu'elle répondit :

— Excuse-moi, mais je viens de servir des crêpes pendant trois heures pour une collecte de fonds en faveur des Cèdres. Je suis crevée et je meurs de soif.

Sa mère se tut avant de demander, avec davantage de douceur :

— Pourquoi t'es-tu engagée à cela ?

Comment lui expliquer ? Les choses s'étaient enchaînées si naturellement ! Elle avait sauté sur l'occasion que Max lui avait offerte sur un plateau au dîner de Jenny.

— Le demi-frère du fiancé de ma patronne est Max Bradshaw, dit-elle enfin.

Un silence si absolu s'abattit qu'elle craignit que la communication n'ait été coupée.

— Maman ?

— Oui, je suis toujours là. Le Max Bradshaw qui siège au conseil d'administration des Cèdres ?

— Oui.

— Son CV m'avait fort impressionnée. A la fois shérif adjoint et vétéran. Quelqu'un de fiable, apparemment. Malgré tout, j'avoue que la coïncidence me laisse sans voix.

— Sequim n'est pas très grand, tu sais. Il est difficile d'y garder l'anonymat. L'avantage, c'est qu'il est aussi plus facile de rencontrer les gens qui comptent. Je m'estimais sacrément veinarde d'avoir trouvé un travail aux Deux-Frères. J'ignorais à quel point ! ajouta-t-elle dans un bref rire involontaire.

Elle avait accepté le poste parce qu'il entrait exactement dans son domaine de compétence. Elle avait en effet exercé ce type de fonctions avant que la mort de son père ne la contraigne à se recycler dans les actions de bienfaisance à but non lucratif que ses parents avaient entreprises quand son père avait pris sa retraite d'ingénieur. A présent, dans le cadre de sa reconversion professionnelle, elle devait évaluer le sérieux des petites associations caritatives qui déposaient un dossier de demande de subvention auprès de Sunday's Child, la fondation familiale. En l'occurrence, elle était chargée d'inspecter le Village des Cèdres, qui désirait une aide financière pour engager un éducateur supplémentaire, compléter leurs équipements et réparer le toit du bâtiment qui abritait les salles de classe où les pensionnaires continuaient à suivre un enseignement théorique parallèlement à l'acquisition de compétences essentielles à leur réinsertion dans la société.

Son travail aux Deux-Frères lui permettait donc de mener à bien sa mission, secrètement, selon l'habitude instaurée par son père quand il avait constaté que ses visites aux demandeurs de subvention donnaient lieu à des manifestations grandioses et onéreuses uniquement destinées à l'impressionner et à l'amadouer. Il avait décidé qu'il serait plus efficace de juger de la gestion d'un organisme en examinant son fonctionnement au quotidien et incognito.

— Je ne comprends toujours pas pourquoi tu t'es fait embaucher dans ce village de vacances, Harper. Tu n'as pas besoin de treize semaines pour te forger une opinion.

— Je t'ai déjà expliqué, maman. Dans une ville comme Sequim, les gens viennent en villégiature. Alors, si je n'avais pas une autre raison de rester, qui aurait cru qu'une célibataire en vacances serait soudain prise de l'envie irrésistible de s'engager comme bénévole dans un foyer de jeunes à la dérive ? Comment d'ailleurs en aurait-elle seulement connu l'existence ? Et puis, de toute façon, j'avais vraiment besoin de souffler.

— Et pour souffler, tu as pris un travail ?

Harper réprima un soupir. Cette conversation avec sa mère n'était pas une première.

— C'est un boulot qui me plaît, maman. Où je m'amuse. Où je ne suis pas obligée de mentir. Moi, j'appelle ça des vacances.

— Pourtant, à ces gens-là aussi tu mens, non ?

Harper se sentit soudain saisie d'une extrême lassitude. Que s'était-il passé pour qu'un tel fossé se soit creusé entre sa mère et elle ?

— Oui, maman. Tu as raison. Je suis une menteuse invétérée. Incorrigible.

— Non, ma chérie, ce n'est absolument pas ce que je voulais dire. Il me semble simplement que, si cette mission d'inspectrice te rend malheureuse, tu devrais la laisser à quelqu'un d'autre et rentrer à la maison.

— Je ne suis pas malheureuse.

Et c'était vrai. Le subterfuge auquel elle devait se soumettre lui pesait parfois, mais elle en comprenait parfaitement la nécessité. Et elle adorait l'opportunité que lui donnait sa fonction de connaître de nouveaux lieux, de nouvelles personnes. Et aussi soutenir des associations qui aidaient les gamins en difficulté. Mais sa mère, qui voulait qu'elle arrête de voyager et qu'elle se pose, ne le croirait jamais.

Et elle ne se sentait vraiment pas la force de justifier, encore une fois, ses choix.

— Oh ! On sonne. Je te rappelle bientôt, maman.

— Attends, Harper…

— Il faut que j'y aille. Au revoir !

Avec un soupir de tristesse, elle jeta son portable sur la table et se laissa tomber sur le canapé en soupirant.

C'était la meilleure méthode, pour attribuer les subventions aux associations qui le méritaient. Son père avait procédé ainsi et elle continuait à se fier inconditionnellement à son jugement.

Et le petit doute que les propos de sa mère avaient instillé dans son esprit était…

Elle respira longuement, posément.

— Ridicule ! décréta-t-elle.

4

Alors que Max se dirigeait vers la maisonnette de Harper le lendemain soir, un mouvement attira son attention. Il tourna la tête vers la gauche, s'attendant à voir un client des Deux-Frères se prélasser dans le jacuzzi… Non. Personne. Il allait se remettre en chemin quand un remous, au milieu des bulles, l'intrigua de nouveau. Regardant de plus près, il découvrit une femme allongée sur le dos, son cou et sa tête posés contre le bord du bassin.

Cette couleur de peau si riche…

Quittant le sentier, il fila droit vers la petite oasis fleurie et arborée où se nichait le jacuzzi, juste à côté du local technique de la piscine et de l'abri pour les baigneurs.

Le fait que la conversation qu'il avait prévue avec Harper se déroule en ce lieu lui facilitait les choses en lui évitant un tête-à-tête avec elle dans son minuscule bungalow. Mais les compliquait aussi parce que… eh bien… il suffisait de regarder Harper pour comprendre, non ? De près, il voyait affleurer au milieu de l'eau bouillonnante la peau ambrée de ses seins, largement dégagés par le profond décolleté en V du haut de son bikini noir et blanc, ainsi que la courbe de ses longues cuisses satinées et ses orteils aux ongles orange. Et si…

— Stop ! s'ordonna-t-il.

Il s'était juré de ne s'abandonner à aucune pensée lubrique en venant la voir ce soir.

D'accord, c'était irréaliste, mais une promesse était une promesse !

— Quelle solution envisagiez-vous pour augmenter les profits du petit déjeuner crêpes ? demanda-t-il sans préambule au moment où il atteignait le jacuzzi.

Harper sursauta avant de s'enfoncer d'un coup dans les bulles… d'où elle émergea de nouveau quelques instants plus tard. Sa tête d'abord, puis ses épaules, tandis qu'elle cherchait à poser ses fesses sur le siège, sous l'eau.

— Ah zut ! Je vous ai réveillée, marmonna-t-il, confus.

— Quoi ? Non ! Bien sûr que non !

Après avoir bâillé longuement, en cachant sa bouche derrière une main dégoulinant d'eau, elle reconnut avec un petit sourire en coin :

— Enfin, peut-être. Quelle heure est-il ?

Il consulta sa grosse montre Tank.

— Bientôt 20 heures.

— Il n'était pas moins le quart quand je me suis plongée dans le bassin. J'ai dû m'assoupir.

Son rôle de shérif étant devenu une seconde nature…

— Vous savez qu'il est dangereux de dormir dans un bain chaud ?

— Oui, papa, répondit-elle en levant les yeux au ciel.

Mais elle se ravisa, choisissant plutôt d'afficher une mine grave qu'elle accompagna d'un sourire poli.

— Je peux faire quelque chose pour vous, shérif ?

Une flopée de réponses se bousculèrent derrière les lèvres de Max… qu'il ravala sagement. Il n'avait pas quatorze ans, que diable ! Même si la présence de Harper provoquait chez lui des réactions d'adolescent.

Et d'abord, pourquoi était-il venu ? Ne lui avait-il pas laissé sa carte de visite pour qu'elle prenne contact avec lui ? Ce qu'elle n'avait pas fait.

Assez râlé ! Quelles qu'aient été ses raisons pour débarquer ainsi à l'improviste, il était bel et bien là. Impossible de reculer. Alors autant en profiter.

Il s'accroupit, une hanche contre le bord du jacuzzi et une jambe tendue dans l'herbe, indifférent à l'eau qui éclaboussait son jean et lui mouillait les fesses.

— Hier, vous avez dit que vous pourriez m'indiquer un moyen

de rendre l'opération crêpes plus rentable. Comment procéderiez-vous ? demanda-t-il.

Elle leva vers lui son visage auréolé de vapeur et perlé de fines gouttelettes d'eau. De la queue-de-cheval qui rassemblait sur le haut de son crâne ses cheveux frisés s'échappaient des petits tire-bouchons que l'humidité collait contre ses tempes.

— Offrez-moi un Coca et je vous explique, finit-elle par répondre après l'avoir dévisagé un long moment.

Bonne idée ! Une boisson fraîche le calmerait peut-être et lui ferait oublier son envie de lécher les gouttes d'eau qui ruisselaient sur le satin de sa peau vers son décol…

Il se redressa d'un bond.

— J'y vais ! J'en ai pour une seconde.

A son retour, quelques instants plus tard, de la salle adjacente où était installé le distributeur de boissons, il tendit à Harper la cannette qu'il avait décapsulée et ouvrit la sienne, dont il engloutit la moitié du contenu avant de reprendre sa position au bord du jacuzzi.

Elle but une longue gorgée et essuya du bout de sa langue sa lèvre supérieure où une goutte du soda était restée accrochée. Elle posa alors la cannette sur la petite étagère aménagée entre l'arrière du jacuzzi et le mur extérieur de l'abri, et se tourna vers lui.

— Pour commencer, une des façons d'optimiser l'événement est d'organiser des enchères par écrit, commença-t-elle. Rudimentaires ou sophistiquées, peu importe, car de toute façon les personnes qui viennent manger constituent un public captif. Et tout le monde aime l'idée de faire des affaires.

— Est-ce difficile à mettre sur pied ?

— Pas vraiment. Cela prend du temps, mais c'est là que les bénévoles comme moi interviennent. Pour aller quémander des dons chez les commerçants et installer les tables où seront exposés les lots. Eventuellement aussi pour aider à fixer le prix de départ pour chaque objet ainsi qu'à décider de combien l'augmenter à chaque proposition et établir des fiches individuelles pour…

— Attendez ! Pas si vite. Expliquez-moi comme si je n'y connaissais rien.

— *Comme si ?* lança-t-elle, moqueuse.

— Bon, d'accord, je n'y connais rien, reconnut-il avec un

petit sourire. Je suis flic et avant j'étais dans les marines. Alors, ce genre de trucs, ce n'est vraiment pas mon rayon.

— OK, dit-elle en se redressant. Supposez par exemple que Wendy, du Wacka Do's, offre une coupe de cheveux qui coûte d'habitude trente-huit dollars. Vous préparerez une fiche annonçant « Coupe de cheveux chez Wacka Do's, valeur : trente-huit dollars ». Et comme c'est un service et non un joli petit bibelot qui attire de lui-même l'œil d'un enchérisseur potentiel, vous déciderez peut-être d'ajouter une photo de Wendy en pleine action ou d'un modèle de coiffure. Vous suivez, jusque-là ?

— Oui.

Elle prit une gorgée de Coca avant de poursuivre :

— Indépendamment de l'accroche visuelle, il faut noter sur la fiche la mise à prix de départ, disons trois dollars cinquante dans l'exemple présent, soit environ dix pour cent de la valeur réelle, avec une augmentation par palier de cinquante cents ou un dollar. Imaginons à présent que votre frère fasse don de l'une de ses photographies, la valeur du lot serait nettement plus importante en raison de la notoriété de son auteur. Du coup, nous augmenterions le prix de départ et les paliers. Vous comprenez ?

— Oui.

Et l'idée lui plaisait bien. Personne à Sequim n'avait jamais organisé ce genre de manifestation.

— En fait, il suffit de coller les différents trucs sur une table et voilà, conclut-il.

— Ah ! Vous êtes bien un homme ! s'écria-t-elle, sidérée. Le but est de *peaufiner* la présentation afin d'allécher les gens. Il faut aussi leur donner le temps, à la fois de regarder les offres et de réfléchir à ce qu'ils sont prêts à débourser. Il faut également fixer clairement l'heure de la fin de l'enchère et prévoir un responsable à qui le gagnant apportera la fiche et remettra le montant de la dernière somme annoncée. Comme il s'agit d'une collecte de fonds pour une œuvre caritative, il n'y a pas à s'embêter avec les impôts, a priori. Mais je vais quand même vérifier, au cas où la loi serait différente dans l'Etat de Washington.

— C'est super ! Qu'est-ce que vous avez d'autre ?

— Pardon ? demanda-t-elle en écarquillant ses grands yeux vert olive.

45

— Vous avez dit « Pour commencer ». Cela ne signifie-t-il pas que vous avez d'autres idées ?

— Oh là !

Alors qu'elle étendait les bras le long du bord du jacuzzi en renversant la tête en arrière, sa poitrine ainsi que le dessus de ses cuisses musclées à la peau de satin commencèrent à poindre de nouveau entre les bulles. Mais quand, en se tournant vers lui, elle surprit son regard, elle s'immergea en toute hâte.

— J'en ai des millions, dit-elle.

— Parfait !

Pour la première fois depuis leur première rencontre, il se sentait à l'aise avec elle. Après tout, elle l'avait elle-même souligné : il était un homme ! Et quand on offrait au regard d'un homme une poitrine féminine et des jambes magnifiques, il regardait. Et sans aucun scrupule !

— La salle des fêtes vous avait-elle été prêtée gratuitement pour le petit déjeuner crêpes ? demanda-t-elle.

— Oui. Nous avons dû verser un dépôt de garantie, mais qui nous a été restitué intégralement. Enfin, moins le coût de quelques verres cassés.

— Oui, je sais. J'attendais que mon plateau soit rechargé au moment de l'incident. La nourriture et la vaisselle jetable provenaient-elles de dons ?

— Quoi ? Non. Le marchand de crêpes nous a fait une ristourne, mais nous n'avons pas pensé à solliciter la participation du supermarché.

— L'année prochaine, dressez la liste de tout ce dont vous avez besoin et essayez d'en récupérer le maximum gratuitement. Je suppose que vos jeunes ne viennent pas tous de Sequim ?

— Non, effectivement. En fait, nous n'en avons aucun d'ici. Pour la plupart, ils sont originaires de Silverdale ou Bremerton. Quelques-uns même d'aussi loin que Seattle ou Olympia.

— D'après ce que vous m'avez expliqué de leur contexte familial, leurs parents s'impliquent probablement beaucoup moins que ceux avec qui j'ai eu l'occasion de travailler auparavant. Mais si certaines familles ont à cœur de voir leur gamin s'en sortir, en particulier si elles habitent dans les environs car le facteur de proximité augmente les chances de succès, demandez-leur d'aller frapper à la porte de leur supérette habituelle, à celle des imprimeurs et des magasins spécialisés dans les réceptions près de chez eux, bref à toutes celles des commerçants et entreprises susceptibles de vous donner ce que vous seriez obligés d'acheter. Le but est d'avoir le moins de frais pour récupérer le plus d'argent possible au profit de l'association, n'est-ce pas ?

— Absolument.

Il était tellement absorbé par la discussion qu'il ne remarqua même pas que la minuterie commandant les bulles était arrivée en bout de course et que ce calme soudain révélait davantage du corps de Harper.

— Comment se fait-il que vous vous y connaissiez aussi bien sur ce sujet ? demanda-t-il, risquant un œil prudent vers les seins de la jeune femme.

— J'ai exercé une multitude d'emplois intérimaires. Entre autres, j'ai été embauchée dans une école privée en remplacement de la coordinatrice d'enchères qui avait dû rester alitée pendant ses trois derniers mois de grossesse.

— Et... vous avez tout de suite su comment procéder ?

— Non ! Loin de là ! Je n'avais pas la moindre idée du déroulement de la chose. Heureusement, des parents qui y avaient participé les années précédentes pendant leurs heures de PIP m'ont formée.

— C'est quoi, ça, les heures de PIP ?

— Oh ! Pardon. C'est l'acronyme de « programme d'implication parentale ». Dans la plupart des écoles privées, les parents sont censés consacrer une partie de leur temps libre à l'établissement de leur enfant.

Elle se leva, le corps ruisselant d'eau.

— Vous voulez bien me passer la serviette, là ?

Bon sang !

Les bonnes résolutions de Max s'envolèrent. Mais quoi de plus normal, après tout ? Il était un homme, que diable !

Il tendit à Harper la serviette qui était pliée à ses pieds et la regarda fixement, comme hypnotisé, pendant qu'elle s'essuyait. Il avait pensé qu'elle portait un bikini. Le summum du sexy dans les tenues de plage, avait-il toujours cru.

Jusqu'à ce soir.

Le maillot une pièce qui moulait fidèlement les formes de Harper remportait la médaille haut la main. Le tissu mouillé collait à chaque centimètre carré qu'il couvrait.

Et… Oh Seigneur ! Lorsque, se positionnant de trois quarts dos, elle posa un pied sur le rebord du jacuzzi et se pencha pour se sécher la jambe, il tendit la main pour caresser la courbe sublime des fesses de Harper… et s'arrêta juste à temps. Il toussota et s'obligea à revenir à leur conversation avant que la vision de cette incarnation de la *Naissance de Vénus* ne lui trouble irrémédiablement l'esprit.

— Pourquoi un des parents n'a-t-il tout pas simplement pris le relais ? demanda-t-il.

Elle le regarda par-dessus son épaule.

— Pour vous, tout est affaire de logique, n'est-ce pas ? Effectivement, il aurait paru normal de recourir à quelqu'un d'expérimenté… s'il y avait eu un parent disponible pour s'engager dans un travail qui allait demander de s'investir non plus quelques heures par semaine mais dix heures par jour.

Une remarque qui le ramena définitivement sur les rails.

— Mais il y a un instant vous prétendiez que ce n'était pas difficile ! lui fit-il remarquer.

— Le scénario que je propose pour les Cèdres ne l'est pas. Mais les enchères que j'ai organisées pour cette école se tenaient dans un hôtel d'Atlanta, avec un vrai repas et des objets en telle quantité qu'ils auraient rempli une salle de bal. Il y avait aussi un commissaire-priseur officiel qui dirigeait une enchère traditionnelle pour les articles de valeur. Il s'agissait donc d'une entreprise d'une tout autre envergure, beaucoup plus gourmande en temps.

Là-dessus, comme elle avait fini de se sécher, elle se retourna, croisa ses bras sur sa poitrine et le transperça du regard.

— Alors, ai-je prouvé que j'avais l'expérience suffisante pour intervenir comme bénévole aux Cèdres, shérif ?

Heureusement pour lui, ils se trouvaient à l'ombre et Harper ne remarqua probablement pas le sang qui lui monta au cou et au visage. La veille, ébranlé par la microseconde passée pratiquement collé à elle quand il l'avait aidée avec la mini-tour de Pise de verres et s'était résolu à ne pas devoir la croiser dans un endroit où il pouvait se lâcher, il s'était persuadé qu'elle ne pourrait proposer aucun service utile au foyer et que, de toute façon, les jeunes ne feraient qu'une bouchée d'elle.

Jusqu'au moment où, d'un seul regard, elle avait maté Brandon.

Il avait alors su avec une certitude absolue qu'elle ne se laisserait pas marcher sur les pieds par les pensionnaires des Cèdres.

— Oui. Plus que suffisante, assura-t-il. Souhaitez-vous avoir un emploi du temps fixe…

Ce qui lui conviendrait mieux, dans leur intérêt à tous les deux, parce que ainsi il s'arrangerait pour ne pas se trouver au foyer les mêmes jours qu'elle.

— … ou…

— Je préférerais pouvoir venir quand je veux, si vous n'y voyez pas d'inconvénient. Mes horaires aux Deux-Frères varient d'une semaine à l'autre et parfois d'un jour à l'autre.

— Pas de problème.

Il chercha dans son portefeuille la carte des Cèdres qu'il savait y avoir mise et la tendit à Harper.

— Elle est un peu chiffonnée, je suis désolé, mais les coordonnées de Mary-Margaret, la directrice, sont lisibles. C'est à elle qu'il faut vous adresser. Je l'informerai de notre conversation jeudi, de façon à ce qu'elle vous situe lorsque vous lui téléphonerez.

— Merci, Max.

Elle glissa la carte dans une des poches de l'ample veste rouge vif qu'elle venait d'enfiler par-dessus son maillot.

— Je l'appellerai vendredi, dit-elle en ramassant sur la petite étagère la clé de sa maison et la cannette de soda encore à moitié pleine.

— Vous retournez chez vous ? s'enquit-il.

— Oui. La journée a été fatigante. Je vais me coucher tôt.

Elle l'examina un moment avant d'ajouter :

— Vous devez être exténué, vous aussi. Hier, vous avez trimé derrière un fourneau tout en gérant un groupe d'ados et aujourd'hui, visiblement, vous n'étiez pas en congé, précisa-t-elle en désignant son uniforme et son pistolet.

— Que voulez-vous que je vous dise ? répliqua-t-il dans un haussement d'épaules. Je suis un dur à cuire.

Une main tout près du creux des reins de Harper, il lui fit signe de le précéder.

— Je vais vous accompagner jusqu'à chez vous et ensuite je regagnerai mes pénates, moi aussi, dit-il. J'ai une bière qui me réclame à grands cris.

— Je peux rentrer toute seule, vous savez. Mais vous n'en ferez qu'à votre tête, n'est-ce pas, monsieur Ange Gardien ?

Elle lui décocha un petit sourire moqueur et s'engagea sur le chemin.

Les mains dans les poches, il la suivait à quelques centimètres.

— C'est moi, effectivement. Et pour une femme que je parie être indépendante, vous capitulez plutôt facilement. Très suspect !

— Ne jamais se mettre entre un homme et sa bière. Telle est ma devise.

— Vous êtes sérieuse ?

— Tout à fait.

— Alors je vais être obligé de vous épouser.

Il crut la voir vaciller. Mais il s'était vraisemblablement trompé car le temps qu'il cligne des yeux elle marchait de nouveau avec un balancement fluide de ses hanches. Sans même parler du nouveau petit sourire ironique qu'elle lui décocha.

— Vos critères pour le choix de votre future épouse manquent d'exigence, non ? Vous ne placez vraiment pas la barre très haut !

— Je ne plaisante jamais avec ma bière, répliqua-t-il, sidéré de se sentir si à l'aise avec elle.

— Ah ! Dans ces conditions…

La phrase resta en suspens et ils se turent le reste du chemin.

— Merci, Max, dit-elle lorsqu'ils arrivèrent devant chez elle. Vous êtes un type bien.

— Certainement pas !

Elle fronça les sourcils d'un air perplexe.

— Ce n'était pas une insulte !

Sauf que le coup du « type bien » était un parfait tue-l'amour…

Et alors ? Quelle importance ? Ce n'était pas comme si une femme comme Harper allait accepter de coucher avec un homme comme lui !

— Vous avez raison, dit-il avec une politesse un peu raide en se réfugiant derrière le bouclier de professionnalisme qu'il avait utilisé depuis la première heure contre l'attirance qu'elle exerçait sur lui. Vous m'avez adressé un très gentil compliment.

La journée a été longue, comme vous l'avez dit vous-même. Mais c'est toujours un plaisir pour moi de pouvoir apporter mon aide.

Il se détourna alors pour la laisser taper son code d'entrée.

— Bonne soirée !

— Merci, bredouilla-t-elle.

Mais il avait déjà quitté le perron et parcouru la moitié de l'allée.

5

— Ah ! Enfin nous avons réussi à nous voir ! s'écria gaiement Harper, comme elle s'asseyait en face de Tasha à une petite table en bois, au bar L'Ancre marine, le vendredi après-midi.

— Comme tu dis, enfin ! C'est génial que tu aies pu te libérer pendant la journée. L'inconvénient de ma pizzeria, c'est que je suis généralement en plein boum quand tout le monde s'apprête à décompresser de sa journée de travail et à rentrer chez lui.

— Moi, le point noir de mon boulot, c'est l'irrégularité de mes horaires. Ce matin, j'ai encadré un groupe pour une balade en kayak, le long de la côte jusqu'au port. Mais comme le vendredi est le grand jour des chassés-croisés, entre les départs le matin et les arrivées en fin d'après-midi, je n'ai rien de programmé avant mon atelier de yoga sur la plage, ce soir. Alors, c'est un petit miracle pour nous !

— Qu'est-ce qui est un petit miracle pour vous ?

Un sac à main atterrit sur la table à côté de Harper, et Jenny tira la chaise voisine.

— Rassurez-moi, je n'ai rien raté d'intéressant au moins ? demanda-t-elle en s'installant.

— Non, t'inquiète ! répondit Tasha. Nous nous félicitions seulement d'avoir trouvé un créneau pour nous voir.

— Oh oui ! C'est dur pour les prolos ! Mieux vaut être la patronne, comme moi, décréta Jenny avec un grand sourire.

— Hé ! Moi aussi je suis la patronne, protesta Tasha.

— Ce qui ne t'empêche pas d'être coincée au Bella T de la fin de l'après-midi jusqu'à pas d'heure dans la soirée. Qu'est-ce que je raconte ? En été, c'est plutôt à partir de midi.

— Oui, il faudrait d'ailleurs que j'embauche du personnel. Malgré tout, je ne peux pas me plaindre, je ne suis pas la tâcheronne de service, comme Harper, ajouta-t-elle avec un sourire espiègle.

— Sympa ! Merci ! s'indigna Harper… dans un éclat de rire.

Quel gâchis de ne pas avoir lié de vraies amitiés auparavant ! Mais elle allait réparer cette erreur.

Cette fois, peu importait la durée de son séjour à Sequim, elle nouerait des liens solides avec les gens. Dorénavant, elle ne se contenterait plus de relations superficielles, agréables certes, mais éphémères.

— Alors comme ça tu as réussi à t'arracher des bras de ton prince charmant, Jenny ? poursuivit Tasha en levant la main pour appeler une serveuse. Bravo !

— Ça n'a pas été facile, admit Jenny dans un soupir à fendre l'âme. Mais cela fait trop longtemps que je n'ai pas passé un vrai moment entre filles. J'ai beau aimer Jake de tout mon cœur, je commençais à souffrir du manque d'œstrogènes.

— Je comprends parfaitement ce que tu veux dire, déclara avec gravité Tasha. Aussi adorables que soient les hommes, il y a un moment où on se lasse d'un trop-plein de testostérone.

— Qui n'a pourtant pas que des inconvénients, murmura Jenny avec une moue pleine de sous-entendus qui provoqua l'hilarité de ses deux compagnes.

— C'est ça ! Remue le couteau dans la plaie, pour nous qui n'avons pas eu ta chance. A moins que je ne sois la seule ? ajouta Harper avec un regard interrogateur à Tasha.

— Non. Hélas, trois fois hélas, c'est ceinture pour moi aussi.

— Vous avez choisi, mesdames ? les interrompit la jeune serveuse blonde en déposant trois sous-verre sur leur table.

Lorsqu'elles eurent passé leur commande et que la serveuse se fut éloignée, Jenny se tourna vers Harper et, un coude sur la table, le menton dans la main, se mit à la scruter.

— Je ne t'aurais jamais prise pour une buveuse de bière, déclara-t-elle au bout de quelques secondes.

— Tu croyais que je buvais quoi ?

— Du martini, répondit sans hésiter Tasha approuvée de la tête par Jenny.

— Ah bon ? Pourquoi ?

— Probablement à cause de ton allure…

Jenny dessina de la main la silhouette de Harper avant de conclure, avec l'assentiment de Tasha :

— … raffinée. Ça n'a aucune importance d'ailleurs, ajouta-t-elle en balayant le sujet d'un autre geste de la main. Dis-moi, Harper, je me demandais… Accepterais-tu des responsabilités supplémentaires aux Deux-Frères ?

— Euh… Je ne sais pas.

La proposition suscita à la fois plaisir et gêne chez Harper. Elle adorait relever des défis, et l'exercice de nouvelles fonctions en représentait incontestablement un. Mais en même temps elle n'était pas venue à Sequim pour travailler aux Deux-Frères…

— Comme tu le sais, je ne cherche pas à faire des semaines de quarante heures, répondit-elle prudemment.

— Pour le moment, tu n'atteins même pas les trente, répliqua Jenny en se redressant sur sa chaise comme pour donner davantage de poids à ses arguments. Ce que j'ai en tête t'en ajoutera cinq. En outre, je crois que mon idée correspond exactement à tes goûts et à tes compétences.

— Tu m'intrigues.

— Moi aussi, renchérit Tasha, les yeux brillant de curiosité.

— Voilà. Tous les ans en septembre, du jeudi précédant Labor Day jusqu'à la fin des célébrations le lundi soir, se déroulent les Journées de Sequim. Max a parlé à Jake de tes différentes suggestions pour donner un coup d'accélérateur aux collectes de fonds pour les Cèdres et, évidemment, Jake me les a rapportées. C'est exactement le genre d'impulsion novatrice dont mon village de vacances a besoin dans le cadre de sa participation aux manifestations de la ville.

Jenny avait dû remarquer que Harper commençait à secouer la tête car elle s'empressa d'ajouter :

— Je ne te demande pas de réinventer la roue, ma chérie, seulement de gérer et d'améliorer ce qui existe déjà. Par exemple, nous réservons toujours un certain nombre de places pour la parade du samedi et le feu d'artifice du lundi soir. Tu occupes une position idéale pour en informer les clients. Tu pourrais aussi prévoir une soirée autour de thèmes et d'activités ciblés pour les adultes, et une soirée de jeux pour les enfants. Tu es tellement créative que je t'imagine parfaitement dans ce rôle.

— Mais pourquoi ne t'en charges-tu pas, toi ? s'étonna Harper. Tu dois être rodée, à présent.

— La routine, c'est justement une partie du problème, expliqua Jenny sur un ton confidentiel après le départ de la serveuse venue leur apporter leurs consommations. J'ai vraiment l'impression qu'un regard neuf est nécessaire. Et puis les Journées de Sequim coïncident avec la semaine la plus chargée pour les Deux-Frères.

Quelques idées germaient déjà dans l'esprit de Harper, qui ne pouvait nier combien la proposition de Jenny la tentait. Elle adorait ce genre de mission.

— D'accord, dit-elle. Ça m'intéresse. J'accepte.

— Super ! s'exclama Jenny. Passe à mon bureau demain pour…

— Tout allait très bien jusqu'à ce que tu arrives ! l'interrompit une voix agressive.

Harper se retourna juste à temps pour voir un homme pousser violemment la boisson d'un client assis au bar avec une femme. Le verre se renversa et son contenu se répandit sur le zinc, puis par terre, éclaboussant au passage la femme, qui se leva d'un bond en brossant ses vêtements de la main.

— Allons bon ! Voilà Wade qui remet ça, murmura Jenny qui s'était elle aussi retournée.

— Qui est ce Wade et qu'est-ce qui lui a pris ? s'enquit Harper.

— Wade Nelson. Il était marié avec Mindy, à une époque, répondit Tasha en indiquant du menton la femme qui s'était levée.

— Mais Wade avait des problèmes de comportement, poursuivit Jenny. Alors, un beau jour, Mindy en a eu assez et l'a mis dehors. Par la suite, elle a rencontré Curt Neff et, un an après, ils convolaient en justes noces. Wade refuse d'accepter que tout soit définitivement fini entre son ex et lui.

— C'est bizarre qu'ils ne répliquent rien, s'étonna Harper alors que Wade se déchaînait contre Curt.

Seule sa bonne éducation la retint de ne pas se tourner de nouveau pour observer la scène.

— L'expérience leur a appris que la meilleure solution consiste à l'ignorer, expliqua Jenny. Cela dit, j'admire leur stoïcisme. Personnellement, je ne crois pas que je serais capable de me taire.

— Oui, il doit falloir sacrément prendre sur soi. Depuis combien de temps cela dure-t-il ?

— Sept ans.

Harper laissa échapper un petit hoquet de surprise.

— Tu me fais marcher, là ! Ils sont séparés depuis *sept* ans et il croit encore qu'elle va lui retomber dans les bras ? Quand il se conduit de la sorte, en plus ?

— Cela fait sept ans que Mindy a épousé Curt, rectifia Jenny. Son divorce avec Wade date de presque neuf ans, maintenant. Mais tu as tout compris. Il refuse d'admettre qu'elle ne reviendra jamais.

Un flot de lumière inonda brusquement le bout du bar en même temps qu'un nouveau client poussait la porte pour entrer.

— Viens, Wade.

Harper aurait reconnu cette voix grave, pleine d'autorité entre mille… Telle l'aiguille d'une boussole cherchant le nord, elle se tourna vers Max Bradshaw qui avançait vers le comptoir.

Il portait son uniforme, cravate noire serrée à l'étrangler, chemise kaki à épaulettes avec badge doré épinglé sur la poitrine et des manches courtes d'où s'échappaient ses biceps musclés, avec un écusson noir et vert en forme de bouclier arborant un aigle en plein vol et les mots « Police de Sequim ».

Son jean, souple et blanchi par l'usure aux coutures, aurait détonné avec le haut strictement réglementaire de sa tenue sans le ceinturon multifonction auquel étaient suspendus tous les accessoires indispensables à l'exercice de son métier, dont un pistolet qui n'était visiblement pas un jouet. En fait, sa mine sévère aurait peut-être suffi à gommer toute impression de laisser-aller que son jean aurait pu suggérer.

Elle le regarda poser une de ses larges mains sur l'épaule de Wade et fut prise de délicieux frissons au souvenir de cette même main à quelques centimètres du creux de ses reins quand il l'avait escortée du jacuzzi à son bungalow…

— Allez, viens, Wade ! répéta-t-il.

Wade se dégagea si brutalement qu'il en perdit l'équilibre et fusilla Max du regard comme s'il l'en rendait responsable.

— Pourquoi tu ne l'emmènes pas, lui ! lança-t-il avec un mouvement accusateur du menton en direction de Curt.

Tout en tendant le bras pour rattraper Wade et l'empêcher de tomber, Max répondit posément :

— Parce que d'après le coup de fil que j'ai reçu Mindy et Curt étaient tranquillement assis au comptoir en train de prendre un verre quand *tu* es entré et que *tu* as commencé à les agresser verbalement. Comme j'ai déjà été appelé des dizaines de fois pour exactement le même motif, je n'ai aucune raison de mettre en doute la véracité des faits.

Il se tut un instant, le regard planté dans celui de Wade.

— Maintenant, soit tu me suis gentiment, soit je te passe les menottes et je te sors d'ici par la peau des fesses. A toi de choisir, Wade.

— Très bien.

En tirant sur le col de son T-shirt souillé pour dégager sa pomme d'Adam, Wade tourna la tête vers la gauche, puis vers la droite.

— Si c'est comme ça !

Là-dessus, il se dirigea vers la sortie en traînant des pieds, la main de Max fermement posée entre ses omoplates pour le pousser chaque fois qu'il hésitait.

Quand Max, passant le bras devant Wade, ouvrit la porte, un flot de soleil envahit de nouveau la salle avant que les deux hommes ne disparaissent.

Lâchant l'air qu'elle avait inconsciemment retenu, Harper murmura dans un soupir :

— C'est dingue que personne n'ait jamais mis le grappin sur lui.

— Sur qui ? demanda Jenny, perplexe.

Comprenant brusquement qu'elle avait parlé tout haut, elle écarquilla les yeux et se redressa.

— Sur qui ? répéta Jenny. Max ?

— Oui. Oh ! D'accord, il n'est pas le mec le plus sociable de la terre, mais il est grand, costaud et incroyablement compétent dans tout ce qu'il entreprend. Personnellement, je trouve ça hypersexy.

Devant la mine abasourdie de ses amies, elle se ressaisit.

— Hé ! Ne me dites pas que je suis la seule femme en ville à le trouver séduisant !

— Eh bien… en gros, si, répondit Tasha.

Puis, elle secoua la tête et ajouta :

— En fait, tu as raison. Il est bel homme. Il est vachement bien bâti, un truc de fou.

— Et il a un sourire à tomber à la renverse, renchérit Jenny. Mais il ne le lâche pas souvent !

— Mais, comme tu l'as souligné, il n'est pas le roi de la sociabilité, conclut Tasha.

Jenny acquiesça avec véhémence et Tasha poursuivit, à l'adresse de Harper :

— Son sérieux, pour ne pas dire sa froideur, effraie les femmes. Maintenant que tu le dis, je m'aperçois que je ne l'ai pas vu avec une compagne attitrée depuis qu'il est revenu en ville.

— Bizarrement, j'associe Max à Sequim, fit remarquer Harper. Où était-il avant ?

Surtout, reste naturelle ! s'ordonna-t-elle.

En effet, pour la première fois depuis qu'elle avait pris la succession de son père pour évaluer les associations qui déposaient une demande de subvention auprès de Sunday's Child, elle se sentait vaguement honteuse de feindre l'ignorance. Car Dieu sait qu'elle avait épluché les dossiers de chacun des membres du conseil d'administration des Cèdres !

Mais elle était chargée d'un travail. Et aussi gênée soit-elle de devoir mentir à Tasha et Jenny, elle craignait d'éveiller les soupçons de ses amies en ne manifestant aucune curiosité.

— Il a passé plusieurs années avec les marines, dans des pays en guerre, essentiellement, répondit Tasha. Mais il est rentré depuis un bout de temps et, comme je te l'ai dit, je ne vois pas une seule femme à qui il se soit intéressé. Oh bien sûr il bavarde avec certaines, mais c'est plutôt elles qui parlent et lui qui écoute, et jamais il ne m'a donné l'impression qu'il sortait avec l'une d'elles. Et toi Jenny ?

— Pareil. Ce qui est bizarre, quand on y réfléchit. Parce que d'accord, il est un peu ours, mais côté virilité, il n'y a rien à lui reprocher. Difficile de l'accuser d'en manquer…

— Sans déconner !

— Ah ! Super ! s'exclama Jenny avec un sourire en étudiant Harper. Tu connais des gros mots, finalement ?

— Pourquoi ? C'est une bonne chose ?

— Ni bonne ni mauvaise, sauf quand on est confronté à ces

jeunes qui sont incapables d'aligner plus de trois mots sans y glisser un « putain ». Remarque, tout le monde le fait plus ou moins. Mais toi, depuis que nous nous connaissons, tu as été absolument… irréprochable.

— N'importe quoi !

— Non, elle n'a pas tort, renchérit Tasha. Tu es super bien élevée, tu te tiens hyper droite comme si tu t'étais entraînée à marcher avec des livres en équilibre sur la tête quand tu étais petite, tu sais toujours adapter ta tenue vestimentaire aux circonstances. Et puis, quand on t'entend, on sent tout de suite que tu as fait des études. Bref, tu parles comme une gosse de riche.

— C'est vrai, enchaîna Jenny. Pour une Américaine, tu as un accent très britannique.

— OK, là-dessus je plaide coupable. Nous n'arrêtions pas de déménager avec mes parents quand nous étions petits, mon frère Kai et moi. Alors j'ai souvent eu des précepteurs. Et quand nous restions dans un endroit suffisamment longtemps pour fréquenter l'école du coin, l'anglais qui y était pratiqué et enseigné se rapprochait énormément de celui de la reine. Apparemment, j'ai gardé le rythme de phrase plus que l'accent proprement dit.

Elle prit une gorgée de sa bière et secoua la tête.

— En revanche, je ne suis pas une gosse de riche. Si mes grands-parents paternels étaient très à l'aise, mon père, lui, se débrouillait gentiment, sans plus, et en tout cas sans atteindre le niveau de revenus de ses parents. Quant à moi, franchement, je ne roule pas sur l'or.

— Ah ! Mais tu parles à des filles qui ont grandi dans les bas quartiers, riposta joyeusement Tasha en rapprochant sa chaise de la table pour laisser le passage aux autres clients. Enfin… Jenny, elle, est née du bon côté de la frontière, mais les circonstances ont voulu qu'elle atterrisse du mauvais côté à l'âge de seize ans.

Elle décocha à Harper un sourire un peu provocateur et conclut :

— Alors, nous nous laissons facilement impressionner.

Au naturel de ce dernier aveu, Harper comprit que Jenny et Tasha, loin de la rejeter comme n'appartenant pas à leur monde, l'acceptaient telle qu'elle était. Elles lui faisaient simplement part de leur ressenti, sans aucune arrière-pensée.

Après avoir pris une nouvelle gorgée de bière, elle se cala contre le dossier de sa chaise et reprit :

— J'ai passé beaucoup plus de temps avec des adultes qu'avec des gens de mon âge. Du coup, je n'ai pas grand-chose de la trentenaire américaine moyenne, mais je peux me mettre à jurer comme un charretier si vous voulez ! lança-t-elle avec un large sourire. Je sais faire.

Reprenant son sérieux, elle les considéra d'un air perplexe.

— Vu la taille de Sequim, j'ai pu facilement arpenter la ville, et pourtant je n'ai pas vu beaucoup de beaux mecs de notre âge, depuis mon arrivée ici. Alors, ni l'une ni l'autre n'avez jamais été tentées par Max ? Je croyais que les jeunes filles étaient fascinées par les beaux ténébreux du style Heathcliff ou Edward le vampire ?

— Max ne vivait pas ici lorsque Tasha et moi étions au lycée, et quand il est revenu s'installer à Sequim, nous nous préoccupions toutes les deux avant tout de notre avenir professionnel. Il ne nous a donc jamais traversé l'esprit de le considérer comme un flirt potentiel. De toute façon, personnellement, j'aime les hommes qui me font rire.

— Moi aussi, assura Tasha. Et Max n'est tout simplement pas mon genre.

Harper la dévisagea.

— C'est quoi ton genre ?

— Je les aime grands, mignons et drôles.

A peine eut-elle prononcé ces mots, que ses yeux s'assombrirent et sa bouche, dont la lèvre inférieure était bizarrement plus charnue que la supérieure, se crispa.

— Je retire, dit-elle en soulignant sa déclaration d'un mouvement du bras. J'ai renoncé à avoir un type d'homme idéal. J'ai très mauvais goût dans le domaine masculin.

— Faux ! objecta avec fermeté Jenny. Tu t'es trompée une fois, Tasha. Une seule fois.

— Vu qu'à la suite de cette fois-là je me suis retrouvée dans une prison des Bahamas, je pense que ça suffit, non ? rétorqua Tasha avec froideur.

Harper allait lui demander des détails, mais un coup d'œil aux épaules tendues de Tasha, sans parler de son brusque intérêt pour le verre qu'elle tenait entre ses mains, l'en dissuada. Ce sujet était de toute évidence sensible. Rien n'était plus clair — même pas les eaux cristallines bleu et vert du canal Hood à marée basse — que le message silencieux lancé par Tasha : elle avait parlé sans réfléchir et souhaitait en rester là.

Aussi, pour alléger l'atmosphère, Harper conclut-elle d'un ton exagérément hautain :

— J'en déduis que je suis la seule à fantasmer sur ce beau shérif adjoint et ses menottes ?

Ses amies éclatèrent de rire, dissipant la tension qui, tel un nuage toxique, avait momentanément plané au-dessus de leur table.

— Exactement, confirma Tasha avec un sourire en coin. Cela dit, tous mes vœux t'accompagnent !

— Et si jamais ce fantasme devient réalité pour toi, tu auras intérêt à nous donner des détails, ajouta Jenny.

— *Tous* les détails, précisa Tasha. Parce que Jenny a raison. Max est tout sauf asexué, et je suis la première à vouloir savoir ce qu'il attend de sa partenaire.

Harper se figea.

Comme si elle avait besoin qu'on lui mette cette image dans la tête ! Son imagination s'emballait suffisamment toute seule !

6

Tout juste sorti du lit en ce samedi matin, Max se tenait devant la porte ouverte de son réfrigérateur en se grattant distraitement le ventre au-dessus de la ceinture de son short, un jean dont il avait coupé les jambes. Le choix pour le petit déjeuner s'annonçait des plus restreints : quelques cannettes de Coca, des bouteilles de Budweiser en nombre encore plus limité, un malheureux petit carton aux trois quarts vide de lait peut-être tourné et un assortiment de condiments composé essentiellement de moutarde et de Tabasco.

Bien sûr, rien ne l'empêchait d'enfiler une chemise et une paire de tongs et d'aller s'offrir un menu du pêcheur au Sunset Café. Ou plutôt une assiette d'œufs au bacon avec des galettes de pomme de terre et un toast à la confiture...

Mais s'il voulait commencer rapidement les travaux qu'il s'était promis d'effectuer aujourd'hui, mieux valait qu'il ne sorte pas et qu'il se débrouille avec ce qu'il avait.

Il prit le carton de lait, déplia le bec verseur, sentit... Pas d'odeur d'aigre, conclut-il en fermant la porte du réfrigérateur avec son pied. Il attrapa un bol, une cuillère et un paquet de Froot Loops dans le placard avant de gagner la table où, après avoir poussé sur le côté à l'aide du carton de lait une pile de courrier non encore décacheté, il posa son chargement. Il considéra un instant sa machine à café, froide et silencieuse sur le comptoir... Avec un haussement d'épaules, il se rabattit sur une cannette de Coca.

Le petit déjeuner des champions.

Tout en buvant goulûment son soda, il coinça son pied entre les barreaux arrière de la chaise pour la tirer et s'asseoir. Il attaqua alors son festin avec appétit.

Quand il eut tout englouti, il retourna dans la cuisine, vida les quelques gouttes de lait restantes et mit le carton ainsi que le bol, la cuillère et la cannette dans l'évier. Il s'en occuperait plus tard. Il y avait plus urgent, pour le moment.

Une fois chaussé de ses vieilles baskets élimées, il se rendit dans le garage pour chercher ses outils et son escabeau, et se mit rapidement au travail. Il comptait bien profiter aussi de la plage, aujourd'hui.

Il venait de terminer l'application d'un produit à base d'eau oxygénée sur les clins en cèdre de la façade nord de sa maison et avait commencé à gratter la moisissure logée dans les interstices quand il entendit un crissement de pneus dans son allée. Il posa son grattoir sur la plate-forme de l'escabeau, sauta à terre et gagna le coin de la maison, très intrigué car il recevait rarement des visites.

Plus exactement, jamais.

Il arriva au moment où Jake sortait de sa Mercedes BlueTec tape-à-l'œil, et se sentit… plein de joie. Une sensation récente qui, à sa grande surprise, le saisissait chaque fois qu'il voyait son demi-frère longtemps haï.

Il s'étonnait chaque jour de la nouvelle tournure qu'avait prise leur relation. Après tout, ils avaient passé beaucoup plus de temps à se détester qu'à s'apprécier.

— Salut ! lança-t-il. J'ignorais que tu devais venir.

— Je me suis dit que, pour visiter ta maison, il fallait que je prenne le taureau par les cornes et que je m'invite.

Sans se presser, Jake l'examina des pieds à la tête par-dessus ses lunettes de soleil.

— Sinon, je pourrais attendre jusqu'à la fin des temps, finit-il par ajouter.

— Je suis désolé, marmonna Max, mais la plupart des potes avec qui je traînais, avant, étaient soit partis soit en délicatesse avec la justice quand je suis rentré de l'armée. Du coup, j'ai perdu l'habitude de proposer aux gens de passer.

— Tu n'as aucun ami ?

— Bien sûr que si. Mais ce sont des marines, pour la plupart, alors nous sommes éparpillés un peu partout. Et puis il y a quelques types avec qui je joue au billard à L'Ancre marine ou avec qui je partage une bière en ville, à l'occasion.

Mais il ne les voyait que rarement.

— Et puis dis donc, Jake, c'est l'hôpital qui se moque de la Charité, là, non ? Je n'ai pas vu des hordes de copains autour de toi non plus.

Avec un grognement, Jake remonta ses lunettes sur son nez.

— Ce n'est pas faux, reconnut-il en se détournant pour examiner la propriété.

Max, qui s'enorgueillissait habituellement de son indifférence à l'opinion des autres, se surprit à attendre le verdict de Jake avec impatience et une certaine appréhension.

— C'est plutôt sympa, déclara ce dernier, le visage impassible, après avoir inspecté tout à loisir la maison et le terrain.

— *Vachement* sympa, tu veux dire, ne put s'empêcher de s'indigner Max... avant de sourire.

Vu la façon dont ils s'insultaient régulièrement tous les deux il y a peu, il devait interpréter le « plutôt sympa » comme un compliment dithyrambique.

Il se trouvait indéniablement pathétique d'accorder une telle importance à ce que pensait son frère mais, même dans ses pires moments de rébellion, il ne s'était jamais menti. Il dut donc reconnaître qu'il était... peut-être pas *hyper* content, un excès langagier qu'il préférait laisser aux jeunes, mais en tout cas indiscutablement content.

Aussi étonnant que cela puisse paraître, il ne considérait plus Jake comme son demi-frère, mais tout simplement comme son frère. Et, oui, il était content que ce dernier aime sa maison.

Bien sûr il se serait crevé un œil plutôt que de l'avouer ouvertement — et surtout à Jake ! —, mais son souhait le plus cher était de mener une vie tranquille, dans une chaumière d'image d'Epinal, marié à une femme aimante qui le ferait passer avant tout le reste. Parce que ça... Eh bien, ça, c'était quelque chose qui relevait de l'utopie pour lui qui n'avait jamais occupé la première place dans le cœur de personne.

Il aimerait aussi avoir des enfants, un jour. Et jamais, *jamais*, il ne se comporterait comme son père. Plutôt sacrifier un de ses testicules que de tromper sa femme ou abandonner ses gamins !

Toutefois, il était loin d'avoir réalisé ce rêve et ne savait même pas s'il le réaliserait un jour. Les femmes ne vous tombaient pas toutes rôties dans le bec. Il fallait se bouger, pour provoquer les rencontres. Cela dit, il avait sa maison. C'était une première étape. Et peut-être s'attaquerait-il bientôt à la suivante en allant passer une soirée au Vaudou Bar à Silverdale. Pourquoi pas ? Il aimait danser et c'était un endroit sympa où il trouverait des cavalières sans aucune difficulté.

Et même s'il ne tombait pas sur *la* femme, il pourrait au moins s'envoyer en l'air. Et ça, franchement, il ne refuserait pas — depuis le temps que cela ne lui était pas arrivé !

S'arrachant à ses ruminations sur le désert de sa vie sexuelle, il poursuivit la conversation avec Jake :

— Je fais des travaux. La maison était en piteux état quand je l'ai achetée mais sa structure est saine. Un jour, ce sera un petit bijou.

— Oui, je n'en doute pas. Quelle surface fait le terrain ?

— Deux hectares et demi.

Les mains dans les poches, Jake se balançait d'arrière en avant sur ses talons en contemplant le grand jardin délimité par des arbres sur trois de ses côtés.

— Ça me plaît bien, dit-il. On se sent à l'abri des regards indiscrets.

Puis, glissant un sourire en coin à son frère, il ajouta :

— Le lieu idéal pour notre prochain barbecue. Tu n'y couperas pas.

Max fut saisi de panique à cette perspective. Non qu'il soit opposé à l'idée, d'autant moins qu'il avait été suffisamment invité chez Jake et Jenny pour leur rendre la pareille. Seulement il n'avait jamais organisé une réception qui exigeait davantage que des bières et des chips.

Il prit cependant sur lui.

— Oui, pourquoi pas ?

Avec une grimace amusée, comme s'il avait lu à livre ouvert dans ses pensées, Jake lui décocha un coup de poing fraternel dans l'épaule. Puis, sans lui laisser le temps de répliquer ou seulement de décider comment répliquer, il procéda à un nouvel examen de la maison.

— Que faisais-tu quand je suis arrivé ? demanda-t-il.

Un terrain sur lequel Max se sentit aussitôt plus à l'aise. Il adorait sa propriété et, sur ce sujet-là, nul besoin de se creuser la tête pour savoir quoi dire !

— Je profite de mon jour de congé et de la période actuelle de beau temps pour m'attaquer à l'extérieur. Ce que tu vois, c'est la teinte d'origine ou du moins celle qui existait quand j'ai acheté. Je viens de commencer à décaper et à gratter les moisissures de la façade nord pour teindre dans une nouvelle couleur.

— Chapeau ! Tu veux un coup de main ?

Max éclata de rire.

— Dans ta tenue de mannequin, avec tes vêtements de marque ? Tu rigoles ! Regarde dans quel état je suis !

Il indiqua les taches de produit et de moisi qui maculaient son menton, son cou, ses cheveux, son T-shirt et son short effiloché.

— Tes fringues coûtent probablement plus que les mensualités de mon emprunt, ajouta-t-il.

— Arrête ! Ce n'est pas un travail de forçat non plus !

Sans autre forme de procès, Jake enleva son T-shirt, qu'il jeta par terre un peu plus loin et qui fut bientôt rejoint par son short. Vêtu de son seul bronzage, de son caleçon et de ses nu-pieds, il se tourna vers Max, un grand sourire aux lèvres.

— Je suis prêt !

— La vache ! marmonna Max en secouant la tête. Tu dois sacrément t'ennuyer aujourd'hui.

— C'est vrai, reconnut Jake avec une grimace penaude. Jenny travaille et Austin fait du bateau avec Nolan et Bailey. J'ai fini de trier mes photos et j'ai joué à la petite fée du logis chez moi. Il me faut un travail d'homme, maintenant.

Max éclata de rire et le conduisit sur le chantier. Il lui expliqua comment lessiver le revêtement en bois avant d'aller chercher un autre grattoir pour lui, dans le garage.

A deux, ils terminèrent la façade nord en un temps record. Une corvée partagée et une occasion de bavarder qui changèrent agréablement Max des travaux effectués en solitaire qui lui paraissaient interminables. Une fois les outils nettoyés et l'escabeau rangé, il proposa à Jake de venir se laver chez lui et en profita pour lui montrer les aménagements qu'il avait réalisés à l'intérieur pendant son temps libre depuis deux ans.

— Ça va être vraiment chouette quand tu auras tout fini, déclara Jake, visiblement impressionné lorsqu'ils gagnèrent le rez-de-chaussée après avoir inspecté les chambres encore en chantier à l'étage. Il va falloir que Jenny et moi nous mettions en quête d'une maison assez grande pour vivre à trois et installer un bureau et une chambre noire. J'en ai marre de vivre séparé d'elle.

— Tu m'étonnes ! Maintenant que tu lui as offert la bague, sais-tu quand tu vas concrétiser ?

La sonnerie du téléphone empêcha Jake de répondre. Max extirpa son appareil de dessous une petite pile de *Law Officer* — le magazine des policiers — sur la table basse du salon et lut le numéro qui s'affichait avec le mélange habituel de joie et d'appréhension.

— Il faut que je prenne l'appel, Jake. Il y a de la bière dans le frigo et des chips dans le placard au-dessus. Sers-toi.

Quand son frère eut disparu dans la cuisine, il décrocha.

— Bonjour, maman. Alors, comment ça se passe à Londres ?

— Il pleut.

Bon ! Il allait avoir droit aux jérémiades, aujourd'hui ! Autant s'y préparer.

Sans relever le ton grincheux de sa mère, il enchaîna avec enjouement :

— Ici, il fait beau depuis une quinzaine de jours. Ça compense l'hiver pourri qu'on a connu.

— Je dois reconnaître qu'à Londres le printemps n'a pas été trop moche, reconnut sa mère du bout des lèvres.

— Ah ! Tu vois ! Comment va Nigel ?

— Très bien !

Avec quelle rapidité sa voix s'était animée ! nota Max, amusé.

Il se rappela comme il avait été surpris — un doux euphémisme ! — quand, en rentrant à la fin de son temps chez les marines, il avait découvert que sa mère était partie avec armes et bagages et avait épousé Nigel sans juger bon d'en informer son fils.

Finalement, Nigel Shevington s'était révélé une chance pour Angie Bradshaw. La meilleure chose qui lui soit jamais arrivée.

Elle l'avait rencontré alors qu'elle servait au restaurant des Deux-Frères. Nigel n'avait pas chômé, réussissant à la subjuguer et à la convaincre de l'accompagner à l'autre bout — ou presque — de la planète avant même qu'elle ne lui ait apporté la note du repas ! Nigel la portait aux nues et la couvrait d'éloges. De son côté, Angie n'avait probablement jamais autant nagé dans le bonheur que depuis cette rencontre. En tout cas, pour sa part, Max ne l'avait jamais vue aussi heureuse.

Malgré tout, les vieilles habitudes avaient la vie dure et il lui arrivait encore, quand elle parlait avec lui, de retomber dans ses anciens travers et de se mettre à ronchonner. Heureusement, cette fois, il avait réussi à la dérider.

— Raconte-moi, que fais-tu par ce beau temps ? demanda-t-elle. Tu travailles ?

— Non, pour une fois j'ai mon samedi. Je viens de décaper un des murs extérieurs de ma maison et j'envisageais d'aller à la plage.

— Ah ! Toi et ton canal ! répliqua-t-elle avec une indulgence empreinte d'irritation. Je ne connais personne qui aime autant la plage et l'eau. Je m'étonne d'ailleurs que tu n'aies pas acheté une maison sur le bord du fjord.

— J'ai beau gagner très correctement ma vie, mon salaire de shérif adjoint ne me permet quand même pas ce genre de luxe.

— Je parie que ce petit crétin de Jake…

— Maman…, l'avertit-il d'une voix blanche.

— D'accord, d'accord. Alors, de quelle couleur vas-tu repeindre ta maison ? reprit-elle après quelques secondes de silence.

— J'hésite encore. Je pensais demander à…

Oh non ! Un peu plus et il laissait échapper le nom de Jake ! Mieux valait ne pas imaginer les foudres qu'il aurait essuyées ! La scène qu'il aurait provoquée !

Il joua donc la prudence.

— … un ami qui s'y connaît dans ce genre de choses et qui a un sens artistique plus développé que moi.

— Je suis sûre que ce sera très réussi. Merci pour les photos que tu as envoyées. Tu as déjà bien amélioré les choses.

— Oui, c'est vrai.

Dire qu'un jour sa mère lui avait reproché de gaspiller de l'argent dans ce taudis !

— J'avance. Et je suis assez content de…

— La vache, frérot ! lança Jake de la cuisine. On dirait le garde-manger d'un gamin de douze ans !

Jake entra dans le salon une bière dans une main, un paquet de chips dans l'autre.

— Oh pardon ! Je ne savais pas que tu étais toujours au téléphone.

— Qui est avec toi ? voulut savoir Angie. *Frérot ?* Qui donc t'appelle… Oh ! Nom d'un chien !

A chaque mot, sa voix s'était élevée d'un cran, en hauteur comme en volume.

— C'est *Jake Bradshaw* ?

Que n'aurait donné Max pour nier, afin d'éviter l'incontournable crise de nerfs accompagnée du tout aussi incontournable tombereau d'invectives ! Mais il s'était fixé comme règle de conduite de ne jamais mentir, ni à lui-même ni aux autres. Sauf bien sûr si une femme lui demandait si elle avait un gros derrière ! Il n'était quand même pas complètement idiot. Quoique…

En effet, vu l'animosité toujours d'actualité qui régnait entre la première femme et la deuxième famille de Charlie Bradshaw, n'importe qui doué d'un tantinet de bon sens se serait sans aucun scrupule autorisé des libertés avec la vérité. Mais pas lui. Non, pas lui.

— Oui, répondit-il en courbant le dos d'avance.

Effectivement, comme prévu, sa mère démarra au quart de tour.

— Qu'est-ce qu'il fiche chez toi ? Et il t'appelle *frérot* par-dessus le marché ? Comme ça, tu pactises avec l'ennemi !

— Il n'est pas mon ennemi, maman. Il est mon demi-frère. Nous essayons de dépasser notre antagonisme pour bâtir une nouvelle relation. Comme des adultes dignes de ce nom.

Un petit sourire ironique aux lèvres, Jake regagna la cuisine et, quelques secondes plus tard, Max entendit la porte de derrière s'ouvrir puis se fermer. Jake était-il sorti par discrétion ? Ou bien, se rappelant le comportement odieux de Max à son égard autrefois, avait-il tout simplement décidé de rentrer chez lui ?

Mais les vociférations de sa mère ne lui laissèrent pas le loisir de répondre à ces questions.

— Max ! Comment oses-tu dire des choses pareilles ? Il t'a dépouillé de tout, d'absolument *tout* ce qui aurait dû te revenir à toi !

Stoïque, Max écoutait les récriminations de sa mère, toujours les mêmes. L'expérience de toute une vie lui avait appris à laisser passer l'orage. Mais la pensée que la conversation d'aujourd'hui avait peut-être fait fuir Jake le mit hors de lui à son tour.

— Non, maman, décréta-t-il d'un ton glacial. C'est faux. C'est ce cher papa le seul et unique responsable. Et ta haine tenace n'a certainement rien arrangé. Jake n'est pour rien dans ce qui s'est passé. Pas plus que moi. Nous étions des gamins, nom d'un chien ! Deux gamins pris dans les tirs croisés d'une guerre entre adultes. Mais je ne suis plus ce gosse rongé par une colère que sa mère se complaisait à attiser en permanence. Il faudra t'y faire.

— Ça alors ! Max, tu es sérieux ?

— Oui. Tu t'es démenée pour que je n'oublie jamais combien nous avions été lésés. Tu me l'as rabâché, seriné. Tu m'en as rebattu les oreilles pendant des années. Et du même coup tu m'as privé de mon enfance.

Mais qu'est-ce qui lui prenait de dire ça ?

Dieu sait qu'il ne cherchait pas à minimiser la responsabilité de sa mère ! Mais à force de fréquenter des gens révoltés il avait constaté que l'on ne gagnait rien à leur reprocher leurs actes ou à les agresser. Aussi, prenant sur lui plus qu'il ne voulut se l'avouer, il se calma aussitôt.

— Excuse-moi, maman. Ecoute, je ne t'en veux pas, mais tu dois comprendre que la situation a évolué. J'ai un demi-frère que je suis en train d'apprendre à connaître et je ne vois rien d'aberrant là-dedans. Alors réfléchis-y et rappelle-moi quand tu te jugeras capable d'accepter la nouvelle donne.

— Compte là-dessus !

— A toi de voir. Mais sache que c'est comme ça et pas autrement. Je ne changerai pas mon fusil d'épaule. Aussi, si tu veux que nous restions en contact, c'est à toi de t'adapter.

Ils raccrochèrent après des au revoir pincés, et il fonça vers la cuisine où il s'arrêta juste le temps d'attraper une bière dans le réfrigérateur avant de filer dehors.

Jake, appuyé contre un arbre, buvait tranquillement sa bière en inspectant du regard le jardin et les bois autour de lui.

— Je donne toujours de l'urticaire à ta mère, c'est ça ? lui lança-t-il en se détachant de l'arbre.

— Oui. Mais elle, c'est elle et moi, c'est moi.

En s'entendant prononcer ces mots à voix haute, Max comprit qu'il avait définitivement relégué dans le passé ses anciens griefs contre Jake.

— J'ai adoré ton « comme des adultes dignes de ce nom », fit remarquer ce dernier, moqueur.

— Tu m'étonnes ! C'est toi qui, le premier, t'es comporté en adulte.

— Oui, c'est vrai, reconnut Jake en se rengorgeant. Tu crois que je suis une espèce de génie ?

— Génie, je ne sais pas, mais une espèce de quelque chose, ça, c'est sûr.

— Décidément, t'es pas marrant ! Ce doit être à cause de ton régime alimentaire. Putain, Max ! Il n'y a que des cochonneries, dans tes placards !

— Qu'est-ce que tu racontes ? J'ai pris des céréales pour le petit déjeuner.

— Avec du *Coca* ! Ne dis pas le contraire, j'ai trouvé la cannette à côté de ton bol, dans l'évier. Et puis, les flocons d'avoine sont des céréales, mais les Honey Smacks ou les Froot Loops sont du sucre enrichi.

— Enrichi, précisément ! Voilà le mot-clé.

— Mais non, imbécile ! C'est « sucre », le mot-clé ! Jamais je ne laisserai mes gamins bouffer ce poison.

Max haussa les épaules. Il n'avait toujours mangé que ça.

— Tant que c'est bon, le reste…, marmonna-t-il.

— Si tu ne peux pas te passer de céréales sucrées, je peux t'en conseiller de moins nocives. Au moins, elles contiendront des fibres en quantité suffisante.

Max le regarda, bouche bée.

— La vache ! Tu dois vraiment t'ennuyer pour lire les étiquettes sur les paquets de céréales !

Malgré son visage qui s'empourpra légèrement, Jake se contenta de remarquer :

— Jenny m'a éduqué quand je suis revenu dans la vie d'Austin. Je te jure qu'à quatorze ans mon fils a de meilleures habitudes alimentaires que toi.

Max lui lança un regard agacé auquel Jake répondit par un sourire amusé.

— OK ! J'arrête sur ce sujet ! Mais réfléchis-y quand même un petit peu, d'accord ?

— Oui, papa.

Puis, désignant le paquet de chips dans la main de son frère, il ajouta, moqueur :

— Fais ce que je dis, pas ce que je fais.

— Merde !

Vaincu, Jake plongea la main dans le sachet.

— Boucle-la et bois ta bière ! ordonna-t-il.

— Ah ! Voilà un conseil de papa que je suis prêt à suivre !

7

Harper se gara sur le parking des Cèdres, très excitée à la perspective de cette première visite au foyer. Après avoir verrouillé les portières, elle se dirigea vers l'entrée en forme d'arche percée dans le mur en bois le long du trottoir, la propriété étant délimitée sur ses autres côtés par des cèdres et des aulnes.

Une fois le porche franchi, elle se trouva devant un poteau hérissé de planchettes en bois en forme de doigt, façonnées à la main, qui indiquaient vers quelle direction menait chacune des trois allées qui partaient en éventail. Elle s'engagea dans celle fléchée « Administration » tout en inspectant les lieux autour d'elle.

C'est avec surprise qu'elle découvrit une série de bâtiments de plain-pied, à taille humaine, au crépi crème bordé de noir. Bien qu'ayant résolument tenté d'évacuer toute idée préconçue, inconsciemment, elle avait imaginé un cadre plus sévère. Ces structures, impeccablement entretenues, semblaient avoir été agitées dans un cornet à dés géant puis lancées au petit bonheur la chance sur l'étendue vert émeraude de la pelouse. Une disposition un peu désordonnée qui donnait une atmosphère conviviale au lieu et tout son sens au mot « village » dans le nom complet du foyer.

Un terrain de basket occupait l'espace entre le bâtiment où elle se rendait et un autre, construit perpendiculairement au premier. Au milieu d'un concert de cris et de protestations, de dérapages caoutchoutés de chaussures et des impacts du ballon sur le sol se déroulait un match entre une équipe en maillot et l'autre torse nu. En observant de plus près mais le plus discrètement possible les joueurs, Harper remarqua que tous étaient des adolescents, des garçons uniquement, à l'exception de quelques adultes, des hommes, là aussi. Des éducateurs ou des enseignants, probablement.

Soudain, le jeune en possession du ballon, un grand Noir bien bâti, avec des dreadlocks interminables attachées en une épaisse queue-de-cheval, s'arrêta net, la balle calée sous son bras. Quand l'un des autres joueurs tenta de la lui arracher, il s'écarta avec souplesse en décochant un coup de coude dans les côtes de son adversaire, qui se mit à jurer sans retenue.

Le jeune Noir n'avait pas quitté Harper des yeux.

— Téma, mec ! lança-t-il en guise d'explication à son copain en indiquant Harper d'un mouvement de menton. Y a une meuf qui vient nous rendre visite.

Il la soumit à une inspection en règle, de la tête aux pieds.

— Elle est bonne ! conclut-il.

Les hommes étaient donc tous les mêmes, quel que soit leur âge ! songea Harper, désolée.

Plutôt que de rester là à servir de cible à tous ces mâles débordant de testostérone, elle leur lança un regard d'une calme froideur et continua son chemin vers l'administration.

C'est alors qu'elle entendit une voix posée qu'elle aurait reconnue entre toutes…

— Ça suffit, Malcolm.

Un autre adulte ajouta :

— Tu te rappelles que l'on a discuté du sens de l'expression « propos déplacés » ?

Harper fit volte-face et braqua son regard sur Max qui, elle aurait dû s'y attendre, jouait avec les Torses nus. Comment avait-elle pu le manquer la première fois alors qu'il dépassait tous les autres d'au moins une demi-tête ?

Allons ! C'était juste un grand gaillard, point final. Dire que quand il était habillé, elle trouvait déjà ce torse, ces épaules et ces longs bras musclés irrésistibles ! Alors quand le tout n'était couvert que par des tatouages et un film de sueur…

Un duvet noir tapissait ses avant-bras, tandis que sur ses pectoraux s'étalait une toison d'où descendait entre ses abdominaux un filet de poils qui disparaissait dans la ceinture de son short. Elle sentit sa bouche devenir complètement sèche…

Mais… Oh Seigneur ! Etait-ce bien un piercing qu'elle voyait briller à son tétin à travers la fourrure de son poitrail ?

Elle demeura immobile, les yeux écarquillés, pendant quelques secondes qui lui parurent durer une éternité, en un état d'hypnose dont le jeune Malcolm la tira.

— Pourquoi c'est déplacé si c'est vrai ? Franchement, elle est bonne, non ?

Ses lèvres s'écartèrent sur des dents d'un blanc éclatant.

— Et en plus, elle est comme nous, en tout cas en partie. Reconnaissez ça, au moins. Les Blacks, ça court pas les rues dans ce bled de Blancs. Hé, belle gosse, on se voit quand ? lança-t-il avant de se retourner vers les adultes. Ça, d'accord, c'était déplacé. Mais c'était juste pour faire voir la différence, vous captez ?

Harper dut réprimer un sourire devant tant de joyeuse impertinence. Cependant, trop avisée pour s'engager dans un duel verbal avec l'adolescent, elle pivota sur elle-même et, pleine d'une nouvelle détermination — qui incluait de ne plus bayer aux corneilles devant Max Bradshaw —, elle poursuivit son chemin vers le bâtiment administratif. Quand elle l'atteignit, la partie de basket avait repris.

Comme l'y invitait le panneau, elle poussa la porte sans frapper et passa la tête par l'embrasure.

Elle découvrit une zone de réception… vide de toute présence humaine. Quant aux deux portes qu'elle aperçut, l'une était fermée et l'autre à peine entrebâillée. Elle entra malgré sa gêne et sa crainte d'être prise pour une cambrioleuse.

La pièce était propre et lumineuse. Aux murs, de la même teinte que les extérieurs mais en plus clair, étaient suspendues des affiches de voitures de course anciennes dans des cadres aux couleurs vives. Même dans les locaux de la direction, les centres d'intérêt des pensionnaires étaient donc pris en compte. Un bon point, nota-t-elle mentalement.

— Madame Schultz ? appela-t-elle doucement.

— Oui, une seconde, répondit une voix féminine derrière la porte entrouverte.

Harper entendit les pieds d'une chaise que l'on repoussait frotter sur le sol et, un instant plus tard, une femme d'une cinquantaine d'années apparut dans l'encadrement.

Contrairement au décor ambiant, elle donnait une impression d'austérité avec ses lèvres minces dont les extrémités étaient tournées vers le bas, ses vêtements aux couleurs tristes et ses cheveux ternes plus sel que poivre.

— Appelez-moi Mary-Margaret, dit-elle d'un ton péremptoire en sortant de son bureau, la main tendue. Vous devez être Harper.

— Oui, c'est exact, confirma Harper, conquise par la poignée de main ferme et franche de la directrice. Merci de me consacrer un peu de votre temps. Vous êtes certainement très occupée.

— Merci à vous de nous proposer vos services, répondit Mary-Margaret d'une voix douce et sereine qui tranchait agréablement avec cette bouche sévère.

Elle se recula, invitant Harper à entrer dans son bureau, une pièce où s'entassaient des montagnes de paperasses et des vêtements masculins. Elle ôta du fauteuil en face de sa table de travail un gant de base-ball, un sac à dos d'écolier et une chaussure de sport gigantesque, et déposa le tout dans un immense carton.

— Asseyez-vous, je vous en prie, dit-elle, une fois ce ménage accompli.

Harper s'exécuta.

— Je n'étais pas sûre que vous acceptiez la candidature de bénévoles sans formation, dit-elle. Je suppose que les garçons que vous recevez ici ont rencontré des problèmes différents de ceux auxquels j'ai été confrontée précédemment. Mais j'aime les jeunes et, vu le temps que M. Bradshaw consacre à l'association, je suppose que le travail ne manque pas. Alors, je me suis dit que vous auriez peut-être une tâche à me confier.

Les lèvres sans fard de Mary-Margaret s'étirèrent en un sourire bienveillant qui adoucit de façon inattendue son expression naturellement dure.

— Max est formidable avec nos jeunes. Sa propre enfance chaotique l'aide à les comprendre, expliqua-t-elle, la mine de nouveau sombre. Croyez-moi, ils le sentent et sont donc plus enclins à lui accorder leur confiance.

Max avait vécu une enfance chaotique ? Harper aurait bien voulu creuser le sujet, apprendre tous les détails. Mais pour le moment elle se contenta de ranger ce renseignement dans un coin de son cerveau pour y réfléchir plus tard, car la directrice poursuivait :

— Avant tout, ces garçons ont besoin d'attention, d'une bonne vieille attention personnalisée et bienveillante. Et ça, Max leur en offre à volonté.

— Oui. Je l'ai remarqué lors du petit déjeuner crêpes. Il sait instinctivement comment s'y prendre.

Mary-Margaret l'étudia longuement, posément, avant de reprendre :

— En ce qui vous concerne, je ne vous connais pas. Il faudrait que je vous voie avec les jeunes. Et en présence des éducateurs, dans un premier temps. Impossible de vous laisser d'emblée seule avec les adolescents. Mais je trouve bien de votre part de vous être portée volontaire pour servir au petit déjeuner et, d'après Max, vous avez remis à sa place de façon assez spectaculaire et sans même ouvrir la bouche un de nos pensionnaires qui s'était permis des remarques inconvenantes.

La directrice sourit et, de nouveau, ses traits s'adoucirent. Probablement son vrai visage, songea Harper qui attribua son air maussade à une anomalie physique, comme des muscles qui tiraient ses lèvres vers le bas, par exemple.

— Max m'a aussi parlé de vos idées pour collecter davantage d'argent et j'aimerais beaucoup en discuter plus à fond avec vous, poursuivit Mary-Margaret. Votre tâche au foyer pourrait consister à travailler la question avec moi et à mettre ensuite en œuvre nos conclusions.

Harper éprouva un petit sentiment de déception. Bien sûr, Mary-Margaret cherchait à exploiter ses compétences au mieux et en fonction des besoins. En outre, cette solution, en lui permettant de s'introduire au cœur même des Cèdres, l'aiderait à mener à bien la mission d'évaluation pour laquelle elle était venue à Sequim.

Mais elle avait espéré, au fond d'elle-même, travailler directement avec les jeunes.

En fait ce n'était probablement pas une bonne idée : elle s'était déjà fait draguer deux fois en deux circonstances différentes. Ce à quoi elle aurait d'ailleurs dû s'attendre de la part d'ados. A sa décharge cependant, ce n'était pas la tranche d'âge avec laquelle elle avait l'habitude de travailler.

— Max a aussi indiqué que vous pourriez éventuellement vous arranger pour laisser nos pensionnaires bénéficier des équipements des Deux-Frères, ajouta la directrice. Est-ce exact ?

— Oui. J'en ai discuté avec Jenny Salazar et nous avons pensé à quelques activités auxquelles vos jeunes pourraient participer sans gêner les clients.

— Ils apprécieraient certainement de passer du temps au bord de l'eau. En dehors des quelques excursions que nous organisons à la plage publique dans le parc communal, c'est une distraction que nous ne pouvons leur offrir même si notre assurance couvre les sorties.

Harper décroisa les jambes et se redressa un peu sur son siège.

— A condition qu'ils viennent dans les créneaux les plus calmes du village de vacances, nous pouvons leur proposer de la bouée tractée par un bateau, du kayak ou une exploration de la plage à marée basse, expliqua-t-elle. Les deux dernières activités, je peux les rendre à la fois amusantes et éducatives. Quant à la première, le *tubing*… eh bien c'est du *tubing*.

Mary-Margaret partit d'un rire joyeux devant sa grimace.

— Nous avons aussi envisagé de leur laisser l'accès au plongeoir, sur le ponton mobile, poursuivit-elle. Mais tout dépend de la façon dont ils se comportent, car il est plus difficile de les séparer du reste des usagers dans la zone de baignade. Et je comprendrais parfaitement que vous doutiez de mes capacités à me faire obéir. Dans d'autres circonstances, je vous aurais rassurée, car en règle générale je gère plutôt bien les rapports humains. Mais j'ai parfaitement conscience qu'il s'agit d'un public particulier. J'essaie toujours d'éviter de me trouver dans une situation que je ne maîtrise pas, et en l'absence d'informations sur la nature et la gravité des problèmes rencontrés par ces garçons, il m'est impossible de dire si je serai à la hauteur.

Mary-Margaret se pencha vers elle et l'observa une nouvelle fois avec attention.

— Vous me plaisez, Harper. Vous ne faites pas partie de ces doux rêveurs qui se lancent naïvement dans le caritatif sans rien connaître à rien. Vous, de toute évidence, vous avez étudié la question à fond. Alors voilà ce que je vous suggère. Vous assistez un éducateur dans une ou deux activités durant lesquelles nous, moi ou un membre de l'équipe, observons vos réactions. A la suite de quoi, si vous êtes jugée apte, je vous confie un groupe trié sur le volet. Nous considérons en effet le genre de sorties que vous proposez comme une récompense et nous les réservons aux jeunes qui ont progressé. Cela dit, nous ne laissons jamais nos ados entre les mains de non-professionnels. En dehors de nos murs, ils sont systématiquement accompagnés par quelqu'un de chez nous qui apporte son expérience et… ses muscles.

— Cela me convient parfaitement, déclara Harper avec une satisfaction non feinte. J'aimerais vous promettre une présence régulière mais mes horaires varient presque quotidiennement en fonction du nombre d'inscrits à telle ou telle activité. Je pense pouvoir quand même vous avertir vingt-quatre heures à l'avance.

— Ne vous inquiétez pas, nous nous adapterons. Max est à peu près dans le même cas. Enfin, lui connaît son emploi du temps une semaine à l'avance, mais des imprévus surgissent souvent qui viennent tout chambouler à la dernière minute. Avez-vous prévu quelque chose ou pouvez-vous encore nous consacrer une heure ? demanda Mary-Margaret en se levant.

— Non, rien de prévu, répondit Harper en l'imitant.

— Bien ! Allons voir ce qui se passe dans la salle de sport. Nous vous mettrons à l'épreuve.

— Salut, dit Max, en entrant dans le bureau de Mary-Margaret, quelques jours plus tard.

Il ramassa le carton d'objets trouvés pour y mettre les différentes affaires qui encombraient le fauteuil du visiteur. Il commençait en général sa journée de bénévolat aux Cèdres en essayant de deviner à qui appartenait chaque article. Une façon de se glisser dans son rôle.

— Salut, vous-même ! répondit Mary-Margaret en levant la tête de son écran d'ordinateur.

Elle prenait toujours plaisir à le voir et ne s'en cachait pas.

— Je ne me rappelle pas avoir vu votre nom sur le planning aujourd'hui, dit-elle. Mais ce n'est pas un reproche, je vous assure ! Au contraire !

— Effectivement, j'étais censé travailler, aujourd'hui.

Il se massa les tempes pour tenter de chasser la migraine qui enserrait son crâne dans un étau.

— Vous avez entendu parler de l'accident sur la nationale, hier soir ?

— Ah mince ! s'exclama-t-elle avec une soudaine gravité. Oui. Un jeune, mort sur le coup, et trois autres à l'hôpital, c'est ça ? Ils venaient de Chico, apparemment. C'est vous qui avez été envoyé ?

— Oui. J'étais le plus près des lieux. Je suis resté jusqu'à 3 heures du matin.

La vue de ces gamins que l'on ramassait en petits morceaux avait fait resurgir trop de ses vieux démons, l'avait poussé trop près de la fosse grouillant d'émotions qu'il s'était évertué à laisser sur les routes défoncées par la guerre et dans les villes en ruines du Moyen-Orient.

— Ces satanés gosses ont dû se descendre deux ou trois douzaines de bières à eux quatre, dit-il d'une voix sourde. Le conducteur roulait à près de cent trente kilomètres/heure quand il a pris le virage près d'Olmstead. Sa voiture est sortie de la route et a dévalé le fossé en emportant deux arbres.

Il secoua la tête pour chasser les images ensanglantées du gamin mort.

— Le shérif Neward m'a donné ma journée mais...

Il serra les mâchoires pour ne pas avouer qu'il ne se sentait pas le courage de rester seul.

— Je suis désolée que vous ayez dû gérer ça. Je ne peux qu'imaginer l'horreur de ce que vous avez vécu. Mais le fait que vous soyez libre aujourd'hui est une véritable aubaine pour nous. Jim est absent. Indigestion ou grippe, je ne sais pas. Mais ce que je sais c'est qu'il devait emmener un groupe aux Deux-Frères pour une séance de bouée tractée avec Harper. Les gamins sont surexcités et je redoutais de leur annoncer l'annulation. Cela dit...

Elle le regarda avec sollicitude.

— Vous vous sentez capable de les accompagner ?

Que préférait-il ? Que des images de corps déchiquetés lui tournent dans la tête ou profiter de l'occasion qui se présentait de voir encore Harper en maillot de bain ?

Pourquoi poser la question ?

— Oui, bien sûr, répondit-il d'un ton neutre. Il faut juste que je passe chez moi prendre mon caleçon de bain. Comme je n'ai jamais pratiqué le *tubing*, j'ignore s'il faudra que je me mette à l'eau.

— Prenez la camionnette. Il y a Malcolm, Brandon, Jeremy et Owen.

— Bon choix, pour le baptême de Harper.

— Oui. Il leur reste encore du chemin à parcourir mais, de tous nos pensionnaires actuels, ce sont eux qui ont le plus progressé.

Vingt minutes plus tard, il garait la camionnette sur le parking à l'arrière des Deux-Frères.

— Ecoutez-moi bien, dit-il en regardant avec une solennité toute particulière ses passagers derrière lui. C'est la première fois qu'on nous donne la chance d'utiliser les équipements du village de vacances. Gardez bien ça à l'esprit parce que, si vous déconnez, on ne nous en donnera pas une autre. C'est bien clair ?

Ils hochèrent tous la tête avec gravité puis se précipitèrent hors du véhicule direction la plage… en poussant des hurlements de sauvages, comme des enfants à la sortie de l'école. Max jura mais ne put retenir un sourire attendri tandis qu'il s'élançait à leur suite.

Les montagnes Olympiques, dans toute leur splendeur verdoyante, se dressaient sur les bords du canal, leurs sommets les plus hauts encore encapuchonnés de neige griffant le ciel d'azur. Un petit nuage rond flottait au-dessus des Deux-Frères, les pics jumeaux qui avaient donné leur nom au village de vacances.

Ils trouvèrent Harper sur le ponton, près d'une petite embarcation pimpante. Max s'immobilisa un instant, déçu.

Pas de maillot de bain !

Evidemment, d'un point de vue purement pratique, le maillot noir et blanc très érotique dans lequel il l'avait vue le jour du jacuzzi XXX — comme il avait secrètement baptisé cet épisode — ne convenait probablement pas pour s'occuper d'une bande de garçons qui « ne pensaient qu'à ça ». Toutefois… la combinaison de plongée en néoprène noir et turquoise, qui la couvrait du cou aux coudes et aux genoux, était bien assez sexy car elle lui collait à la peau comme une couche de peinture et mettait en valeur ses bras et ses cuisses musclés. Sans oublier — oh bon sang ! — ses fesses fermes et rebondies.

Il se vida de l'air qu'il avait retenu, puis s'efforça de reprendre ses esprits.

— Salut ! lança-t-il en la rejoignant. Ce n'est pas le bateau d'Austin ?

— Bonjour ! J'ai été surprise d'apprendre que vous veniez. Et, oui, c'est le bateau d'Austin. Il nous l'a prêté à condition que vous et vous seul vous mettiez aux commandes. Je ne sais pas comment je dois le prendre, d'ailleurs, ajouta-t-elle en le regardant avec des yeux rieurs.

— Vous avez déjà piloté un bateau ?

— Une ou deux fois, mais honnêtement je suis plus à l'aise dans un kayak.

— Ah ! Vous voyez !

— Moi je pourrais le conduire sans problème !

Owen, le plus petit des quatre jeunes, s'était avancé en bombant le torse.

— Non, bonhomme, ce n'est pas possible, répondit gentiment Max. Si le propriétaire a dit que je devais être l'unique pilote, nous respecterons sa décision.

— De toute façon, intervint Harper avec un sourire à Owen, tu vas faire quelque chose de beaucoup plus palpitant : monter sur le Gladiateur enragé.

— Le *quoi* ?

Mais le gamin avait déjà suivi des yeux le mouvement du bras de Harper. Il se figea.

— Oh la vache !

Ses trois camarades tournèrent aussitôt la tête dans la même direction que lui. Un bref moment de stupeur et il y eut une cavalcade vers l'énorme bouée en U bleu, noir et or qui trônait à l'extrémité de la jetée. Avec des cris de joie, ils s'attroupèrent autour d'elle pour l'inspecter.

— Putain !

Jeremy qui, avec Malcolm, était le plus grand des ados, indiqua de la tête les quatre paires de poignées rouges sur le boudin.

— On va tenir à quatre là-dessus ? C'est mortel !

— Je me mets devant, décréta Malcolm. C'est là que ça saute le plus.

— Et moi aussi, de l'autre côté, déclara Brandon.

— C'est pas juste ! protesta Jeremy.

Seul Owen restait silencieux.

Ce qui n'échappa ni à Max ni à Harper.

— Je suppose que vous savez tous nager ? demanda cette dernière.

Jeremy, Brandon et Malcolm acquiescèrent en chœur d'un ton assez méprisant.

Comme Owen gardait les yeux baissés, Max lui entoura les épaules.

— Et toi ?

Owen leva la tête vers lui.

— Oui. Mais pas bien.

— De toute façon, tout le monde va porter un gilet de sauvetage, le rassura Harper.

— Hé ! Moi je nage super bien ! protesta Brandon. J'ai fait de la compète pendant quatre ans. J'ai pas besoin de votre truc !

— Peut-être, mais tu vas quand même le mettre, insista Harper sans s'énerver. Il y a des règles, dans ce centre, dont celle-ci : pas de gilet, pas de *tubing*.

Là-dessus, elle se tourna vers Owen.

— Tu ne risques rien avec un gilet, d'accord ? Mais, si la bouée ne te tente pas, tu peux venir dans le bateau avec nous.

— T'inquiète. Au milieu, ça secoue moins, intervint Malcolm. Et celui qui est assis à côté de toi peut se pencher vers l'intérieur pour amortir les chocs. Pas vrai les gars ?

Ses camarades approuvèrent vivement. Par solidarité ou par peur que le manque d'enthousiasme d'Owen ne les prive de l'aventure ? Max n'aurait su le dire.

— D'accord, je veux bien essayer, dit Owen.

— Très bien ! Alors, enfilez ça, dit Harper en tendant un gilet à chacun avant d'en lancer un plus grand à Max et d'en mettre un elle-même.

Puis, s'adressant aux trois bons nageurs :

— On va commencer avec Malcolm et Brandon devant et après on tournera pour que tous ceux qui le souhaitent se fassent secouer. Ça vous va ?

— Je veux, oui !

— Oui !

— Tu parles !

— Parfait. Dans ce cas, c'est parti !

Max l'aida à monter dans le bateau puis se surprit à s'essuyer la main sur son caleçon de bain pour effacer le picotement que lui avait laissé, au bout des doigts, le contact de la peau de Harper. Ce n'était pas le moment de se laisser distraire. Il devait s'occuper des jeunes !

Il les surveilla pendant qu'ils mettaient la bouée à l'eau, les installa à leur place sur le boudin... sans cesser d'observer Harper en douce, sous prétexte de vérifier le comportement de l'aussière qu'elle laissait progressivement filer.

— Prévenez-moi quand la corde sera tendue ! lui cria-t-il tandis qu'il manœuvrait pour s'écarter du ponton. Au fait, bravo.

Elle lui lança un coup d'œil interloqué par-dessus son épaule.

— Pour quoi ?

— Pour la façon dont vous avez réagi quand Brandon a fait des histoires pour le gilet de sauvetage.

— Ah ! La règle c'est la règle ! Jusqu'à ce que l'on décide de la braver, plaisanta-t-elle. Voilà ! Elle est tendue !

Max se leva à demi de son siège.

— Vous êtes prêts, les gars ?

— Oui ! hurlèrent à l'unisson les quatre adolescents.

Max mit alors les gaz, et le bateau bondit vers l'avant.

Pendant l'heure suivante, ils firent des allées et venues à pleine vitesse sur le canal, le Gladiateur en remorque. Quand la bouée tapait sur la vague du sillage, les garçons, agrippés aux poignées rouges, leur seule prise, sautaient en l'air et retombaient comme ils pouvaient sur le boudin.

Dans ces conditions, impossible pour eux d'amortir les secousses pour Owen. De plus, étant le plus léger, c'est lui qui était projeté le plus haut. Mais après un tour toutes ses craintes s'envolèrent, et il devint évident qu'il prenait un immense plaisir à l'aventure, insistant même pour s'asseoir à l'avant, lui aussi.

Max ne cessait de sourire. Aux mouettes qui planaient au-dessus de lui en poussant leurs cris. Au soleil qui brûlait ses épaules. Aux rires débridés de ces jeunes à qui la vie offrait rarement de pareils instants.

Et puis... il y avait Harper. Chargée du rôle de vigie, elle ne quittait pas des yeux les adolescents afin de pouvoir l'avertir rapidement quand il fallait aller repêcher celui qui tombait à l'eau. Du coup, lorsqu'il tournait la tête, il avait une vue imprenable sur son dos, ses jambes interminables et ses fesses qu'il aurait volontiers pétries entre ses mains.

Un spectacle contre lequel il n'avait aucune critique à formuler…

A sa grande surprise cependant, encore plus jubilatoires furent les moments où tous deux échangeaient un regard de bonheur en entendant un éclat de rire de pur plaisir d'un des garçons.

Il avait été bien inspiré de passer aux Cèdres aujourd'hui ! Une sortie sur l'eau, une femme canon qui éprouvait la même joie que lui à permettre de s'amuser à des gamins qui en avaient rarement l'occasion… Cela valait nettement mieux que de tourner en rond dans sa maison en broyant du noir à cause d'un accident dont il n'avait eu aucun moyen de changer l'issue.

8

En ce vendredi soir qu'il avait tant attendu, Max patientait dans la file à la supérette Stop and Go à la sortie de la ville en faisant sauter ses pièces de monnaie dans sa poche. Le réservoir de sa voiture était plein, et si seulement Conner, le caissier, et Woody Boyd, avec son pack de Heineken, arrêtaient de bavasser, il pourrait se mettre en route direction Silverdale pour cette virée à laquelle il pensait depuis des semaines.

Avec un peu de chance, et si les deux pipelettes voulaient bien la boucler, il aurait peut-être, d'ici la fin de la nuit, une raison d'utiliser les préservatifs qu'il s'apprêtait à payer.

Cela faisait un sacré bail que ça ne lui était pas arrivé…

Quelques instants plus tard, Woody s'en alla enfin !

Alors qu'il s'avançait, il entendit vaguement, sans y prêter attention, le tintement de la cloche au-dessus de l'entrée, suivi juste après d'une voix sonore d'adolescent :

— Hé ! Regarde ! C'est oncle Max !

Max tourna la tête. Austin, la mine réjouie, accourait vers lui. Jake le suivait sans se presser. Max demeura un instant pétrifié à regarder son neveu avant de tendre un billet de vingt dollars à Conner Priest.

La semaine précédente, il avait arrêté ce dernier pour excès de vitesse sur Orilla Road, où il roulait à plus de quatre-vingts à l'heure au lieu des cinquante autorisés comme tout le monde le savait à Sequim et en particulier les natifs comme Conner. Sans se chercher d'excuses, sans le supplier de lui accorder un traitement de faveur, sans émettre la moindre protestation, sans proférer la moindre injure, Conner lui avait tout simplement tendu son permis. Une attitude d'une maturité si peu courante chez des adultes dans la même situation que Max, au lieu de lui infliger la contravention exigible pour cette infraction, l'avait laissé repartir avec un simple avertissement.

Bien lui en avait pris car Conner, en signe de gratitude, glissa discrètement les préservatifs dans un sachet en papier avant de lui rendre sa monnaie. Max le remercia d'un signe de tête alors qu'Austin se frayait un chemin, bousculant au passage l'employée de la poste.

— Pardon, madame Verkins. Je n'essaie pas de resquiller. Je veux seulement dire bonjour à mon oncle.

— Salut, mon grand ! lança Max en s'éloignant de la caisse. Qu'est-ce que vous fabriquez ici, tous les deux ?

— Je vais dormir chez Nolan et papa est passé ici acheter un paquet de chips épicées en cadeau. On n'en trouve pas à l'épicerie.

— Carrément criminel, répliqua Max.

— Tu l'as dit ! Tu devrais les arrêter.

— Ce ne sera certainement pas pour ce soir, vu que ton oncle ne porte pas son bel uniforme, fit remarquer Jake. Attention, coco, on est vendredi, tout le monde fait des courses pour le week-end. Alors va vite voir s'il reste des chips au parfum qui te plaît.

— Y a intérêt ! s'écria Austin en filant vers le rayon des biscuits apéritifs.

— Dis donc, tu t'es acheté un superchapeau, poursuivit Jake avec un hochement de tête approbateur devant le feutre très britannique de Max. Et une grosse boîte de Durex. Un rendez-vous galant ?

— Tu as des yeux d'aigle, toi, c'est pas possible ! Comment as-tu pu voir de la porte quelle marque je prenais ?

— J'ai reconnu la boîte, figure-toi, répondit Jake en riant. Avec qui tu sors ?

— Avec personne encore. Mais je vais au Vaudou Bar en espérant que la chance me sourira.

Une image de Harper surgit, qu'il s'empressa de repousser avant qu'elle ne s'imprime de façon indélébile dans son esprit. Une journée géniale sur l'eau avec elle ne signifiait pas qu'il était entré dans son monde.

— Tu aimes danser ? demanda Jake, étonné.

— Ben oui ! Pas toi ?

— A part les slows, pas trop, non.

— C'est grâce à des types comme toi que j'ai le champ libre. Les femmes adorent les hommes qui aiment danser. Non pas que j'aurais quoi que ce soit à craindre de toi, de toute façon, ajouta Max avec un petit sourire hautain.

— Mais je sais danser ! se défendit Jake, vexé. Bon, d'accord, pas très bien. Mais…

— Papa !

Austin se précipita vers son père, un paquet de chips à la main et la mine affolée de quelqu'un qui assisterait à la fin du monde.

— J'ai promis à Nolan que j'apporterais mon nouveau jeu vidéo et je l'ai oublié à la maison !

— Ne t'en fais pas, fiston. Ce n'est pas comme si nous devions parcourir des dizaines de kilomètres pour repasser chez nous.

Là-dessus, coinçant le cou de son fils sous son bras, il l'attira vers lui et lui frotta affectueusement la tête de son poing.

Comme il aurait voulu connaître lui aussi ce que Jake vivait avec son fils ! songea Max, le cœur serré par un douloureux sentiment de jalousie.

— Bon. Je file. A bientôt, tous les deux. Amuse-toi bien chez Nolan, mon grand.

— T'inquiète ! répondit Austin dans un sourire.

— Toi aussi, amuse-toi bien ! lança Jake. Et… bonne chasse ! ajouta-t-il avec un mouvement de menton en direction de la poche contenant les préservatifs.

— Tu vas chasser ? s'étonna Austin. Habillé comme ça ? Eh ben ! Si c'était moi qui faisais ça, j'aurais Jenny sur le dos !

Max éclata de rire.

— Mais non. C'est ton père qui essayait d'être drôle. Je vais danser dans une boîte à Silverdale.

— Danser ? Sans y être *obligé* ? s'exclama Austin, horrifié.

— Oui. Par plaisir.

— Je croyais que les mecs faisaient seulement semblant d'aimer ça.

Il haussa une épaule osseuse d'adolescent et conclut :

— Bonne chasse quand même !

— Merci, bonhomme. Tu veux un tuyau ? Les filles adorent les garçons qui savent danser.

Avec un geste d'adieu, il regagna son 4x4.

Vingt minutes plus tard, il se garait sur le parking du Vaudou Bar.

Au moment où, ouvrant la lourde porte en tek, il fut assailli par une déferlante de cris, de rires et de musique mixée par un D-J, il se sentit pousser des ailes. Sur la piste bondée, les clients évoluaient au rythme d'une chanson de Rihanna mais, au lieu de les rejoindre tout de suite, il se dirigea vers le bar à l'arrière de la salle en inspectant au passage les tables entre lesquelles il se faufilait. Particulièrement celles où étaient assises des femmes qui paraissaient à l'affût d'une occasion de s'amuser un peu.

Il ne demandait qu'à les satisfaire. Ne vivait-il pas pour servir ses concitoyens ?

Une fois qu'il eut réussi à se frayer un chemin à travers les trois rangs de consommateurs agglutinés devant le bar, il commanda une pression qu'il alla boire à l'extrémité du comptoir en bois, un endroit moins couru par les soiffards. De là, il poursuivit son exploration visuelle en élargissant son champ d'investigation.

Il aimait bien ce bar. Le D-J était bon, la bière plus que buvable et les femmes invariablement deux fois plus nombreuses que les hommes. Il venait de repérer une grande brune plutôt à son goût quand une petite blonde vint se planter devant lui.

— Salut !

Elle avait eu beau parler fort pour couvrir le bruit, il dut se pencher pour entendre la suite.

— Tu veux danser ?

— Avec plaisir.

— Viens poser ton verre sur ma table, si tu veux, proposa-t-elle en le voyant embarrassé avec son verre.

Acceptant son offre d'un signe de tête, il la suivit.

— Ce sont mes amies, hurla-t-elle en arrivant à la table, sans lui en présenter aucune. Ta bière ne risque rien avec elles.

Dès qu'il eut posé son verre, elle lui prit la main d'autorité et l'entraîna à sa suite en balançant ses hanches au rythme de la musique avec de plus en plus d'ardeur au fur et à mesure qu'elle approchait de la piste.

Ils se dégagèrent quelques centimètres carrés et se mirent

à danser. La fille bougeait bien et lui, eh bien il commençait vraiment à se mettre dans l'ambiance… quand, hélas, la chanson se termina.

Devant sa mine déconfite, sa cavalière éclata de rire.

— Nous avons mal calculé notre coup, dit-elle en se collant contre lui pour laisser le passage aux rares danseurs qui quittaient la piste. Je m'appelle Kim, au fait.

— Max.

— Enchantée, Max. Prêt à continuer ?

— Oui, bien sûr. Tu danses drôlement bien, tu sais.

— Merci ! dit Kim, visiblement flattée. Mais toi aussi.

Les quarante-cinq minutes qui suivirent, Max ne les vit pas passer, alternant danses avec Kim et pauses à la table de ses copines. Kim était mignonne, sympa, travaillait comme chef de service dans un centre médical et… n'avait pas caché qu'il lui plaisait. Bref, une femme quasiment parfaite pour ce qu'il avait en tête.

Alors pourquoi ne l'intéressait-elle pas plus que ça ?

Peut-être à cause de sa petite taille ? Il visait généralement des femmes plus grandes… pour s'éviter des tours de reins à force d'être plié en deux. A moins que ce ne soit parce que…

— Ah ! Te voilà Max ! le héla une voix connue.

Non ! Il devait se tromper.

Il tourna vivement la tête… Jenny ! Eberlué, il la regarda zigzaguer vers lui entre les tables, suivie de Jake, bien sûr, mais aussi de Tasha et de… Harper.

Ah ! Merde !

Il se leva, les yeux fixés sur cette dernière comme si les autres n'existaient pas. Ses lèvres étaient d'un rouge sensuel, ses yeux agrandis par le maquillage, et elle était moulée dans une robe fourreau d'un vermillon flamboyant qui s'arrêtait à mi-cuisses.

Oh bon sang…

Ses compagnes aussi étaient vêtues de tenues sexy, remarqua-t-il quand il réussit enfin à détacher son regard de Harper et que Jenny s'approcha de lui sur ses talons de quinze centimètres pour une de ses embrassades exubérantes. Lorsqu'elle le libéra pour s'assurer que ses deux amies suivaient, il se tourna vers Jake.

— C'est quoi, ce bordel ? lança-t-il, peu aimable.

— Je suis désolé, frérot. L'idée ne vient pas de moi. Je te le jure. Austin a vendu la mèche quand nous nous sommes arrêtés à la maison pour son jeu vidéo. Et avant que je n'aie le temps de prendre Jenny à part pour lui expliquer que tu n'étais pas venu ici uniquement pour danser, elle avait décrété qu'elle aussi voulait s'amuser et avait déjà décroché son téléphone pour prévenir Tasha et Harper. Que voulais-tu que je fasse ?

Jenny bouscula Jake pour se planter de nouveau devant Max, la mine radieuse.

— Il faut que tu danses avec moi ! hurla-t-elle par-dessus la musique. D'après Austin, tu aimes ça. Ce qui fait de toi un oiseau rare, très prisé par nous, les nanas. Ce n'est pas tous les jours que l'on croise un bon cavalier.

— Euh…

Il lança un coup d'œil gêné et penaud à Kim. Le remarquant, Jenny se tourna vers la jeune femme et lui tendit la main.

— Salut ! Je suis Jenny, la fiancée du frère de Max. Ça ne vous dérange pas si je vous emprunte Max le temps d'une danse, n'est-ce pas ?

— Euh… Non.

Mais l'idée ne semblait pas l'enchanter, ce que Jenny ne vit pas… ou, la connaissant, décida de ne pas voir.

— Super ! s'écria-t-elle en entraînant Max.

Avec un geste d'impuissance à l'adresse de Kim, il suivit Jenny, contrarié de s'être laissé ainsi piéger.

Dire qu'il avait trouvé Kim petite ! Une géante, à côté de Jenny ! Mais comme son frère d'abord puis lui-même ensuite l'avaient appris, elle était dotée d'une volonté inversement proportionnelle à sa taille.

Dès qu'il mit le pied sur la piste, il recouvra sa bonne humeur. Il prenait autant de plaisir que les femmes à se déhancher au rythme de la musique. Il décocha un sourire à Jenny avant de la tirer sans ménagement contre lui pour une figure pleine d'audace.

— Waouh ! s'écria-t-elle tandis qu'elle lâchait son épaule à laquelle elle s'était agrippée quand il l'avait fait basculer en arrière sur son bras.

De sa main libérée, elle se tapota la poitrine, sur le côté gauche, imitant les battements affolés de son cœur, avant de se livrer elle-même à une passe débridée.

Il éclata de rire et donna à toute la danse la même cadence effrénée.

— Oh ! Purée ! Oh ! Purée ! s'exclama Jenny, à bout de souffle, quand la chanson s'arrêta. Tu… es… carrément… génial. Comment est-ce que cela a pu m'échapper ?

Elle le regarda d'un air plein de regret.

— Inutile d'espérer que tu m'en accorderas une autre, je suppose ? demanda-t-elle. Pourtant, nous avons pris la chanson en cours de route…

— Ecoute, tu m'as kidnappé et probablement gâché toute chance de bien finir ma soirée, alors…

— Max, voyons ! Tu te sous-estimes ! Tu gagnes bien ta vie, tu es bel homme… et excellent danseur. Un simple claquement de doigts, et toutes les femmes te tombent dans les bras !

— N'importe quoi ! répliqua-t-il, le feu aux joues.

— Non, je t'assure.

Se hissant sur la pointe des pieds, elle le prit de nouveau dans ses bras.

— Là-dessus, je vais arrêter de te pourrir la vie. Mais tu as intérêt à m'inviter encore d'ici la fin de la soirée. Et aussi à ne pas priver Tasha et Harper de cette expérience inoubliable.

Sans rien promettre, il la raccompagna auprès de Jake, qui se tenait toujours à côté de la table de Kim.

— Harper nous a trouvé une table, là-bas, annonça Jake.

— Bien joué ! Comment a-t-elle réussi pareille prouesse un vendredi à 22 heures passées ?

— Aux toilettes, elle a entendu des clientes qui parlaient de partir pour le One Ten à Poulsbo. Elle les a donc escortées jusqu'à leur table pour la réquisitionner d'autorité.

— Pleine d'initiative, fit remarquer Max.

— Oui, elle n'a pas froid aux yeux, confirma Jenny. Cette fille sait ce qu'elle veut et elle n'est pas du genre à se laisser marcher sur les pieds.

Comme s'il ne le savait pas, lui qui avait eu l'occasion de l'observer aux Cèdres depuis la séance de *tubing*, la semaine précédente, durant laquelle elle s'en était impeccablement tirée, avec les jeunes !

Depuis, elle était venue trois fois au foyer. Et justement les jours où lui-même s'y trouvait ! Non pas qu'il la soupçonne de l'avoir prémédité. C'était un pur hasard si leurs emplois du temps avaient coïncidé, cette semaine.

Tandis qu'il ruminait ainsi, il s'aperçut que son regard s'était irrémédiablement posé sur elle.

Il jura intérieurement, mais se reprit rapidement. Bon. Il était attiré par Harper. Et alors ? Ce n'était quand même pas une nouvelle fracassante, et il était un grand garçon. Il savait comment trier les émotions importunes, les repousser et les oublier pendant qu'il s'occupait de ce qui méritait *vraiment* son attention.

Et puis, objectivement, elle s'y prenait à merveille avec les gamins, se montrant à la fois discrète et naturelle, des qualités que tout le monde ne possédait pas. Quel que soit l'amour qu'un adulte portait — ou se sentait obligé de porter — aux enfants, il n'était pas nécessairement à l'aise en leur présence. Et encore moins quand il avait affaire à des garçons qui avaient connu une enfance perturbée.

— Max ?

Quelqu'un lui toucha le bras…

Kim !

Il s'arracha à ses réflexions et sourit à la jeune femme.

— Oui ! Désolé pour cette interruption. La fiancée de mon frère est un phénomène. Impossible de lui résister. Tu veux danser ?

Elle accepta sans la moindre hésitation et il la mena jusqu'à la piste, une main légèrement posée dans le creux de ses reins… et les yeux braqués vers la table où Harper discutait joyeusement avec Jake, Jenny et Tasha. Alors qu'il l'observait, il vit un homme se pencher vers elle et lui glisser quelque chose à l'oreille. Avec un sourire, elle se leva et se dirigea vers les danseurs, suivie par l'inconnu.

Max serra imperceptiblement les poings lorsqu'elle s'arrêta… à un mètre à peine de Kim et lui.

Réprimant une inexplicable irritation, il s'écarta de son cavalier et elle. Mais quand la musique endiablée céda la place à un slow, quelques minutes plus tard, il ne put s'empêcher de jeter un coup d'œil vers le couple : l'homme tenait Harper serrée dans ses bras.

Un grondement assourdi s'échappa de sa gorge.

— Qu'est-ce qu'il y a ? demanda Kim.

Il l'avait totalement oubliée !

— Hein ?

— Tu as dit quelque chose ?

— Non, non. Ce n'est rien.

Il l'enlaça et commença à danser.

— Rien du tout, répéta-t-il d'un ton lugubre.

Mais dès que Kim, rassurée, posa sa tête contre sa poitrine, il se mit de nouveau à épier Harper.

Ce qui lui permit de voir les mains du type descendre le long de la courte robe qui collait si parfaitement à ses formes et se fermer sur ses fesses sublimes…

Le fait de dominer la majorité des gens d'une bonne tête offrait bien des avantages. Mais la vue plongeante sur *ça* n'en était pas un !

Il se crispa.

Puis se détendit quand Harper enroula ses doigts autour des poignets de son cavalier pour déplacer ses mains vers ses hanches, un endroit plus acceptable.

Mais une minute plus tard l'homme reprenait son manège.

Max se figea. Harper aussi, nota-t-il, avant de très vite se ressaisir. Elle repoussa violemment son partenaire et se recula d'un grand pas. Tandis que l'homme essayait de recouvrer son équilibre, elle s'en alla à grandes enjambées, furieuse.

Un sourire aux lèvres, Max se remit à danser. Il n'était probablement pas resté inerte aussi longtemps qu'il l'avait cru car Kim n'avait manifesté quasiment aucune inquiétude.

Mais son soulagement ne dura pas, car il vit qu'au lieu de se diriger vers Jake et ses deux amies Harper se faufilait entre les tables vers la sortie…

Et alors ? Il ne pouvait savoir ce qu'elle ressentait. Personne ne l'avait jamais peloté, lui. Peut-être avait-elle tout bonnement besoin de prendre un peu l'air pour se calmer avant de rejoindre ses amis.

Dont aucun n'était à la table, constata-t-il quand il jeta un coup d'œil dans cette direction. Il inspecta alors du regard la piste et y repéra d'abord Jake et Jenny, qui se déhanchaient sur place, puis Tasha, qui dansait avec un type immense.

Il porta de nouveau son attention vers la massive porte en tek, juste à temps pour voir Mains-Baladeuses la franchir.

Fumier !

Il se recula avec une telle vigueur que Kim faillit perdre l'équilibre. Il dut la rattraper par les épaules pour l'empêcher de tomber.

— Je suis désolé, dit-il. Un imprévu. Il faut que je parte.

— Quoi ? s'exclama-t-elle en levant vers lui des yeux éberlués. Maintenant ?

Sans perdre de temps à répondre, il s'élança vers la porte par laquelle venait d'entrer un groupe d'une vingtaine de clients tapageurs. Quand le lourd battant se ferma derrière lui, ses oreilles se mirent à bourdonner dans le brusque silence.

Un silence qui ne s'avéra pas total.

Il entendit à proximité un homme manifestement énervé.

— Pour qui tu te prends de me bousculer et en plus de foutre le camp, espèce de petite traînée !

— Fais attention à qui tu traites de « traînée », répliqua Harper, avec son accent britannique si craquant alors qu'il prenait la direction des voix. Et je ne vois pas ce qui m'interdirait de m'en aller quand tu me mets la main aux fesses et que tu refuses de comprendre le message quand je les enlève.

— Si tu ne veux pas qu'on te mette la main aux fesses, ne choisis pas des robes qui les font ressortir !

— Dis-moi que j'ai mal entendu. « Ce n'est pas ma faute, monsieur le juge, lança-t-elle en imitant étonnamment bien son interlocuteur. C'est vrai, elle a effectivement enlevé mes mains de ses fesses mais il était clair, à sa façon de s'habiller, qu'elle cherchait à se faire peloter. »

Elle reprit sa voix normale pour conclure :

— La défense classique du violeur.

— *Quoi ?* Je ne suis pas un violeur !

Max accéléra le pas. Il était temps d'intervenir.

— Un problème ? demanda-t-il de son ton le plus professionnel.

L'homme tourna la tête d'un coup, la mine hargneuse.

— Non ! Mais qui êtes-vous ?

— Tout va bien, shérif, assura calmement Harper. Mon *ami* allait partir.

— Oui. Absolument, shérif, confirma l'homme. Vous êtes

vraiment policier ? ajouta-t-il avec une moue ironique et un regard sceptique à sa tenue.

Max sortit de sa poche arrière l'étui en cuir dans lequel il rangeait sa plaque quand il ne portait pas son uniforme.

— Madame vous a demandé de partir, je crois. Alors, fichez le camp !

— D'accord ! J'y vais. Mais je ne suis pas un violeur, lança-t-il à l'adresse de Harper.

— Non, effectivement. Mais, quand vous mettez vos mains où vous ne devriez pas, que vous refusez d'assumer vos actes et qu'enfin vous suivez votre victime quand elle vous fuit, vous n'en êtes pas loin, rétorqua Harper avec une dureté que Max ne lui avait jamais entendue dans le ton.

— N'importe quoi ! marmonna l'individu en s'éloignant.

Malgré tout, il semblait ébranlé. Peut-être les propos de Harper allaient-ils le faire réfléchir un peu ?

Max s'avança vers elle.

— Ça va ?

— Oui. Mais je suis furieuse.

Il prit une profonde inspiration, hésita, et lança :

— Besoin d'un câlin ?

— Non. Mais merci quand même, ajouta-t-elle avec un pâle sourire.

Puis elle se redressa.

— Manquerait plus que je le laisse me gâcher ma soirée ! s'exclama-t-elle. Ça fait si longtemps que je n'avais pas dansé !

Elle le dévisagea un instant, d'un regard appréciateur.

— Vous dansez sacrément bien, shérif Bradshaw. Cela vous ennuierait-il de m'inviter ?

— Absolument pas, madame Summerville. Tout le plaisir sera pour moi. Et je vous promets même d'empêcher mes mains de se balader.

Comme il l'avait espéré, elle éclata de rire, d'un rire qui l'enflamma immédiatement.

Une chose était sûre, songea-t-il tandis qu'il escortait Harper vers le Vaudou Bar : il ne se servirait pas de ses préservatifs ce soir. Tant pis pour Kim !

9

— Mais qu'est-ce que je fiche ici ?

Tapotant le volant de son index, Harper ralentit quand, à la sortie de Sequim, le faisceau de ses phares éclaira le nom « Bradshaw » écrit en lettres noires impeccablement tracées sur une boîte aux lettres d'un gris administratif.

D'accord, elle n'avait pas vu Max depuis une semaine. Cela ne justifiait pas pour autant cette initiative. Si elle avait une once de jugeote, elle rebrousserait chemin et rentrerait se coucher.

Malheureusement, son bon sens l'avait de toute évidence désertée…

Elle s'engagea lentement dans la longue allée qui traversait une épaisse forêt au sol tapissé de vigoureuses fougères que les rayons de la lune, tout au moins ceux qui parvenaient à filtrer à travers le feuillage, mouchetaient de taches argentées. Au sortir de ce bois, ses phares illuminèrent une grande pelouse et…

Une maison sans la moindre lumière ! Sans aucun signe de vie ! Elle écrasa la pédale de frein.

Tant mieux, après tout, non ? Ne doutait-elle pas depuis le départ de la sagesse de sa décision de venir ici ?

Alors, pourquoi cette petite pointe de déception ?

La faute au vin !

*
* *

Trois quarts d'heure plus tôt...

Installée dans un des deux vieux fauteuils à bascule de sa véranda, un verre de sauvignon blanc à la main, Harper s'imprégnait avec délice du cadre autour d'elle. En dehors de quelques bribes de conversations et de l'occasionnel éclat de rire qui lui parvenaient du sentier en contrebas utilisé par les clients, c'était essentiellement les bruits apaisants de la nature qu'elle entendait ici, en lisière de bois : bruissement des aulnes et des sapins agités par une brise espiègle, stridulations polyphoniques des criquets qui cessaient à la moindre alerte...

A la verticale des arbres, tel un projecteur, la lune éclairait le canal, traçant sur sa surface légèrement ridée un chemin argenté vers les montagnes Olympiques qui s'élevaient majestueusement au-dessus de l'eau, la ligne déchiquetée de leurs hautes cimes découpée sur le ciel bleu nuit. Un spectacle splendide qui impressionnait en même temps qu'il emplissait d'un sentiment de sérénité.

Sereine, Harper était pourtant loin de l'être.

Elle but une petite gorgée de vin.

Puis une grande.

Puis une si longue qu'elle vida pratiquement son verre avant de s'avouer enfin ce qui la tracassait : elle se plaisait beaucoup trop à Sequim.

Comment ça, beaucoup trop ?

C'était ridicule ! Pourquoi se refuserait-elle le droit de se sentir bien quelque part ? Elle ne faisait de mal à personne, quand même. Et certainement pas à la fondation Sunday's Child qui lui demandait seulement son avis sur le sérieux des dossiers présentés par les associations avant de s'engager à les subventionner sur le long terme.

D'accord, elle appréciait de pouvoir enfin dormir dans le même lit tous les soirs. Ce qui ne signifiait pas pour autant qu'elle cherchait à s'établir ici de façon permanente. Vadrouiller, découvrir sans cesse de nouveaux lieux, de nouvelles coutumes, rencontrer de nouvelles personnes, voilà ce qu'elle aimait plus que tout. Chaque changement représentait en outre une aventure humaine passionnante. Au cours de ses pérégrinations, elle s'était ainsi constitué un réseau de connaissances tout autour de la planète.

Cela dit…

Depuis ses douze ans, quand elle avait dû se séparer de sa meilleure amie Anke Biermann à Munich, elle n'avait jamais eu de copine avec un grand C.

Oh ! Elle comprenait pourquoi, bien sûr ! S'il était exaltant de se lier avec des gens, l'inévitable moment des adieux l'était incomparablement moins. Et elle imaginait, sans se risquer malgré tout à l'affirmer, que cette rupture traumatisante avec Anke, il y a bien longtemps, l'avait inconsciemment découragée de nouer des relations trop étroites et incitée à se contenter d'avoir, à travers le monde, de simples camarades, avec qui elle avait passé des moments formidables.

Mais la tactique ne fonctionnait pas avec Jenny et Tasha.

Les deux femmes avaient piétiné ses défenses comme Attila la Gaule… avec des résultats nettement plus positifs ! Probablement grâce aux armes qu'elles avaient employées : humour insolent et naturel avec lequel elles l'avaient incluse dans leur vie, sans lui laisser le choix. Dès le jour de son arrivée à Sequim pour son entretien d'embauche aux Deux-Frères, elles l'avaient attirée vers elles avec une force irrésistible, comparable à celle que la lune exerce sur la mer.

Et franchement ? C'était génial.

Pourtant, par rapport à son attirance pour Max, c'était de la roupie de sansonnet.

Depuis qu'il l'avait sauvée de son cavalier indélicat, le week-end précédent, elle avait dû se rendre à l'évidence : si l'irruption de vraies amies changeait sa vie, celle de Max la bouleversait carrément !

Elle pourrait évidemment tout simplement attribuer son intérêt croissant pour Max au seul fait qu'elle l'avait vu sans son uniforme, songea-t-elle en imprimant un mouvement à son fauteuil. Il lui était en effet apparu incontestablement sexy avec ce feutre à bords étroits cachant à demi ses sourcils noirs, sa chemise rétro collée à ses larges épaules et à la courbe de ses biceps en granit, et ce pantalon anthracite qui moulait ses fesses sublimes…

Mais, étrangement, ce n'est pas tant le physique de Max qui

l'avait émue que l'éclat de ses yeux noirs et le sourire qui n'avait pratiquement pas quitté ses lèvres de toute la soirée, lui qui affichait d'habitude une mine perpétuellement grave et sévère. Elle avait été tellement surprise de le voir s'amuser et danser qu'elle était tombée sous le charme. Elle aurait volontiers passé toute la soirée avec lui.

Cette obsession pour cet homme la perturbait. Elle ne se reconnaissait plus, elle qui avait toujours préféré les hommes doux, plus âgés qu'elle, intellectuels.

Pourtant, d'un seul coup…

Elle n'aurait su l'expliquer. Mais Max était si impressionnant. Si solide. Si…

Sensuel !

Un frisson la parcourut. Réaction de défense, certainement. Ses précédents amants aussi avaient été sensuels. Ils l'avaient parfaitement satisfaite.

Cependant, en se remémorant la façon dont Max avait évolué sur la piste, que ce soit avec elle ou avec ses autres cavalières, elle avait acquis la certitude que lui la comblerait au-delà de ce qu'elle avait connu jusque-là. Et qu'il irait droit au but sans prendre de gants, comme ses prédécesseurs.

Cette simple pensée l'embrasa.

— Alors, pourquoi ne pas essayer ? murmura-t-elle.

Elle se leva si brusquement que son fauteuil continua à se balancer frénétiquement pendant plusieurs secondes.

Excellente question. Pourquoi, effectivement ?

Parce qu'une relation avec Max n'avait aucun avenir ?

Mais qui lui demandait de s'engager pour l'éternité ?

Elle éprouvait indéniablement une attirance hors du commun pour cet homme et, sans pouvoir l'affirmer catégoriquement, il lui semblait qu'elle ne le laissait pas totalement indifférent non plus. Alors, qu'avait-elle à perdre ?

Il pourrait très bien l'envoyer balader.

Et, ça, ça ferait mal. Impossible de le nier.

Sans parler de leur gêne quand ils se croiseraient ensuite…

Oui, mais s'il ne l'envoyait pas balader ?

Et voilà pourquoi elle se trouvait en ce moment même dans le jardin de Max, comme une idiote, devant cette maison entièrement plongée dans le noir. Max n'était pas chez lui. Avec la meilleure volonté du monde, elle n'aurait pas réussi à se ridiculiser davantage.

Avec un soupir dépité, elle enclencha la première et fit demi-tour pour rebrousser chemin. Et c'est alors que le tunnel de verdure par lequel elle était arrivée s'éclaira. Malgré ses vitres relevées, elle entendit le ronronnement d'un véhicule qui remontait l'allée à vive allure.

Après avoir coupé son moteur, elle sortit au moment où le 4x4 de Max débouchait de la forêt. Il s'arrêta brusquement et jaillit de son véhicule, la mâchoire crispée, le regard tendu, visiblement inquiet.

— Un problème, Harper ?

Certes, elle aurait préféré un « Salut ! Content de vous voir ». Mais il était normal qu'il s'interroge sur sa présence chez lui, non ? Elle-même se posait la question… Ce qui lui avait semblé une idée géniale chez elle lui apparaissait à présent complètement grotesque.

— Oh non ! Aucun. Je… euh…

Active tes cellules grises, ma fille !

— … voulais simplement vous remercier encore. Je n'arrive pas à oublier cette soirée de vendredi.

Ça au moins, c'était la vérité.

Après tout, il n'avait pas besoin de savoir que c'était lui, et non ce type trop collant, qui l'obnubilait.

— Cela dit, c'est n'importe quoi d'être venue ici, précisa-t-elle. Ma visite est tout à fait inopportune. Il est tard. Je ne sais pas ce qui m'est passé par la tête. Je vais y aller, conclut-elle en s'apprêtant à remonter dans sa voiture.

— Attendez !

Se frottant le front là où une ride creusait un profond sillon entre ses sourcils, il s'avança vers elle en même temps qu'un croissant de lune se dégageait comme par magie du nuage derrière lequel il s'était attardé.

— Excusez-moi, Harper. J'ai eu une dure journée au boulot. Mais vous n'y êtes pour rien. Il n'y a aucune raison que vous en subissiez les conséquences.

Elle esquissa un petit sourire et l'observa plus attentivement. En effet, elle lisait sa fatigue sur ses traits. Et son uniforme habituellement impeccable était débraillé : col de chemise déboutonné, cravate desserrée qui pendait de guingois.

— Que s'est-il passé ? demanda-t-elle.

— Je boirais bien une bière. Vous voulez entrer ?

— Pour de bon ? Jake a nargué Jenny et Tasha toute la semaine parce qu'il a vu votre maison et pas elles.

Elle leva vers lui des yeux rieurs avant de conclure :

— Bien sûr que je veux entrer !

Son enthousiasme sembla satisfaire Max.

— Je ne comprends pas pourquoi ils font tout ce cinéma, avoua-t-il en posant sa main dans le creux de ses reins pour la guider vers la maison.

Une fois sur la terrasse, alors qu'il passait le bras devant elle pour ouvrir la porte et cherchait à tâtons l'interrupteur, elle sentit son torse se plaquer contre son dos jusqu'à ce que la lumière jaillisse et qu'il se redresse, ne laissant qu'un courant d'air froid à la place de la chaleur de ses pectoraux.

— J'aurais peut-être intérêt à les inviter, ajouta-t-il. Autrement, gare aux représailles. Surtout de la part de Tasha qui est beaucoup plus vindicative que Jenny. Elle risque de me supprimer ma carte privilège à sa pizzeria.

Pendant qu'il parlait en allumant les lampes posées sur des tables à différents endroits de la pièce, Harper commença sa visite.

— C'est vraiment chouette ! s'exclama-t-elle.

— Oui, je suis assez content.

Il l'invita d'un geste à passer dans le vaste salon.

— Il y avait des tas de petites pièces quand j'ai acheté la maison. J'ai décidé d'abattre les cloisons pour ouvrir l'espace.

— Tout seul ? Vous n'avez pas eu peur que tout s'effondre ?

— Non !

Il lui décocha un bref sourire qui découvrit ses dents d'un blanc éclatant.

— On peut apprendre à faire quasiment tout, avec Internet. Quand on casse un mur porteur, il faut le reprendre par une poutrelle dans le plafond. C'est ce que j'ai fait. Ne faites pas attention à la cuisine, dit-il en indiquant le comptoir en contreplaqué brut et les vieux placards. Je m'y attaquerai dès que j'aurai fini de traiter l'extérieur. Et pour ça, je dois attendre que Jake m'aide à choisir la couleur.

Comme elle le regardait sans comprendre, il précisa :

— Il est photographe, alors il a certainement un goût plus sûr que le mien. Vous voulez une bière ?

— Volontiers.

Elle alluma la lampe près du canapé en cuir avant de se diriger vers la cheminée.

— Ce carrelage est magnifique, dit-elle tandis que Max la rejoignait, les boissons dans une main, un bol de chips dans l'autre.

Elle le déchargea d'une des bouteilles puis prit place sur le canapé.

— Je crois que vous pouvez vous faire confiance si c'est vous qui avez choisi ces couleurs, dit-elle avec un geste vers le beige doré des murs et les ocres plus profonds et plus riches du carrelage.

— J'ai volé cette idée ainsi que celle de la bordure en pin sur Internet, avoua-t-il en se laissant tomber à côté d'elle.

— Quelle importance, du moment que c'est beau ?

Jusque-là, impressionnée par les travaux qu'il avait réalisés, elle ne lui avait pas prêté spécialement attention. Mais, lorsqu'elle se tourna vers lui, elle resta médusée. Outre son col ouvert et sa cravate desserrée, son uniforme habituellement irréprochable était complètement froissé, sa chemise à moitié sortie de sa ceinture, deux boutons manquaient et une tache humide, rouge foncé, souillait le bord de sa veste kaki.

— Max ! Que vous est-il arrivé ?

— Aucun intérêt.

Elle le regarda droit dans les yeux.

— Moi, ça m'intéresse. J'aimerais vraiment savoir pourquoi votre uniforme est dans cet état.

— Parce que j'ai commencé et terminé ma journée par une IPM.

— C'est-à-dire ?

— Pardon. Ivresse publique et manifeste. Les soûlards de Sequim me connaissent et savent que je n'hésiterai pas à les flanquer en cellule s'ils me cherchent trop. Alors, même avec des facultés mentales diminuées, ils se tiennent à carreau, en général. C'est un des avantages des petites villes. Mais avec l'arrivée des estivants je tombe sur des gens qui ne connaissent pas les limites à ne pas dépasser.

— Et vous avez eu affaire à l'un d'entre eux ce soir ?

Il poussa un long soupir las.

— A *trois* ! Trois de ces foutus pochetrons. J'avais pris mon service depuis une quarantaine de minutes quand L'Ancre marine m'a appelé pour que je vienne m'occuper d'un imbécile de touriste qui était ivre mort et cherchait des noises à tout le monde. Quand j'ai refusé de le laisser prendre le volant, il a aspergé mes chaussures de bière et s'est mis à me traiter de débile, entre autres insultes à mon intelligence, à déblatérer sur mes ancêtres et la taille de ma…

Il s'arrêta net et parut se plonger dans le souvenir intérieur de la scène. Puis il reprit :

— Le type était aussi insupportable qu'une rage de dents, mais au moins il s'est borné à des injures. Mon intervention chez Low Harry a été une autre paire de manches.

— Low Harry ? Je n'en ai jamais entendu parler.

— Aucune des personnes que vous côtoyez ne s'aventurerait là-bas. C'est un cloaque à une petite dizaine de kilomètres de la ville. Le repaire de tous les délinquants, petits et grands, et de tous les débauchés que compte la région dans un rayon de cinquante kilomètres.

Il roula soudain ses larges épaules comme gêné par quelque chose d'encombrant.

— Quand je pense que j'étais à deux doigts de couper à cette corvée, marmonna-t-il. J'aurais dû passer le relais à Blackwell, l'autre adjoint, mais il était en retard.

— Pourquoi avez-vous dit que cette intervention avait été une autre paire de manches ?

— Elle était dix fois, non cent fois pire que la première.

— Pourquoi ?

— Parce qu'il s'agissait de femmes. Elles avaient trop bu et étaient déchaînées. Je vous souhaite de ne jamais avoir à vous interposer entre deux poivrotes qui se crêpent le chignon.

Machinalement, il toucha de ses longs doigts la tache rouge foncé sur sa chemise.

Harper se pencha, sourcils froncés.

— Oh la vache ! Est-ce que… c'est…

Oui. C'était bien ce qu'elle craignait. Doucement, elle écarta le col de la chemise de Max et découvrit un pansement, maculé de sang, qui partait de la base de sa nuque et allait jusqu'en dessous de sa clavicule, et un autre, plus petit, sur le côté de son cou, au-dessus du premier. Du plus proche sortaient les extrémités aux bords irréguliers de deux zébrures, luisantes de pommade antibiotique, supposa-t-elle.

— Oh ! Là, là ! s'écria-t-elle dans un souffle en s'adossant au canapé le regard braqué sur Max. Heureusement, on vous a soigné.

— Oui. La clientèle de chez Low Harry n'est pas réputée pour son hygiène. Ces deux furies s'étaient déjà blessées en se bagarrant quand je suis arrivé. Dieu sait de quelles maladies elles sont porteuses.

— Est-ce que vous en avez pris une pour taper sur l'autre, au moins ?

— Je suis un professionnel, Summerville, répondit-il sévèrement. Nous arrêtons les gens, nous ne les frappons pas.

Mais un sourire éclaira lentement ses traits et il ajouta :

— Je dois reconnaître que ça m'a démangé.

Son visage exprimait un regret tellement enfantin que Harper se sentit fondre. Ah ! Ce sourire bien trop rare ! Ce sourire craquant !

Et elle craqua.

Se penchant vers lui, elle effleura ses lèvres des siennes.

Des lèvres qui se révélèrent à la fois douces et fermes. Elle les toucha avec sa langue… et reçut une véritable décharge électrique. Elle s'écarta avec vivacité et se leva en s'appliquant à cacher la brusque faiblesse de ses jambes. Seigneur ! Ce petit baiser, relativement sage pourtant, l'avait foudroyée.

— Je… je suis désolée, bredouilla-t-elle. C'est totalement déplacé. Je suis… Je ferais mieux d'y aller.

Elle se dirigea vers la porte. Elle avait avancé d'à peine deux pas quand elle se sentit, comme tout à l'heure, enveloppée par la chaleur de Max, qui avait prestement glissé sa main autour de sa taille et étalé ses doigts sur son ventre pour l'attirer contre lui, l'immobilisant avec aisance.

— Oui, murmura-t-il à son oreille. C'était effectivement *très* déplacé. Je vais peut-être me voir contraint de vous arrêter pour voie de fait sur un représentant de la loi.

Il la tourna vers lui tout en la gardant entre ses bras.

— A moins que…

Son regard noir se riva sur sa bouche.

— … je ne me contente de cette punition.

Ses lèvres ardentes, pressantes, fondirent sur les siennes.

Etourdie par un flot de sensations, elle s'ouvrit pour lui. Sans attendre, il explora de sa langue chaque centimètre de sa bouche comme s'il s'agissait d'une propriété qu'il venait d'acquérir. Incapable de résister, elle s'agrippa à son cou.

Il n'émit pas un son. Ne broncha même pas. Mais en effleurant de son bras le pansement elle se rappela ses blessures et le lâcha en toute hâte.

— Excusez-moi. J'avais oublié.

Il fit doucement glisser ses mains le long de ses bras, et elle sentit un long frisson la traverser. Esquissant un petit sourire de contentement, il se pencha en arrière pour ménager un peu d'espace entre eux.

— Ne vous excusez pas, murmura-t-il. Changez juste vos mains de place.

Et il lui attrapa les poignets pour guider ses bras autour de sa propre taille.

— Voilà ! dit-il avec un hochement de tête approbateur. Comme ça, il n'y a pas à se soucier de mes blessures.

Il la regarda en silence et repoussa le tortillon de cheveux qui lui tombait devant les yeux.

— Qu'est-ce que tu es belle ! finit-il par dire dans un tutoiement spontané avant de se pencher vers elle.

Cette fois, son baiser se révéla une ode à la douceur, et sous la caresse de sa bouche, les lèvres de Harper s'entrouvrirent sans qu'elle l'ait voulu. Il introduisit alors sa langue qu'il enroula langoureusement autour de la sienne, et elle se plaqua instinctivement contre son corps musclé.

En un clin d'œil, leur étreinte s'enfiévra, échappant à tout contrôle. La serrant plus fort contre lui, Max blottit son sexe rigide dans son entrejambe douillet, et pendant une fraction de seconde, ils s'immobilisèrent. Harper eut à peine le temps de se demander si, comme elle, il avait pris conscience qu'ils n'étaient séparés que par le fin tissu de leurs vêtements, avant que Max n'enflamme leur étreinte. Il se fit plus rude, prenant ostensiblement la direction des opérations.

Elle n'avait jamais rien connu de comparable, et elle se trouva vite prête à basculer dans l'extase.

Emprisonnant sa tête entre ses mains, Max lui libéra la bouche pour mieux fondre de nouveau sur ses lèvres, qu'il aspira avec un grognement rauque de satisfaction. Il se mit alors à lui pétrir un sein et à balancer son bassin.

Dieu que c'était bon ! A la recherche d'un contact encore plus intime — qu'elle aurait préféré sans obstacle vestimentaire —, elle planta ses ongles dans le dos de Max et caressa l'extérieur de sa cuisse avec l'intérieur de la sienne, réprimant un cri de désir quand son membre gonflé frôla le cœur de son intimité.

Tout à coup, plus rien. Max, haletant, l'avait immobilisée en lui empoignant les bras et s'était reculé.

— Il ne faut pas que nous précipitions les choses, dit-il d'une voix rauque de désir.

— Quoi ?

Une vraie douche froide !

— Mais pourquoi ? demanda-t-elle, éberluée.

— Parce que…

Il la regarda un instant, désemparé, comme s'il ne se comprenait pas lui-même. Puis il se ressaisit.

— Parce que te sauter dessus à notre premier baiser, c'est digne d'un lycéen. Et je te respecte trop pour me comporter comme un ado de dix-sept ans.

— Non ! Ne t'inquiète pas, je me respecte assez pour nous deux.

D'accord, ce n'était pas vraiment politiquement correct. Mais elle ne souhaitait qu'une chose : qu'il lui saute dessus ! Jamais, de toute sa vie, elle n'avait été prise d'un désir aussi impérieux.

— En outre, ajouta-t-elle, cette expérience d'ado je ne l'ai jamais vécue. Alors, il faut que je me rattrape, non ?

— Tu n'as pas eu d'aventures au lycée ? demanda-t-il, incrédule. Tu n'as pas roulé des pelles aux garçons sous les gradins ? Tu ne t'es pas fait peloter au cinéma ?

— Eh non ! Je déménageais trop souvent et, en général, je fréquentais des écoles de filles.

— Pour de bon ? Tu portais un uniforme ?

— Oui.

— Très excitant…

Il la dévisagea d'un air rêveur.

— Tu veux vraiment que l'on joue aux adolescents ?

— Oui ! affirma-t-elle avec de vigoureux hochements de tête. Je *veux* coucher avec toi.

— Ça me plairait plus que tout ! assura-t-il avec une ferveur qui paraissait sincère. Mais… je me réserve pour le mariage.

Il se forçait de manière si visible à la vertu que Harper lui donna une tape sur le bras.

— N'importe quoi ! Tu es un homme et tout le monde sait que les hommes pensent au sexe toutes les vingt-cinq secondes en moyenne.

— Exact, en gros. Mais à la vingt-sixième… Bon, peut-être la vingt-septième ou vingt-huitième, je refoule ces pensées. J'ai des principes, moi, madame.

Il tortilla une boucle de Harper autour de l'index de sa main libre tandis qu'il poursuivait :

— Et si tu veux me persuader de les assouplir pour *éventuellement* avoir des rapports sexuels avant le mariage, tu vas devoir jouer selon mes règles.

Un peu tyrannique, mais il pensait sans aucun doute ce qu'il disait. Elle ne l'avait jamais vu plaisanter. Or elle voulait aller jusqu'au bout avec lui. Dans ces conditions, quelle autre solution avait-elle que se soumettre ?

— Très bien, jouons selon tes règles. Uniquement parce que j'aime bien ton humeur de ce soir et que je veux savoir si tu es capable de la garder ou si tu vas reprendre les traits de Bradshaw-le-Ténébreux.

Elle plongea son regard dans le sien et ajouta :

— Mais attention ! A ta place, je ne m'habituerais pas trop à ce que je me plie à tes desiderata. Je ne suis le toutou de personne.

— Oui, ça, je crois l'avoir déjà compris.

— Parfait ! Alors, sache aussi que de mon côté je vais établir quelques règles personnelles.

10

Max se gara au moment précis où Harper franchissait le porche des Cèdres. En l'apercevant, il coupa son moteur en toute hâte et descendit.

— Hé ! Harper ! Attends !

Elle tourna la tête vers lui, et il lui fit signe d'approcher.

— Tu peux me donner un coup de main ? demanda-t-il.

Il se rengorgeait déjà de son idée de génie mais, à la pensée que Harper allait en être témoin, il exultait carrément. Comme un ado cherchant à frimer devant une fille, auraient ironisé certains. Sans doute. Mais il s'en fichait comme de l'an quarante.

Il observa Harper tandis qu'elle s'avançait vers lui : pimpante dans un pantalon trois quarts moulant bleu ciel, et un T-shirt blanc aux manches raglan de la même couleur que le corsaire. Il réprima un sourire. Si elle savait comme elle avait eu le nez creux en choisissant sa tenue !

— Je me demande vraiment comment je pourrais aider notre grand costaud de shérif adjoint.

— Très facile, répondit-il en tirant sur une des mèches frisées qui s'échappaient de la queue-de-cheval touffue qu'elle avait attachée très haut sur sa tête. Viens voir.

Elle le suivit à l'arrière du 4x4.

— Où as-tu trouvé tout ça ? s'extasia-t-elle quand il ouvrit le hayon.

— C'est génial, non ? répondit-il avec un sourire avant de lui tendre trois bases et un marbre. Le club de base-ball ne se sert pas de son matériel aujourd'hui. Alors j'ai persuadé ses dirigeants de me le prêter. Ensuite, je suis allé frapper à la porte des responsables des stades et j'ai récupéré tous ces gants qui moisissaient aux objets trouvés. Comme aucun n'a été réclamé depuis un an, nous pouvons les garder. Le reste de l'équipement, nous devons le rendre avant 16 h 30. J'ai prévenu Mary-Margaret. Elle a promis de rassembler tous les gamins qui ne sont pas consignés. Portons ça jusqu'au terrain.

— Un second sac nous éviterait de faire plusieurs voyages, fit-elle remarquer avec un coup d'œil au sac plein à craquer de battes et de balles, et à la myriade de gants qui jonchaient le plancher du coffre.

— Problème réglé, répliqua Max, les yeux braqués derrière elle. Voilà du renfort.

Deux éducateurs et quatre jeunes se dirigeaient vers eux.

En quelques minutes, tout l'attirail était acheminé vers la grande pelouse fraîchement tondue derrière les petits bâtiments et, en un rien de temps, les gamins, qui semblaient être là au grand complet, avaient tout installé. Alors, sans leurs habituelles chamailleries, ils désignèrent Malcolm et Jeremy capitaines et Mary-Margaret arbitre. Restait à constituer les équipes. Malcolm ayant gagné le tirage au sort, c'est lui qui commença à choisir.

De son index replié, il fit aussitôt signe à Harper qui, en riant, le rejoignit.

— Tu aurais plutôt dû prendre Max, lança-t-elle joyeusement. D'après ce que j'ai entendu dire, il était doué, à une certaine époque. Tandis que, moi, je n'ai même jamais assisté à un match de base-ball. Et encore moins participé !

— On verra au prochain tour.

Il était clair que Malcolm n'avait pas jeté son dévolu sur Harper pour des considérations d'ordre sportif, songea Max. Ni d'ailleurs uniquement en raison de sa féminité et de sa beauté ou du fait que, comme lui, elle était métisse. Non, c'était à n'en pas douter pour son charme, son humour et son naturel. Elle ne s'en était peut-être pas rendu compte, mais elle était rapidement devenue la mascotte des Cèdres.

Finalement, Max se retrouva dans l'équipe de Jeremy.

A voir la rapidité et la bonne humeur avec lesquelles les équipes furent formées, il devint vite évident que les gamins étaient pressés de commencer la partie. Et comme cela s'était passé pour Harper, ils avaient opéré le tri davantage en fonction de leurs affinités avec tel ou tel éducateur ou camarade que de critères sportifs.

Probablement parce qu'ils jouaient pour s'amuser et non dans un cadre officiel, songea Max en s'approchant de Mary-Margaret pendant que les gamins mettaient au point les derniers détails, avant le pile ou face de début de match.

— Suis-je le jouet de mon imagination, chuchota-t-il à la directrice, ou bien tous nos résidents sont-ils là ? Aucun des participants aux séances de gestion de la colère n'était-il privé d'activités de groupe jusqu'à la fin du cycle ?

Elle haussa les épaules.

— Vous savez pertinemment que Nathan et Harry devraient l'être. Mais c'est de base-ball qu'il s'agit, là. Je les ai prévenus que je leur accordais cette permission à titre exceptionnel et que si jamais ils ne s'en montraient pas dignes, je l'annulerais si vite qu'à côté de moi Bip-Bip aurait l'air d'une tortue.

De nouveau, elle haussa les épaules et esquissa un rapide sourire.

— Mais comme je l'ai dit, Max, il s'agit de base-ball. Il faut donner à tous la possibilité de jouer.

— Amen, ma sœur.

Ils échangèrent un clin d'œil complice ; ils étaient sur la même longueur d'onde.

Jeremy ayant remporté le tirage au sort, Max rejoignit son équipe dans l'abri des joueurs, le *dugout*, tandis que Malcolm prenait position sur le terrain avec la sienne. A la surprise de Max, Malcolm plaça Harper à la deuxième base au lieu de la reléguer au champ gauche.

Jeremy commença alors à exposer sa tactique et Max porta son attention pleine et entière sur son capitaine, avec un tel effort de concentration que ses sourcils se croisaient sûrement au-dessus de son nez. La plupart des idées de Jeremy eurent beau lui paraître totalement farfelues, il garda vaillamment son opinion pour lui.

Le principal n'était-il pas de participer et non de gagner ?

Mais le super bon joueur qu'il était *à une certaine époque*, pour reprendre les termes de Harper, avait du mal à accepter cette conception du sport.

Finalement, on entama la première manche et il fut emporté par le même plaisir simple de jouer qui animait ses coéquipiers.

Leur batteur frappa une balle roulante en direction de Harper, qui s'accroupit pour la ramasser délicatement dans son gant.

— Qu'est-ce que je dois en faire ? cria-t-elle en se relevant. Brandon, dis-moi, qu'est-ce que je dois en faire ?

Les gamins se tordaient de rire.

— Mettez-la dans votre poche ! répliqua Owen, de l'équipe de Max, tandis que Brandon hurlait :

— Lancez-la à Edward, à la première base, Harper ! Vite !

Elle obéit sagement mais avec une technique de fille, si bien qu'il lui manqua un bon mètre pour atteindre son objectif. Le batteur, lui, était déjà parvenu à la première base et, vu la distance entre la balle et Harper, fut tenté de courir jusqu'à la deuxième, avant d'y renoncer. En ricanant, il se mit en position, un talon contre le bord de la plaque et le reste de son corps en extension prêt à s'élancer tandis que le défenseur de la première base ramassait la balle et l'envoyait vers Brandon.

Vint ensuite le tour de Nathan. Lui aussi visa délibérément Harper. Mais Harry, l'arrêt-court de l'équipe de Malcolm, qui avait anticipé le coup, saisit la balle au vol et la lança doucement vers Harper, qui l'attrapa.

— Mettez-vous sur la plaque, madame Summerville, lui ordonna-t-il.

Elle obéit, obligeant l'attaquant qui s'y trouvait à descendre, et lorsque Harry lui eut expliqué la manœuvre, elle exécuta une petite danse qu'elle accompagna d'un hurlement de victoire. Puis, se tournant vers son adversaire qui regagnait le *dugout*, elle lui cria :

— C'est ça la vie, mon pote ! Je suis peut-être le maillon faible, mais Harry et moi nous t'avons dégagé !

Là-dessus elle se précipita vers l'arrêt-court, qu'elle étreignit brièvement.

— D'accord, c'était surtout grâce à toi, mais quand même !

Une exubérance qui provoqua l'hilarité du gamin, et tous deux se congratulèrent avec un high-five.

C'était à présent Max qui tenait la batte. Il observa Harper le temps que Brandon se mette en place sur ce qui tenait lieu de monticule. Comme elle portait des lunettes de soleil, il n'était pas absolument certain qu'elle le regardait aussi. Quoi qu'il en soit, elle se pencha vers l'avant, l'air très concentré, et… se passa la langue sur les lèvres.

Distrait par cette vision, il entendit la première balle de Brandon passer près de lui dans un sifflement.

Les yeux plissés, il braqua de nouveau son regard vers elle, ce dont elle ne pouvait être sûre puisque lui-même se cachait derrière des lunettes noires. Se forçant à la considérer comme une simple adversaire, il serra ses doigts autour du manche. Il était entièrement dans le jeu quand la seconde balle de Brandon partit comme une fusée.

Le claquement du cuir entrant en contact avec le bois de la batte et la vibration dans son poignet le ramenèrent à vitesse grand V aux rares moments parfaits de son enfance. Inutile de suivre la balle des yeux, il savait qu'elle allait atterrir dans le grand champ. Vaguement conscient des hurlements de joie de ses jeunes coéquipiers, il vit Nathan décoller vers le deuxième but pendant que lui-même, après s'être débarrassé de sa batte, se lançait dans son tour victorieux entre les bases.

A la première, Edward était en train de s'étouffer de rire quand Max toucha la plaque du bout du pied. Sentant vraisemblablement sa présence, le gamin se redressa et pointa du doigt le sentier de course.

Quand Max regarda dans la direction indiquée, il sentit lui aussi un fou rire le gagner. Tantôt accroupie, tantôt sautant en l'air, esquivant sur la gauche, sur la droite, Harper se trémoussait entre Nathan et la deuxième base en agitant les bras au-dessus de sa tête à la manière de Michael Jordan essayant d'empêcher Magic Johnson de marquer un panier.

Adieu toutes les images de princesse dorée que Max avait pu entretenir sur Harper ! Hilare, il courut vers elle et, s'interposant entre Nathan et elle, l'emprisonna entre ses bras. Il fut aussitôt électrisé par la chaleur de ses seins contre son poitrail et son parfum mais, sans se laisser déconcentrer, il signifia d'un mouvement du menton à Nathan, qui ne savait que faire devant le numéro de Harper, de reprendre sa course.

— Je ne voulais pas la blesser, s'excusa Nathan. Ou qu'elle se blesse toute seule.

— Je sais. Mais termine ton circuit et va marquer tes points. Tu les as bien mérités.

— Hé ! s'exclama Harper en se débattant comme un beau diable.

Elle fit glisser ses lunettes de soleil sur son nez et, tout en fusillant Max du regard, souffla sur un tortillon de cheveux qui était tombé sur ses yeux.

Ses étonnants yeux vert olive…

— Tes mains, mon vieux, tes mains ! lança-t-elle. Arbitrage demandé ! Ce n'est certainement pas autorisé.

— Effectivement, ça ne l'est pas, confirma Mary-Margaret en s'approchant, très sérieuse. Mais défendre au base-ball comme au basket non plus.

— Ah bon ?

Mary-Margaret éclata de rire devant l'air penaud de Harper.

— Je crains de devoir donner raison à M. Bradshaw sur ce coup-là, décréta-t-elle.

— Oui, bien sûr. Je comprends, répondit Harper.

Max la relâcha et la plaça à côté de la deuxième base, lui remit en place le bas de son T-shirt qui était remonté dans le feu de l'action et lui ajusta ses lunettes sur le nez.

— Je comprends, poursuivit-elle. Il a le pouvoir de vous mettre une contravention. Moi, pas.

— C'est exact, en effet, admit Mary-Margaret d'un ton léger. Mais ne sous-estimez pas votre propre pouvoir. Max ne vous arrive pas à la cheville, et de loin, dans le domaine de la collecte de fonds.

Un sourire s'épanouit sur les lèvres de Harper.

Des lèvres charnues, sensuelles…

— Ce n'est pas faux, reconnut-elle. Bien, on joue encore un peu ?

— Oui, ça me paraît indispensable, répondit la directrice avant de se tourner vers Max. Je compte un tour de circuit complet car votre équipe allait manifestement le réaliser mais, vous, je vous pénalise de deux bases pour faute de mains.

Max ne protesta pas. Cet arbitrage signifiait qu'il restait sur le but de Harper. Une punition très supportable… En revanche, il se serait volontiers passé des quolibets qui fusaient de l'équipe de Malcolm.

— Le tour de Nathan compte, annonça fermement Mary-Margaret.

Max se rappela alors une vérité qu'il avait totalement oubliée depuis ses années de lycée : les sifflets étaient nettement moins pénibles lorsqu'ils provenaient de votre équipe et non des adversaires.

— Maintenant, messieurs, cria Mary-Margaret en frappant énergiquement dans ses mains pour faire taire les protestations, la partie reprend !

Et elle reprit.

A la fin du match, les jeunes étaient surexcités. Rassemblés dans la salle polyvalente, ils se remémoraient chaque séquence et revenaient sans cesse à l'ignorance totale de Harper concernant les règles élémentaires du base-ball. Quoi que ce soit, adrénaline ou endorphines, ils en débordaient, et Max savait que la situation pouvait dégénérer d'un instant à l'autre si Harper et lui n'intervenaient pas rapidement pour résorber ce trop-plein d'énergie. Il décida donc de leur distribuer du papier millimétré et des crayons pour qu'ils reproduisent à échelle réduite des voitures de course à partir de photos, avec la promesse de réaliser les maquettes un jour prochain.

Ce projet, qui leur permettait à la fois de rêver et de dessiner, ne souleva l'enthousiasme que de quelques adolescents. Les autres, la majorité, n'accrochèrent pas et, comme le savait Max, c'était une question de minutes avant qu'ils ne perturbent la séance. Il allait devoir trouver rapidement une autre activité.

C'est pas vrai ! s'indigna-t-il quand Harper se leva et sortit de la salle. *Elle quitte le navire au moment où la tempête menace ?*

Mais à peine cette pensée lui avait-elle traversé l'esprit que Harper revenait avec un volume de *Hunger Games*. Elle se laissa tomber dans un fauteuil, ouvrit le livre et commença à lire à voix haute.

— C'est l'heure du conte ? ironisa Owen. On n'est pas des gosses.

— La ferme, mec, intervint Harry en allant s'asseoir près de Harper. Ils sont mortels, ces bouquins.

Quelques-uns des gamins ricanèrent avec Owen mais, finalement, les uns après les autres, ils furent pris par l'histoire. Et bientôt Harper se trouva au centre d'un demi-cercle plus ou moins régulier d'auditeurs attentifs. Etait-ce le pouvoir des mots ou l'accent britannique très chic de la jeune femme qui les fascinait le plus ? se demanda Max, sidéré par ce qui se déroulait sous ses yeux — du jamais vu. Probablement les deux !

Même Trevor, qui souffrait d'hyperactivité, se joignit à ses camarades. Mais, vite distrait par une ficelle qui dépassait du short de Nathan, il tira dessus.

— Bas les pattes, espèce de débile ! lança Nathan en lui écartant violemment la main.

D'instinct, un instinct quasiment primitif, les gamins sentirent qu'une bagarre couvait et ne prêtèrent plus attention à Harper. Heureusement Trevor se leva, sans savoir apparemment qu'il était censé se battre, et désamorça la crise.

— J'suis pas débile, maugréa-t-il en s'éloignant vers le baby-foot où, après avoir imprimé un mouvement de tourniquet à une des barres, il demeura hypnotisé devant les trois buteurs qui tournaient sans fin sur eux-mêmes.

Harper n'avait pas interrompu sa lecture pour autant et, la menace de grabuge écartée, les adolescents se mirent de nouveau à l'écouter.

Quelques instants plus tard, Edward, le joueur de première base de l'équipe de Malcolm, passa la tête par la porte, la retira rapidement prêt à rebrousser chemin, puis se ravisa et entra.

— C'est *Hunger Games* ? Je ne l'avais jamais entendu lu à haute voix, dit-il en s'asseyant par terre. Cool !

Le silence ne fut plus troublé que par la voix de Harper et, de temps en temps, un commentaire ou une question émanant des gamins qui travaillaient sur leurs plans de voiture. Au bout de vingt minutes, Jim, un des animateurs, entra.

— Ah ! C'est ici que tout le monde se planque ! Ce n'est pas l'heure de votre entretien avec votre éducateur ou de votre travail d'intérêt général ?

— Hé ! Vous pouvez vous taire ? protesta Owen. On est en plein milieu d'une histoire.

Harper ferma le livre et sourit à Owen.

— Nous reprendrons là où nous nous sommes arrêtés la prochaine fois que je viendrai, décréta-t-elle d'une voix douce mais ferme.

Les gamins ronchonnèrent mais s'en allèrent.

Avant de partir à son tour, Jim s'arrêta près de la table que Max avait commencé à nettoyer.

— Nous pensions commander des pizzas de Chez Bella T pour prolonger la fête. Tu es d'accord ?

— Plutôt deux fois qu'une ! approuva Max en sortant un billet de dix dollars de son portefeuille. Je suis de service ce soir, mais je participe quand même. Tiens.

— Bon, eh bien ça répond à la deuxième question que je m'apprêtais à te poser et qui était de savoir si tu avais le temps de passer chercher les pizzas si nous récoltons suffisamment de fric.

Il adressa un regard plein d'espoir à Harper qui s'approchait.

— Désolée, répondit-elle. Je dois encadrer une sortie en kayak avec des clients et ensuite je donne mon cours de yoga sur la plage. Mais moi aussi je tiens à apporter mon écot.

— Merci Harper. Aucun don n'est jamais perdu.

— Ce qui me fait penser… La pizzeria nous accorde-t-elle une réduction sous une forme ou une autre ? s'enquit-elle.

— Je n'en sais rien mais ça m'étonnerait, répondit Jim avec une moue.

— Bon, je demanderai à Mary-Margaret. Si ce n'est pas le cas, je me propose de voir avec Tasha pour savoir si elle serait prête à consentir une ristourne sur le total, pour une bonne cause.

— Ce serait génial !

— Je ne garantis rien, attention. J'ai laissé mon sac dans le bureau de Mary-Margaret et je dois partir. Ça pose un problème si je lui remets l'argent à elle ?

— Bien sûr que non ! assura Jim avant de consulter sa montre et d'étouffer un juron. A propos de devoir partir, j'ai une séance de travail avec un groupe dans deux minutes. Merci pour vos contributions. Salut !

Et il quitta la pièce. Mais sa voix leur parvint quand il interpella un autre collègue :

— Hé ! Ryan ! Tu ne veux pas donner quelque chose pour
acheter des pizzas pour les gamins ?

— Cela vous arrive souvent, n'est-ce pas ? demanda Harper.

— Quoi ?

— D'en faire plus pour les Cèdres. Ce n'est pas la première
fois que je vous vois, tous autant que vous êtes, mettre la main
à la poche pour faire plaisir à ces gosses.

— C'est une petite association et ce n'est pas toujours facile
de joindre les deux bouts, répondit Max d'un ton léger. Alors
nous aidons quand nous le pouvons.

Il se tut un instant et la regarda droit dans les yeux.

— Je ne t'ai pas vue envoyer Jim promener, me semble-t-il. En
fait, tu as même demandé si Tasha faisait un geste envers nous.

— Et alors ?

— C'est la première fois que tu t'inclus dans le fonctionnement
des Cèdres. Hier encore, tu aurais simplement demandé « Est-ce
que Tasha *vous* accorde une ristourne ? ».

Elle le regarda d'un air interloqué en même temps qu'un film
rosé s'étendait sur le brun chaud de ses joues. Puis elle sourit,
la mine penaude.

— Je dois reconnaître que les gamins sont craquants. Agités…
mais craquants.

— Ça…

Appuyé sur ses bras, ses paumes plaquées sur la table, il
l'observa tandis qu'elle s'affairait à rassembler le matériel qu'il
n'avait pas encore rangé. Quand les mains de Harper approchèrent
des siennes, il étala ses doigts et la frôla de son auriculaire.

Tous deux s'immobilisèrent un instant, puis Max suivit le
pourtour du petit doigt de Harper avec l'extrémité du sien.

— Il faut que je rapporte l'équipement que m'a prêté le service
des stades, dit-il.

— Mmm…, murmura-t-elle d'une voix étranglée.

Elle s'éclaircit la gorge et précisa :

— Je veux dire… Moi aussi, il faut que j'y aille.

Mais ils ne bougèrent ni l'un ni l'autre, le regard fixé sur leurs
mains, si proches. Max couvrit celle de Harper. Avec ses doigts

aux grosses articulations et ses cicatrices, elle paraissait appartenir à un péquenaud comparée à celle, délicate, de la jeune femme. Aussi, sa première réaction fut-elle de la retirer et de s'excuser.

Sa première réaction ? Allons donc ! Qui essayait-il de tromper ? Et pour être tout à fait honnête, pas la deuxième non plus.

Il entrecroisa ses doigts avec ceux de Harper.

— Quelle douceur ! murmura-t-il avant de ravaler un rire d'autodérision.

Pour un euphémisme, c'en était un ! L'intérieur des doigts de Harper semblait tapissé de soie.

Après un court silence, Harper hocha la tête.

— C'est parce que je me baigne dans des larmes de fées.

— Ah oui ? Ça doit leur prendre un sacré bout de temps pour remplir une baignoire.

— Non. Elles versent des larmes énormes, répliqua-t-elle en riant. Il faut vraiment que j'y aille, ajouta-t-elle en libérant sa main et en s'écartant.

— OK.

Il la laissa arriver à la porte avant de lancer :

— On forme une bonne équipe tous les deux.

Elle se retourna et le regarda droit dans les yeux.

— Comment ça ?

— Avec les gamins, je veux dire. On fait du bon boulot avec eux, ensemble.

— Oh. Oui. Oui, ce n'est pas faux. A plus tard, Bradshaw.

— Oui. A plus.

Quand elle eut disparu, Max se frappa trois fois le front avec son poing avant de poser de nouveau ses mains à plat sur la table et de s'appuyer de tout son poids sur ses bras.

— C'est pas vrai ! pesta-t-il.

Une érection monumentale l'empêchait de s'asseoir. Et de marcher.

Depuis qu'il avait coupé court à toute possibilité de rapport sexuel avec Harper, le soir où elle avait débarqué chez lui, il ne décolérait pas contre lui-même. Car ce n'était ni sa migraine d'enfer ni les griffures qui le brûlaient comme si on l'écorchait vif qui l'avaient arrêté, mais bien, hélas, une attaque de « elle est trop bien pour moi ». Alors qu'il était tout au plaisir de la tenir dans ses bras, qui semblaient avoir été conçus pour l'accueillir, avait soudain surgi de nulle part la question rédhibitoire : de quel droit, lui, pauvre minable, la couvrirait-il de ses caresses ? Avec ces mêmes mains qu'il avait salies en provoquant bagarre sur bagarre avec son frère ou en appuyant sur des gâchettes plus souvent qu'il ne voulait y penser ?

Résultat, au lieu d'emmener Harper vers sa chambre, il s'était défilé et avait tourné son refus en plaisanterie.

D'accord, un bon mot assez amusant, surtout venant de lui qui n'était pas du genre boute-en-train. Mais une sacrée... imbécillité, pour rester poli, vu le coup qu'il avait porté à son ego et le nombre de douches froides qu'il avait dû prendre depuis. Dire qu'à cause d'une décision absurde — et il le savait au moment même où il la prenait —, il s'était privé de ce à quoi il aspirait le plus au monde : faire l'amour à Harper !

Pour couronner le tout, il s'était condamné à ce que le simple contact des doigts de cette femme lui provoque une érection !

Et merde !

Il secoua la tête d'un air abattu. Un gamin de douze ans se serait comporté plus intelligemment !

— Et ne commence pas à imaginer Harper nue dans son bain si tu veux recouvrer rapidement ta mobilité ! murmura-t-il en fermant les yeux.

Combien de temps cela lui prendrait-il ?

Il préférait ne pas y penser !

11

— En somme, tu m'expliques que ton shérif adjoint t'a amenée au bord de l'orgasme en te tripotant les doigts ? demanda Tasha, dans le vacarme ambiant de Chez Bella T.

— Oui, répondit Harper avec des hochements de tête énergiques. C'est ridicule. Puéril. C'est…

— La stricte vérité. Ecoute, regarde-toi ! Rouge comme une pivoine, les tétins qui pointent !

Le feu qui lui empourprait les joues, Harper le sentait. En revanche, le reste… Elle faillit se briser le cou en le vérifiant… et elle dut admettre l'évidence : on voyait ses bouts de seins saillir sous son T-shirt malgré son soutien-gorge. La honte !

— A dire vrai, je suis terriblement jalouse, poursuivit Tasha. J'aimerais bien connaître quelqu'un qui m'exciterait au point de vouloir lui sauter dessus rien qu'en jouant avec mon auriculaire. Ça fait tellement de temps que cela ne m'est pas arrivé…

— Je vois très bien ce que tu veux dire. Moi-même, je ne refuserais pas d'aller plus loin qu'un jeu de petits doigts.

Elle se mit à rire, surprise elle-même de ses propos aussi directs.

— Désolée ! s'excusa-t-elle.

Tasha lui sourit d'un air grave.

— Tu peux l'être, quand tu sais pertinemment qu'il n'y aurait rien de petit avec Max. Ses doigts sont à la mesure du reste de sa personne.

— Tu as vraiment l'esprit mal placé !

L'image que Tasha venait de lui planter dans la tête ne l'aida pas à se calmer, elle qui brûlait déjà de raconter dans les moindres détails son baiser passionné avec Max. Chaque fois qu'elle se le remémorait — et Dieu sait que cela lui arrivait souvent ! —, elle s'enflammait un peu plus.

Elle s'écarta du comptoir.

— On arrête de parler de ça, maintenant. De toute façon, il faut que j'y aille si je ne veux pas être en retard. J'encadre une sortie en kayak. Alors, est-ce que je peux annoncer à la directrice des Cèdres qu'elle bénéficiera dorénavant d'une remise de quinze pour cent sur ses commandes pour le foyer ?

— N'est-ce pas ce dont nous sommes convenues, madame Tchatche ?

— Si, confirma Harper dans un sourire.

Jamais on ne l'avait gratifiée d'un surnom. Enfin, sa mère lui donnait du « Poussinette » parfois, mais parmi les personnes de sa génération aucune ne l'avait appelée autrement que par son prénom officiel. Et, elle devait l'avouer, cette mise en boîte de Tasha ne lui déplaisait pas.

— Et encore un grand merci de la part de tout le foyer, Tasha. Je vais m'assurer que Mary-Margaret t'envoie un reçu tous les mois pour que tu bénéficies d'une réduction fiscale.

— Comme ça, tout le monde y gagne !

— Euh... Excusez-moi de vous déranger...

Harper se retourna. L'homme qui était discrètement arrivé derrière elles était de taille moyenne, de corpulence moyenne... Bref, le genre d'homme qui passe inaperçu.

Il adressa un sourire désolé à Harper et encore plus désolé à Tasha, qui s'écria joyeusement :

— Salut, Will, qu'est-ce qui vous amène ?

— Je suis navré de vous prévenir si tard, mais je viens de recevoir une proposition d'embauche trop alléchante pour que je la refuse. A Seattle.

— Vous partez ? Will loue mon studio au-dessus du restaurant, expliqua-t-elle à Harper avant de se tourner de nouveau vers lui. Tant mieux pour vous, mais je vais regretter votre présence dans l'appartement voisin du mien. Vous avez été un locataire parfait. Quand avez-vous prévu de nous quitter ?

— Le 1er du mois, répondit-il, gêné.

— De *septembre* ?

— Oui. Je... je suis vraiment navré de ne pas avoir pu vous

prévenir plus tôt. Mais vous pouvez garder le loyer d'avance que je vous ai versé.

— Ne vous en faites pas, Will, le rassura Tasha, faisant contre mauvaise fortune bon cœur. Vous avez raison, question boulot, il faut saisir les occasions quand elles se présentent. Bonne chance.

Will, qui jusque-là semblait porter le poids du monde sur ses épaules, se détendit.

— Merci. Je vais essayer de me trouver un successeur.

— C'est gentil, je veux bien. Et merde ! s'écria-t-elle d'un air abattu quand Will fut hors de portée de voix.

— Ça va ? s'inquiéta Harper en voyant son amie se cramponner au comptoir avec une telle force que le sang ne circulait plus dans ses doigts.

— Je comptais sur ce loyer comme revenu d'appoint pendant l'hiver. Je peux m'en passer, mais ça va être ric-rac.

— Tu veux que je reste un peu ?

Jenny comprendrait certainement si elle annulait l'excursion en kayak.

— Non, tu es gentille.

Tasha s'empara d'un couteau et d'un saladier contenant de gros poivrons verts à la peau bien brillante.

— Ça va, affirma-t-elle.

Non, elle n'avait vraiment pas l'air d'aller ! Elle semblait en état de choc. Mais avant que Harper ne puisse protester elle la renvoyait de sa main armée du couteau.

— File ! Va t'occuper de tes vacanciers. J'ai du travail.

En signe de soutien, Harper se hissa sur la pointe des pieds et, se penchant par-dessus le bar, planta un baiser sur la joue de son amie, qui ébaucha un sourire de reconnaissance.

Sur la route, Harper appela Jenny pour lui raconter son entrevue avec Tasha, puis Mary-Margaret pour lui annoncer que le foyer bénéficierait désormais d'une remise de la part de Chez Bella T en contrepartie de quelques formalités administratives.

Pendant qu'elle se garait derrière sa maisonnette et qu'elle courait enfiler sa combinaison, elle se sermonna : elle devait se vider l'esprit de Tasha, des Cèdres et de Max pendant quelques heures pour se consacrer entièrement aux clients qui s'étaient inscrits à cette excursion en kayak.

*
* *

Plus facile à dire qu'à faire ! Oh bien sûr, elle veilla scrupuleusement à ce que son humeur n'affecte pas la qualité de son travail, mais de longues périodes de calme séparaient les moments où tel ou tel point du paysage ou de la faune réclamait qu'elle s'adresse à ses clients. Et même leur excitation devant le spectacle d'un balbuzard piquant vers la surface du fjord, plongeant, ressortant quelques instants plus tard avec un poisson entre les serres, puis s'élevant haut dans les airs avant de se laisser de nouveau tomber sur plusieurs mètres en s'ébrouant pour débarrasser ses plumes de l'eau salée, n'empêcha pas son esprit de divaguer vers Max et ses protégés du foyer.

Ce fut pendant un des moments de tranquillité, alors que les vaguelettes soulevées par le passage d'un bateau clapotaient doucement contre les flancs de son kayak et que des gouttes d'eau scintillantes comme des diamants ruisselaient le long de la pale relevée de sa pagaie, qu'elle prit sa décision : rien ne s'opposait plus à ce qu'elle donne le feu vert à sa mère pour accorder aux Cèdres la subvention qu'ils avaient sollicitée. Elle avait déjà dépassé le délai habituellement imparti pour juger si une association répondait ou non aux critères de Sunday's Child.

Après la promenade, une fois les embarcations rangées, il lui resta juste le temps de courir chez elle, d'échanger sa combinaison contre sa tenue de yoga et de se rendre sur la pelouse en bordure de la plage. Elle disposa les nattes, salua par leur nom les stagiaires qu'elle connaissait, apprit celui de trois nouvelles en mémorisant des détails sur chacune qui l'aideraient à se souvenir d'elles à la prochaine séance.

Wendy, la propriétaire du salon de coiffure Wacka Do's, arriva à la dernière minute, au pas de course, son sac de sport en bandoulière. Harper la salua d'un grand sourire. Ses cours attiraient de plus en plus de personnes de Sequim, si bien que Jenny avait établi un tarif spécial à leur intention, à condition qu'elles fournissent leur natte.

Comme d'habitude, elle termina le cours avec un « namaste » collectif, la formule rituelle pour prendre congé. Après le départ de la dernière participante, elle rangea les tapis dans un grand sac qu'elle entreposa dans un placard, puis rentra directement chez elle pour la soirée. Elle se changea une dernière fois, enfilant un débardeur et un bas de pyjama, avant de se servir un verre de vin qu'elle apporta, avec son téléphone, sur la terrasse. Là, elle s'installa dans un des fauteuils à bascule et s'accorda quelques minutes de répit à siroter tranquillement son merlot Walla Walla Valley en se balançant doucement. Avec un soupir résigné, elle finit par poser son verre par terre et appela sa mère, qui répondit à la quatrième sonnerie.

— Bonjour, maman. J'espère que ce n'est pas trop tard pour téléphoner. J'avais oublié le décalage horaire.

— Non, ma chérie. Ne t'inquiète pas. Je suis en train de lire dans mon lit. Ça me fait plaisir de t'entendre. Comment vas-tu ?

— Très bien. C'est magnifique ici. Je suis sous le charme. Complètement envoûtée. Ridicule, n'est-ce pas, après tout ce que nous avons eu la chance de voir au cours de nos voyages ? Combien d'endroits différents à ton avis ?

— Un million, répondit sèchement sa mère.

— C'est l'impression que l'on garde, effectivement. C'est pourquoi je suis sidérée qu'une bourgade de l'Etat de Washington me touche à ce point. Tu as reçu les photos que je t'ai envoyées par mail ?

— Oui, le cadre est vraiment spectaculaire. En général, le mot « canal » n'évoque pas un endroit entouré de montagnes aussi grandioses.

— D'après les natifs du coin, il s'agit d'un fjord, en fait. De toute façon, canal ou fjord, le paysage est magnifique et dégage une atmosphère de sérénité.

Il y eut alors un temps mort avant que sa mère ne répète :

— De *sérénité* ? Ce n'est… pas un mot que j'associe spontanément avec toi, Harper.

Harper se mit à rire. Un rire un peu forcé.

— Je sais, maman. Pourtant, c'est la vérité.

Et pour la première fois depuis… depuis… depuis toujours en fait, elle ne ressentait pas dans son corps ce fourmillement d'impatience qui la poussait d'ordinaire à plier bagage et aller voir ailleurs. Mais là, non, rien. Absolument rien. Pas de démangeaison comme habituellement, à ce stade d'un projet.

Bizarre…

Et un tantinet déconcertant.

— Peu importe ! Ce n'est pas la raison de mon coup de fil. Je t'appelle entre autres pour te dire que tu peux lancer le dossier de subvention pour le Village des Cèdres. C'est une association formidable, maman ! Exactement le genre que nous cherchons à aider.

— Très bien, répondit sa mère avec une froideur toute administrative. Je vais remplir les documents nécessaires et m'arranger pour que la lettre d'acceptation soit dans le courrier à envoyer d'ici la fin de la semaine. Du coup, vas-tu rentrer à la maison ?

L'évidence de la réponse frappa Harper de plein fouet.

— Non ! cria-t-elle presque.

Se ressaisissant elle reprit, plus posément :

— Je ne peux pas, maman. Tu sais que mon contrat au village de vacances ne se termine qu'après Labor Day.

— Ils te trouveraient certainement un remplaçant.

Préférant ne pas analyser les raisons pour lesquelles elle avait d'emblée rejeté cette solution, Harper se contenta de répondre, sans savoir si elle disait ou non la vérité :

— En pleine saison touristique ? Cela m'étonnerait. De toute façon, je ne suis pas du genre à laisser tomber les gens, maman. Quand je me suis engagée dans quelque chose, je vais jusqu'au bout.

— Dommage que tu n'appliques pas les mêmes principes avec ta famille. Kai et moi te voyons moins souvent que toutes ces connaissances que tu adores te faire.

— Tu crois vraiment qu'il est indispensable de remettre ça sur le tapis, maman ? Je ne critique pas ton aversion pour les voyages. Pourquoi ne fais-tu pas preuve de la même tolérance et n'acceptes-tu pas que, moi, je les aime ?

— Mais es-tu certaine de réellement les aimer plus que tout ? Ou n'est-ce pas simplement une façon d'honorer la mémoire de ton père ?

— Pas du tout !

Mais en même temps qu'elle protestait, un doute troublant s'insinua dans son esprit. Et pas pour la première fois.

Elle arrêta le mouvement de balancier de son fauteuil et se redressa, mal à l'aise. Sa mère se trompait, bien sûr. Elle adorait bourlinguer. Peut-être lui arrivait-il de se sentir lasse de cette vie de nomade mais, après une pause comme celle que lui offrait son travail aux Deux-Frères, elle piaffait d'impatience de reprendre la route et de repartir pour de nouvelles aventures.

— Très bien, ma chérie, reprit sa mère après un court silence. Alors je me tais. Mais si tu pouvais ménager un moment dans ton emploi du temps pour venir nous voir, ton frère et moi, cela nous ferait plaisir. Et à tes grands-parents aussi.

— C'est promis, maman. Je sais que ma visite pour la cérémonie de remise des diplômes de Kai a été écourtée par ma prise de fonctions ici, mais je m'arrangerai pour passer quinze jours avec vous dès que l'occasion se présentera. Promis.

— Nous l'espérons tous.

— Je doute que Kai y attache la moindre importance.

— Détrompe-toi ! Tu lui manques.

Harper laissa le silence parler pour elle et sa mère lâcha un petit rire étouffé.

— Bon, je te l'accorde, ton frère a un peu tendance à ne s'intéresser qu'à lui, à son travail à la fondation et à la ribambelle de jolies filles qui se succèdent à vitesse grand V dans sa vie.

— Dans cet ordre-là, je parie.

— Il a vingt-deux ans, ma chérie. Il est comme tous les garçons de son âge. Tous, sauf ton père, ajouta-t-elle d'une voix attendrie. Je n'ai jamais connu de jeune homme moins égocentrique que lui.

Puis d'un ton de nouveau tranchant, elle poursuivit :

— Pour en revenir à Kai, son égocentrisme ne l'empêche pas de vénérer le sol que tu foules.

— Oh ! Je sais ! Mais il n'hésitera certainement pas à me faire un croche-pied à la première occasion.

— Tes grands-parents et moi le surveillerons. Nous n'avons parlé de rien d'autre que de notre éternel désaccord et des Cèdres, enchaîna sa mère d'un ton plus léger. As-tu fait quelque chose uniquement pour le plaisir à Sequim, Poussinette ? Sans rapport avec ton travail ?

La chaleur dans la voix de sa mère et ce surnom affectueux si chargé de souvenirs familiaux dissipèrent chez Harper la réserve qui présidait à ses relations avec sa mère depuis quelques années et elle se mit à parler de Jenny, de Tasha, de Jake, d'Austin. Peut-être cita-t-elle le nom de Max un peu plus souvent que celui des autres, mais c'était uniquement en raison de son lien avec les Cèdres. Bien sûr.

Sans mentionner sa mésaventure avec son cavalier trop collant, elle raconta sa soirée au Vaudou Bar, les activités qu'elle encadrait au village de vacances et les responsabilités supplémentaires que Jenny lui proposait d'assumer. Emportée par son enthousiasme, elle avait parlé d'un trait et dut s'arrêter pour reprendre son souffle.

— Je suis désolée, maman, je ne voulais pas te soûler comme ça.

— Ne t'excuse surtout pas. Visiblement, tu te plais là-bas et tu t'es vraiment attachée à ces gens.

— Oui, absolument.

Mais un petit scrupule à la pensée que cet attachement entrait en conflit sur un plan éthique avec l'enquête qu'elle devait mener au nom de la fondation qui avait tant tenu à cœur à son père la poussa à préciser :

— Je ne projette pas pour autant de prolonger mon séjour après Labor Day. Je profite simplement du moment présent et je m'éclate.

— Tu *t'éclates* toujours, comme tu dis, lui fit remarquer sa mère dans un soupir. Mais il ne faudrait surtout pas que tu restes quelque part une seconde de plus que nécessaire, ajouta-t-elle sèchement.

Les dents serrées, Harper garda pour elle la réflexion désagréable qu'elle avait sur le bord des lèvres.

— Nous devrions aller dormir, je crois, suggéra-t-elle avant que les choses ne s'enveniment.

— Oui, je me sens brusquement très fatiguée. Mais on se rappelle bientôt, n'est-ce pas ? Je t'aime, ma chérie.

— Je le sais, maman. Moi aussi, je t'aime.

Là-dessus elles raccrochèrent et Harper demeura un long moment dans l'obscurité à se balancer dans son fauteuil.

Et à se demander comment sa mère et elle en étaient venues à s'éloigner autant l'une de l'autre.

12

Tasha appela tôt le lendemain matin. Elle paraissait avoir oublié sa contrariété de la veille et recouvré son entrain habituel.

— Tu as prévu quelque chose ce matin ? lança-t-elle d'un ton joyeux. Parce que c'est décidé, toutes les trois, Jenny, toi et moi, nous allons débarquer chez Max. Alors il faut que nous accordions nos violons.

Ignorant délibérément la petite boule de feu qui la traversa, Harper se contenta de faire remarquer avec une légère ironie :

— Alors, comme ça, il a fini par craquer ? Il nous invite ?

— Non, pas exactement ! s'exclama Tasha en riant. Peut-être que tu as réussi, toi, à percer ses lignes de défense mais, selon Jake, si Jenny et moi attendons un carton d'invitation, nous aurons de la barbe au menton avant d'en voir la couleur ! Donc, nous allons nous inviter nous-mêmes ! Mais c'est ce matin ou jamais. Il n'y a pas trente-six possibilités. Jenny a téléphoné à Amy Alvarez, la responsable du planning au poste de police. Max prend son service à midi aujourd'hui.

— Cela ne devrait pas me poser de problème. Attends deux secondes, je vais m'en assurer, mais en général je n'ai rien de programmé le vendredi parce que le matin les clients se préparent à partir et les nouveaux n'arrivent pas avant 15 heures…

Elle vérifia son agenda.

— C'est bon. Je n'ai rien avant 17 heures.

— Super ! C'est aussi ce que pensait Jenny. Dans ce cas, nous passons te prendre à 9 heures. Jake nous conseille d'apporter des flocons d'avoine et un pack de lait. Ne me demande pas pourquoi, il n'a pas voulu me le dire. Il nous joue probablement une farce mais nous allons quand même nous arrêter à la supérette, au cas où. A tout à l'heure, Harper.

Le ciel s'était couvert quand Jenny frappa à la porte de Harper.

— Prête ? demanda-t-elle quand cette dernière ouvrit. Tu ne veux pas rentrer ta brochure ? Avec le vent qui se lève, elle risque de s'envoler.

Elle regarda de plus près le prospectus que Harper ramassait et s'écria :

— Dis donc, c'est l'ancienne brochure des Journées de Sequim, on dirait ?

— Oui. Je voulais essayer de trouver des idées neuves hier soir mais j'ai été trop perturbée par un coup de fil à ma mère pour réussir à me concentrer.

— Pas de mauvaises nouvelles, au moins ?

— Non. Enfin, personne n'est malade. De ce côté-là, tout va bien. Seulement ma mère et moi ne concevons pas de la même manière la façon dont je devrais conduire ma vie, et nous nous accrochons de plus en plus souvent à ce sujet depuis un ou deux ans.

Depuis la mort de son père, en fait.

— La famille, c'est loin d'être évident, déclara Jenny.

— Absolument ! Parlons d'autre chose. Allons mettre notre grain de sable dans la routine matinale de Max.

— Oui ! J'ai hâte !

— Dis-moi, tu connais Max pratiquement depuis que tu es née, n'est-ce pas ? demanda Harper tandis qu'elle verrouillait sa porte.

— Non. Je ne suis arrivée à Sequim qu'à l'adolescence. Et nous n'avions pas les mêmes amis. En fait, Max et moi nous sommes surtout rapprochés quand il a pris ce poste de shérif adjoint après son temps dans les marines. Je n'avais toujours vu en lui qu'un mec baraqué, taciturne et peu amène. C'est seulement après le retour de Jake à Sequim que j'ai commencé à gratter la surface. Maintenant que j'apprends à le connaître, je l'apprécie beaucoup plus que je l'aurais jamais cru possible. J'étais persuadée qu'il était complètement dépourvu d'humour, mais c'est faux. Il n'est peut-être pas le type le plus loquace de la ville, mais quand Jake et lui commencent à s'insulter, je suis en général morte de rire. Et puis de toute façon, je meurs d'envie de visiter sa maison. Tasha nous attend chez moi.

Le trajet en voiture ne dura pas longtemps, même compte tenu de l'arrêt à la supérette. Mais quelle déception, en arrivant chez Max, de trouver une maison apparemment vide !

— Il est sorti, à votre avis ? demanda Tasha.

— Son 4x4 est là, fit remarquer Harper.

— Il n'y a qu'une façon de le savoir, décréta Jenny en ouvrant sa portière. Prends les courses, Tasha.

Une fois qu'elles eurent grimpé les marches de la terrasse, Jenny frappa. N'obtenant pas de réponse, elle se mit carrément à cogner. Cette fois, il y eut un bruit à l'intérieur, suivi d'un juron. Max, reconnut sur-le-champ Harper.

Une seconde plus tard la porte s'ouvrit d'un coup.

— Oh ! Pu-u-u-rée ! s'exclama l'une d'entre elles sans que Harper puisse dire avec certitude laquelle.

Les yeux vitreux, la mine renfrognée, les cheveux aplatis sur un côté et hérissés en épis de l'autre, les joues mal rasées, Max s'encadrait dans la porte. Tout était impressionnant chez lui et lui donnait un air inquiétant, de ses pommettes saillantes à ses doigts aux grosses articulations en passant par ses épaules musclées, et…

Et le fait qu'il ne portait pour tout vêtement qu'un boxer noir plutôt moulant n'arrangeait pas les choses.

Il n'y avait pas à discuter, l'homme était bien bâti. Emplissant quasiment tout l'espace du chambranle, il offrait en spectacle son corps, incroyablement viril, avec des muscles massifs à la courbe bien dessinée, des veines légèrement en relief qui serpentaient sur ses bras et des poils noirs qui couvraient ses mollets, ses avant-bras et sa poitrine d'où, se rassemblant, ils formaient une ligne qui descendait entre ses abdominaux avant de disparaître dans son boxer. Des profondes griffures qui avaient zébré son cou le soir où il avait séparé les deux pochardes en train de se crêper le chignon, il ne restait que quelques marques à peine visibles.

Qui suffirent à ramener d'un coup Harper au baiser qu'ils avaient échangé ce soir-là…

Ce baiser ardent.

Ce baiser parfait.

— Hou là ! murmura-t-elle. J'ai des palpitations.

Qui n'étaient pas provoquées par ce seul souvenir, mais aussi par le physique de cet homme. Oh bien sûr, elle l'avait déjà vu torse nu, aux Cèdres, le jour où elle avait débarqué au milieu d'un match de basket avec les gamins. Mais, de près, sa masculinité prenait plus de force encore, plus de puissance…

— Quelle heure est-il ? demanda-t-il avant de consulter lui-même sa grosse montre Tank. Ah ! Je ne m'étais pas rendu compte qu'il était si tard. Il me faut un café.

Il tourna alors les talons et retourna dans la maison, laissant la porte d'entrée ouverte.

Les trois femmes échangèrent un regard interrogateur, puis le suivirent. Elles le trouvèrent dans la cuisine en train d'ouvrir et de claquer les portes des placards.

— Où j'ai fourré ce foutu café ? marmonna-t-il.

Jenny dévissa le gobelet puis le bouchon d'une bouteille Thermos qu'elle avait apportée. Elle s'approcha de Max, qui poursuivait ses recherches, et agita le récipient ouvert sous son nez.

— J'en ai du tout fait, dit-elle. Trouve-lui une grande tasse, Harper. J'ai l'impression qu'il ne se contentera pas du petit gobelet du capuchon.

— Tu me sauves la vie, Jenny, s'exclama Max. Plaque mon frère et épouse-moi. Tu pourras m'apporter mon café au lit tous les matins.

— Une proposition fort tentante que je crains de devoir refuser cependant, rétorqua Jenny.

Il la gratifia d'un sourire nonchalant qui tétanisa les trois femmes. Tasha fut la première à émettre un son.

— Waouh !

Il tourna la tête vers elle.

— Tu as dit quelque chose ?

— Euh… oui. Tu veux de bons flocons d'avoine énergétiques ? demanda-t-elle en sortant de son pochon une boîte de Quaker Oats.

— Ah non ! s'écria-t-il avec un frisson de dégoût. Tu en as déjà goûté ? Ça a la consistance de la colle et, franchement, le papier peint, je ne suis pas fan. Or c'est à peu près la seule chose à laquelle ce truc pourrait servir.

— Alors pourquoi Jake m'a-t-il dit de… ?

— Je crois pouvoir répondre à cette question.

Harper indiqua les trois placards qu'elle avait ouverts en

cherchant une tasse. Elle tendit à Jenny celle qu'elle venait de trouver et se tourna vers Max.

— Je ne sais pas comment tu fais pour avoir ce corps-là avec ce que je viens de voir comme nourriture sur tes étagères, dit-elle.

Après un très bref moment de gêne, le visage de Max s'éclaira.

— Mon corps te plaît ? demanda-t-il en bombant le torse.

— Nettement plus que tes provisions !

Ses épais sourcils noirs se froncèrent au-dessus de ses yeux aux cils fournis et il répliqua, agacé :

— Pourquoi est-ce que tout le monde s'intéresse à mon régime, tout à coup ?

Parce que deux sur trois des placards que Harper avait inspectés débordaient de paquets de céréales gorgées de sucre, Cap'n Crunch, Froot Loops, de chips de toutes sortes, Doritos, Fritos, Cheetos… Elle avait aussi aperçu un pot de pâte à tartiner au fromage, un gros sac de biscuits glacés au sucre en forme d'animaux, quelques…

Inspirant profondément, elle mit un terme à son inventaire. Elles avaient déjà débarqué chez Max à trois, à l'improviste, et l'avaient en outre sorti de son lit… et il ne les avait pas envoyées balader. Il avait même plutôt bien pris la chose. Peut-être valait-il mieux ne pas pousser le bouchon trop loin et cesser de lui casser les pieds avec son alimentation. Mais… elle ne put s'empêcher de lui faire remarquer :

— Tu as des tonnes de cochonneries dans tes réserves et, entre autres, un stock apparemment inépuisable de crackers au fromage fourrés au beurre de cacahuète.

— Le beurre de cacahuète, c'est bon pour la santé, tout le monde te le dira !

— Mais encore meilleur si on ne l'accompagne pas de crackers bourrés d'acides gras trans. Pourquoi manges-tu comme ça ?

— Je ne sais pas, répondit-il, soudain gêné, en rentrant la tête dans ses larges épaules. Je me suis toujours nourri comme ça.

C'est malin ! se rabroua Harper.

La mère de Max ne s'était vraisemblablement jamais souciée de diététique et elle, avec ses gros sabots, le culpabilisait et le mettait mal à l'aise en lui reprochant des habitudes qu'on lui avait données depuis le berceau.

— Ça n'a pas d'importance, et de toute façon ce n'est pas pour ça que nous sommes venues ! dit-elle vivement. Bonjour, Mohammed. Nous venons voir ta grotte.

Elle pointa le doigt vers Jenny, Tasha, puis elle-même.

Il la regarda comme si elle avait parlé en swahili — ce qui aurait été dans ses cordes, d'ailleurs.

— Quoi ?

— Nous sommes venues à toi. Jake nous fait bisquer parce qu'il a visité ta maison et pas nous, expliqua Jenny. Alors, pour couper court aux fanfaronnades de ton frère, il est de ton devoir de nous proposer un tour du propriétaire.

— Ah ! OK. Très bien. Vous avez raison. Et c'est avec grand plaisir que j'accéderai à votre requête, mesdames.

— Ouf ! Notre charmeur préféré est de retour ! s'exclama Jenny, arrachant un petit sourire amusé à Max.

— Jetez déjà un coup d'œil au salon pendant que je me mets quelque chose sur le dos.

— Je t'en prie, murmura Harper en admirant les muscles de Max, qui roulaient sous sa peau alors qu'il s'éloignait. Ne t'embête pas pour nous...

— Amen ! lança Tasha en riant.

Suivant les conseils de Max, les trois amies se dirigèrent vers le salon. Comme Harper connaissait déjà les lieux, elle put s'intéresser aux détails.

Intriguée par une feuille de papier qui traînait sur une table basse à côté du gros fauteuil en cuir, elle s'approcha et, profitant de ce que ses deux amies s'extasiaient sur la cheminée, elle tendit discrètement le cou pour lire le document.

C'était une lettre de rappel pour un renouvellement de permis de conduire. Elle chercha des yeux la date de naissance de Max...

— Ça alors ! s'exclama-t-elle.

— Tu as trouvé tous les renseignements que tu souhaites ?

La voix grave de Max, juste derrière elle, s'insinua délicieusement en elle...

Réussissant, par un gros effort de volonté, à ne pas sursauter, elle se redressa lentement et le gratifia de son sourire le plus enjôleur.

— C'est bientôt ton anniversaire. Tu vas avoir quel âge ?

— Tu n'as pas vu ?

— Eh non. Je n'ai pas pu aller au-delà du jour et du mois. Tu es arrivé trop tôt. Alors ? Quarante ?

— C'est malin ! Non, trente-quatre. Et toi ? Vingt-six ?

— Espèce de flatteur ! Non, j'ai trente ans.

Ils furent interrompus par Jenny et Tasha qui vinrent chercher Max pour la visite. Harper les suivit, les yeux rivés sur les fesses de Max, prêtant une oreille distraite aux conversations devant elle. Une idée venait de germer dans sa tête…

Un peu plus tard, après avoir pris congé de Max, les trois femmes montèrent en voiture.

Quand Harper boucla sa ceinture, son idée avait pris forme.

— Je vais organiser un anniversaire surprise pour Max. Vous croyez que ça le dérangera si ça se passe chez lui ?

13

Le temps se dégrada progressivement au cours du week-end, jusqu'au dimanche où une véritable tempête se leva, avec rafales de vent et pluie cinglante. Le lundi connut une embellie, malgré la persistance d'une couverture nuageuse et quelques giboulées inopinées.

De toute évidence, les pensionnaires des Cèdres s'en moquaient. L'accès à la zone de baignade du centre de vacances, avec son ponton flottant équipé d'un petit plongeoir, leur avait été autorisé. Ce n'était pas trois gouttes de pluie qui allaient gâcher leur plaisir !

Max, lui, se régalait à observer Harper. Vêtue du maillot de bain noir et blanc qu'elle avait porté le soir du jacuzzi, elle était assise sur le bord du ponton où elle avait emmené Owen à la rame, les autres gamins nageant dans son sillage comme une couvée de canetons, selon ses propres termes. A présent, tout en battant nonchalamment l'eau de ses longues jambes vigoureuses, elle encourageait les jeunes à sauter dans l'eau en éclaboussant le plus possible autour d'eux. Ce qu'elle appelait « faire la bombe ».

Quand Malcolm, après avoir rebondi deux fois sur l'extrémité du plongeoir pour prendre de la hauteur, s'élança, genoux contre la poitrine, tête rentrée, il réussit si bien son coup qu'il aspergea entièrement Harper. D'abord aplatis, ses cheveux se hérissèrent brusquement en tortillons dégoulinant d'eau et tous les gamins braquèrent sur elle des yeux horrifiés, retenant leur souffle dans l'attente de son explosion de colère. Car quel représentant de la gent masculine, quel que soit son âge, n'avait jamais essuyé les foudres d'une femme dont il avait dérangé la coiffure ? Les femmes ne plaisantaient pas avec leurs cheveux.

Au lieu de regagner le ponton, Malcolm resta là où il avait émergé et fixa Harper d'un regard provocateur, la défiant de lui adresser le moindre reproche. Mais il avait courbé ses larges épaules à la peau brune comme pour amortir un coup qu'il croyait inévitable.

Harper cligna des yeux pour en chasser l'eau, essora les mèches frisées qui lui encadraient le visage en les tordant comme un tissu avant d'essuyer ses joues. Elle affronta alors le regard de l'adolescent sans ciller.

— C'est tout ? lança-t-elle avec dédain. Tu ne peux pas faire mieux que ça ?

Malcolm éclata de rire. Un rire exagéré mais dont Max comprit parfaitement la raison. Ses protégés, qui venaient pour la plupart de familles à gros problèmes, n'étaient pas habitués aux égards. Aussi, lorsqu'on leur accordait le bénéfice du doute ou même que l'on traitait de façon rationnelle leurs prétendues transgressions, de soulagement, ils réagissaient avec une certaine outrance. Et si on leur donnait la permission de soulever les plus grosses gerbes d'eau possible, alors ils se démenaient pour surpasser les autres. Même Owen, le piètre nageur, s'était élancé du ponton, ses genoux osseux repliés contre sa poitrine malgré le gilet de sauvetage dont Harper l'avait équipé. Certes il n'avait pas battu ses camarades, loin de là. Mais son visage rayonnant, quand son gilet l'avait ramené à la surface, aurait pu en faire douter.

Libérés par la réaction de Harper, les gamins se déchaînèrent de nouveau, ne retenant ni leurs cris de joie ni leurs rires. Ils étaient heureux, naturels.

Jusqu'à l'arrivée des trois filles.

Elles se hissèrent l'une après l'autre sur le ponton. Des sœurs probablement. Toutes les trois jolies, blondes aux yeux bleus, dont l'âge s'échelonnait à vue de nez entre dix et seize ans. Max n'aurait pas su dire pourquoi exactement — leurs dents blanches impeccablement alignées ? leurs maillots parfaitement coupés ? —, mais elles sentaient le milieu privilégié, aisé.

A la seconde où elles sortirent de l'eau, les garçons se turent.

Vu l'attention que la plus âgée des trois leur porta, ils auraient aussi bien pu être transparents. La gamine du milieu, qui, selon l'estimation de Max, devait avoir dans les quatorze ans, après quelques regards furtifs dans leur direction, prit modèle sur sa sœur. Quant à la cadette, elle les gratifia… de son sourire le plus radieux.

— Salut ! lança-t-elle avec la confiance affectueuse d'un chiot. Je m'appelle Joely. Elles, ce sont mes sœurs. Brittany — elle désigna l'aînée — et Meeghan.

Les garçons lui rendirent son salut et se présentèrent, mais demeurèrent ensuite silencieux devant le mépris qui suintait par tous les pores de la peau de Brittany.

Max redouta cependant que ce calme ne précède une tempête. D'ailleurs, il voyait déjà couver la révolte sur le visage de Harry. Ce dernier, âgé de quinze ans, avait tout juste terminé ses séances de gestion de la colère et, en situation réelle, il risquait fort d'être incapable de mettre en pratique les techniques qu'on lui avait enseignées pour l'aider à maîtriser ses accès d'humeur. S'il explosait, Jenny n'accepterait vraisemblablement plus de recevoir les gamins du foyer aux Deux-Frères.

Il lança un appel au secours muet à Harper, avec l'espoir qu'elle saurait les tirer de ce mauvais pas. Lui, en tout cas, ne voyait aucune solution.

A peine eut-il croisé le regard inquiet de Harper que la petite Joely, avec son sourire éclatant, demanda :

— Hé, les gars ! Vous savez faire ça ?

En équilibre sur ses mains sur le bord du ponton, elle donna avec ses bras une impulsion qui l'envoya suffisamment haut pour lui permettre de se renverser et d'entrer dans l'eau les pieds en premier.

Repris par l'esprit de compétition, les garçons se mirent à parler à tort et à travers et à s'insulter. En un rien de temps, tous s'employaient à exécuter la meilleure figure. Jeremy, qui, à égalité avec Malcolm, était considéré comme le plus sportif de la bande, réalisa un équilibre sur une seule main, la gauche, puis la droite, avant de terminer le mouvement.

Quand la marée descendante les obligea à mettre un terme à leur démonstration, les ados se mirent à chahuter dans l'eau et inventèrent bientôt un autre jeu. Avant que Max ne puisse intervenir, Malcolm avait hissé Joely sur ses épaules, aussitôt imité par Jeremy avec Owen. Chaque cavalier tenta alors de désarçonner son adversaire pour le faire tomber à l'eau.

— Hou là ! marmonna Max, prêt à arrêter la joute avant qu'elle ne dégénère et que quelqu'un ne soit blessé.

Mais Harper le retint par le poignet.

— Viens, dit-elle. On va leur montrer comment s'y prendre.

Là-dessus, elle se retourna vers lui et ajouta, moqueuse :

— Pourquoi est-ce que je marche alors que je connais quelqu'un qui pourrait me porter ? Allez ! Aide-moi à grimper !

Sans se faire prier, il s'accroupit sous l'eau et lui donna une tape sur les jambes pour qu'elle les écarte un peu plus. Elles étaient douces sous ses mains et davantage encore sur son cou…

Quand il se redressa, il serra fermement les cuisses de Harper et se mit à marcher vers les jeunes dans l'eau qui lui arrivait à la taille, Harper cramponnée à sa tête.

Au moment où ils approchaient, Owen éjecta Joely de sa monture et Max tendit la main à la fillette pour l'aider à se relever, prêt de nouveau à interrompre le jeu. Mais la gamine riait aux éclats quand Malcolm la souleva pour la remettre sur ses épaules.

— Nous sommes dans votre équipe, décréta Harper avec un sourire à Joely. Il faut se serrer les coudes, entre filles.

Le soleil, qui après sa partie de cache-cache avec les nuages s'était enfin décidé à se montrer pour de bon, aurait pu prendre ombrage du visage de Joely tant il resplendissait.

— Gare à vous, m'dame Summerville ! fanfaronna Owen. Jeremy et moi, on est invincibles. D'autant plus que, du coup, Harry et Edward sont dans notre camp.

— Prépare-toi à boire la tasse ! riposta Harper. Nous n'avons pas que des muscles, nous !

Elle tapota les épaules de Max, aussitôt imitée par Joely sur celles de Malcolm.

— Nous avons aussi un cerveau, conclut-elle en désignant d'un air faussement modeste la fillette et elle-même.

— Pardon ? Toi tu es le cerveau et moi je suis les muscles ? C'est bien ce que tu es en train d'insinuer ? s'indigna Max qui resserra son étreinte sur les cuisses fermes de Harper.

Cette dernière l'empoigna par les cheveux pour lui renverser la tête en arrière et, penchée au-dessus de lui, un sein collé contre son crâne, elle lui dit avec un large sourire :

— Exactement ! C'est génial, non ?

Oh que oui ! se garda de répliquer Max.

Qu'elle se vante tout son soûl si cela lui chantait, lui, du moment qu'il sentait ses jambes autour de son cou et voyait, même à l'envers, son visage radieux dirigé vers lui…

S'arrachant à son regard, il fronça les sourcils en direction des gamins.

— Que les jeux commencent !

— Et puisse le sort vous être favorable ! répliqua Owen, fier du rire que sa citation de *Hunger Games* provoqua.

Les trente minutes qui suivirent s'inscrivirent dans les cinq meilleurs moments de la vie de Max. Chaleur du soleil. Fraîcheur de l'eau. Bleu d'azur d'un ciel quasiment immaculé. Gaieté de ses protégés.

Et Harper, bien sûr. Car, il devait l'admettre, le plaisir qu'il prenait se nourrissait surtout de sa présence à elle, de sa joie de vivre, de sa faculté à donner l'impression aux gens autour d'elle qu'ils participaient à quelque chose d'unique. Et il ne parlait même pas de la caresse de sa peau soyeuse contre ses mains et contre son cou quand elle luttait avec leurs adversaires, ni de son rire sonore qui la secouait tout entière aussi bien lorsqu'elle gagnait que lorsqu'elle était désarçonnée et tombait à l'eau. En quelque sorte étaient réunis les ingrédients d'une journée idyllique qui atteignait son apogée quand Harper resserrait ses cuisses.

Dommage qu'il ne puisse tourner la tête à cent quatre-vingts degrés comme Linda Blair dans *L'Exorciste*, ce film des années 1970 !

Pas très malin de s'abandonner à pareil fantasme alors qu'il était entouré de tous ces gosses. Ils allaient bientôt sortir de l'eau et il n'avait aucune envie que les garçons — et encore moins l'adorable blondinette, de onze ans et demi, leur avait-elle appris — voient son érection…

— Joely ! appela sèchement Brittany de la plage où elle était allée s'allonger avec Meeghan depuis un moment déjà, en lui lançant un regard noir par-dessus la serviette qu'elle était en train de plier. Dépêche-toi ! Nous rentrons à l'hôtel.

— Partez sans moi, répondit Joely. Dis à maman que j'arrive dans pas longtemps.

— Non, rétorqua Brittany d'un ton sans appel. Tu viens *maintenant*.

Avec un soupir résigné, Joely tirailla une des dreadlocks de Malcolm, qui souleva la fillette de ses épaules pour la poser doucement dans l'eau. Plus d'excuse pour Max pour garder Harper sur les siennes... Aussi, avec un dernier frôlement de ses mains sur les jambes de Harper, il s'accroupit pour la laisser descendre.

Joely leva la tête d'abord vers Malcolm, puis tour à tour vers les autres ados et les deux adultes.

— Ça a été le meilleur moment de mes vacances, déclara-t-elle dans un joli sourire. Merci !

Elle s'élança vers Harper qu'elle serra de toutes ses forces dans ses bras avant de sortir lentement de l'eau.

Malcolm ne la quitta des yeux que lorsqu'elle eut rejoint ses sœurs sur la plage.

— Elle est mortelle, cette nénette, dit-il, un brin de respect dans la voix.

— C'est clair ! renchérit Owen.

— Vous voulez mon avis ? C'est la seule qui en a dans la famille, conclut Jeremy.

— Vous savez quoi, les gars ? les interpella Harper en s'avançant vers eux. Je suis fière de vous. Bravo ! Vous avez été formidables aujourd'hui, et comptez sur moi pour passer le message à Jenny.

— Qui c'est, Jenny ? voulut savoir Edward.

— La directrice des Deux-Frères, répondit Harper. En d'autres termes, c'est elle qui décide de vous autoriser ou pas à revenir.

— Et vous allez lui dire que nous nous sommes bien tenus ?

— Non. Je vais lui dire que vous vous êtes hyper bien tenus. Mega bien tenus.

— Génial ! dit Edward en hochant la tête. Ben alors, nous aussi on est fiers de vous.

Le reste de la journée de Harper fut consacré à l'organisation d'un match de volley pour les résidents des Deux-Frères et l'observation, avec un groupe d'enfants, des flaques laissées par la mer à marée basse. Ces obligations accomplies, elle prit la direction de chez elle pour passer quelques coups de fil personnels, dont le premier au poste de police où travaillait Max.

Jamais elle n'avait eu autant conscience de la virilité d'un homme que lorsque, à califourchon sur les épaules de Max, elle avait senti ses mains chaudes sur sa peau nue, ses muscles puissants sous ses jambes et ses fesses et… la griffure de ses joues mal rasées sur l'intérieur si tendre de ses cuisses chaque fois qu'il tournait la tête. Une sensation éminemment érotique et nouvelle pour elle qui fréquentait en général des hommes beaucoup moins virils.

— Poste de police de Sequim, j'écoute.

— Bonjour, répondit Harper, brusquement tirée de ses pensées. Vous êtes bien madame Alvarez ?

— Oui.

— Je me présente, Harper Summerville. Vous ne me connaissez probablement pas, mais…

— Je sais parfaitement qui vous êtes. Nous ne sommes pas à New York. Ici, à Sequim, tout le monde connaît tout le monde, de près ou de loin. Et appelez-moi Amy, je vous en prie. Que puis-je faire pour vous ?

— Me passer le ou la responsable des emplois du temps du personnel, s'il vous plaît.

— C'est moi.

C'est tout juste si Harper n'entendit pas le haussement d'épaules d'Amy !

— Nous n'avons pas des dizaines de services différents comme dans une grande agglomération, vous savez. Alors, que puis-je faire pour vous ?

— Libérer Max Bradshaw pendant une journée ou au moins une soirée.

Elle précisa la date.

S'ensuivit un court silence à l'autre bout du fil. Puis :

— Pardon, mais Max travaille *toujours* le jour de son anniversaire.

Oh non !

Masquant sa déception, Harper dit avec légèreté :

— Eh bien ! J'espère que ce ne sera pas le cas cette année.

J'envisage d'organiser une fête surprise et je n'aimerais pas que le projet tombe à l'eau simplement à cause de son travail.

— D'accord. Je change sur-le-champ son planning parce que, franchement, c'est l'idée la plus géniale que j'aie entendue de ma vie. Max est quelqu'un de bien, et personne ne semble jamais rien faire pour lui. Ne vous inquiétez pas, ce n'est pas moi qui vendrai la mèche. Je trouverai un motif crédible pour expliquer la modification d'emploi du temps.

Amy se tut une seconde avant de demander :

— Il se trouve que je ne travaille pas ce soir-là. Est-ce que je pourrais venir avec mon mari ?

— Oui ! Super ! Et surtout, si vous connaissez quelqu'un d'autre qui aimerait participer, dites-le-moi. Comme je commence seulement à mettre l'événement sur pied, je ne peux pas encore vous donner de détails, mais je vous tiendrai au courant.

Avant tout, il fallait décider du lieu où se déroulerait la fête, songea-t-elle après avoir raccroché. Chez lui, avait-elle tout de suite pensé. Malheureusement, cela poserait beaucoup de problèmes. Lui, un policier, laissait-il sa maison ouverte aux quatre vents pendant qu'il travaillait ? Peu probable. Et même, comment s'assurer qu'il rentrerait chez lui, le soir ?

Bien sûr, elle pourrait recourir aux services de Jake. Vu la façon dont les deux frères se chambraient, Jake serait ravi de raconter un bobard à Max. Mais, à supposer qu'il réussisse, Max découvrirait le pot aux roses dès qu'il verrait des voitures — qu'il reconnaîtrait certainement — garées dans son allée.

Il fallait trouver un endroit où la présence de plusieurs véhicules ne paraîtrait pas anormale. Un endroit où…

Mais oui !

— Pourquoi pas ? murmura-t-elle. En fait, ce serait l'idéal.

Elle consulta sa montre…

Parfait ! Il lui restait encore une heure et demie avant son cours de yoga. Elle attrapa ses clés et fila.

Quelques minutes plus tard, du moins c'est ce qui lui sembla, elle pénétrait dans les bureaux des Cèdres. Les locaux administratifs étant vides, elle rebroussa chemin en direction du bâtiment où les pensionnaires passaient une grande partie de leur temps lorsqu'ils n'étaient pas occupés ailleurs. Nul doute qu'elle y trouverait Mary-Margaret qui, comme elle l'avait à présent compris, ne s'éloignait jamais de ses protégés.

Arrivée à destination, elle passa la tête par la porte de la salle de jeux pour demander si quelqu'un avait vu la directrice. Suivant les renseignements des jeunes, elle s'engagea dans un couloir. Soudain, les bredouillements d'un garçon, mêlés à la voix grave de Max, lui parvinrent d'une salle devant laquelle elle venait de passer.

Elle s'arrêta et recula lentement de quelques pas.

Elle entendit alors Max déclarer avec la brusquerie et le pragmatisme qu'elle lui connaissait à présent :

— Tu n'as pas à t'excuser, Nathan. Bien sûr que tu n'es pas un bébé. Tu as perdu ta mère, fiston. C'est normal que tu pleures de temps en temps.

Par la porte à peine entrouverte, Harper ne réussit à voir que les mouvements circulaires de la grosse main de Max sur le dos de l'adolescent, un garçon très perturbé, participant du programme de gestion de la colère, qui était affalé sur une chaise devant une table en bois, la tête dans ses bras. Tandis qu'elle observait la scène par l'entrebâillement de la porte, le gamin se redressa et se tourna vers Max. Harper vit alors des traînées humides sur ses joues.

— Elle me manque trop, dit-il d'une voix étranglée.

— Evidemment !

Max cessa son massage pour caresser les cheveux de Nathan jusqu'à sa nuque, qu'il serra affectueusement avant de laisser tomber sa main.

— Ça ne m'étonne pas, mon grand. Ça fait seulement… quoi ? Deux mois qu'elle est morte ?

D'une voix soudain plus forte et plus dure, le gamin rétorqua :

— Dites-le à mon daron ! D'après lui, il est temps que j'arrête mon cinéma et que je me comporte comme un homme.

Nathan avançait la mâchoire d'un air agressif, provocateur. Mais ses épaules légèrement voûtées indiquaient qu'il se préparait soit à un reproche soit à un conseil du style « Il faut apprendre à dépasser les conflits ».

— C'est un imbécile, décréta Max.

— J'aimerais vous y voir, si vous viviez avec…

Nathan s'arrêta net et leva un regard éberlué vers Max. Harper aurait voulu voir ce que Nathan voyait, mais Max se tenait derrière le battant de la porte.

— Quoi ? Vous avez dit quoi, de mon père ?

— Je sais que je n'aurais probablement pas dû dire ça. Les éducateurs me passeraient un sacré savon s'ils apprenaient que je dénigrais un parent. Mais ton père a tort s'il croit pouvoir imposer à quiconque un calendrier dans un processus de deuil.

— A supposer que lui-même soit en deuil, grommela Nathan.

Un silence suivit, que Max finit par rompre.

— Tes parents étaient divorcés ?

Le gamin secoua la tête.

— Séparés ? Ou alors ils se disputaient sans arrêt ?

— Mais non ! Je croyais que c'était du solide entre eux.

Nathan se redressa et se cala contre le dossier de sa chaise.

— C'est pour ça que je suis furieux contre lui. Si ça marchait entre eux, comment peut-il… je sais pas moi… passer aussi vite à autre chose ?

— Je ne connais pas ton père, mais je sais que chacun gère la mort à sa façon. Si tu as l'impression que tes parents formaient un couple solide, c'est probablement vrai. Crois-moi, même s'ils avaient cherché à le cacher, tu l'aurais su si ça n'allait pas entre eux. Alors peut-être que la manière que ton père a de faire son deuil est de tourner la page, et il pense probablement que la méthode fonctionnera pour toi aussi. A moins qu'on ne lui ait appris depuis toujours à jouer au dur et à cacher ses émotions.

— Ouais, marmonna Nathan en s'avançant sur le bord de sa chaise. Mon grand-père est un abruti fini.

— Tu devrais peut-être demander à ton éducateur qu'il t'aide à expliquer à ton père comment tu vis la disparition de ta mère.

Harper mourait d'envie d'intervenir pour raconter au gamin ce qu'elle-même avait ressenti au décès de son père et lui parler du fossé qui s'était creusé entre sa mère et elle depuis.

Mais, primo, ce n'était pas d'elle qu'il s'agissait. Deuzio, Nathan serait certainement humilié d'apprendre qu'elle l'avait vu pleurer. Et tertio, elle n'avait aucune solution à proposer car, malgré l'amour qu'elle portait à sa mère, elle ne s'était toujours pas rapprochée d'elle.

Aussi reprit-elle son chemin, sur la pointe des pieds cette fois, vers le bout du couloir et Mary-Margaret.

Lui revint soudain en mémoire la remarque de la directrice, le jour de leur premier entretien, sur le fait que Max savait parler aux gamins parce qu'il avait lui-même connu une enfance difficile. D'où probablement l'assurance avec laquelle il avait déclaré à Nathan que les enfants décelaient les dysfonctionnements dans leur famille.

A la première occasion qui se présenterait, elle lui demanderait de lui en raconter davantage sur lui, se promit-elle.

14

Plusieurs jours plus tard, alors que Harper remettait à Mary-Margaret la liste des commerçants de Sequim avec qui elle avait négocié des remises pour le foyer, elle se rappela soudain que sa mère n'avait pas encore prévenu les Cèdres de l'attribution de leur subvention.

Comment expliquer pareille négligence de la part de Gina Summerville-Hardin ? Lors de ses deux visites au foyer après le feu vert donné à sa mère, Harper s'était attendue à apprendre la bonne nouvelle et à participer à l'allégresse générale. Mais rien de tel ne s'était produit et, de fil en aiguille, l'affaire lui était sortie de la tête.

Aujourd'hui encore, de toute évidence, Mary-Margaret ne savait toujours rien.

Arrivée sur le parking du foyer, Harper appela la fondation Sunday's Child. Elle tomba sur la secrétaire, qui lui demanda de patienter. En soupirant, elle jeta son sac sur le siège passager et s'appuya contre l'aile de sa voiture jusqu'à ce que sa mère prenne enfin la communication.

— Bonjour, ma chérie. Désolée de t'avoir fait attendre.

En dépit de toutes les règles de savoir-vivre qu'on lui avait inculquées dès le berceau — dont celle stipulant de rester poli et diplomate en *toutes* circonstances —, Harper lança sèchement :

— Enfin, maman, tu débloques complètement ! Qu'est-ce que tu attends pour annoncer aux Cèdres que nous avons donné notre accord pour la subvention ? La dernière fois que nous nous sommes parlé, tu avais pourtant promis de t'en occuper dès le lendemain.

Un long silence réprobateur vibra dans son oreille avant que la voix à présent cassante de sa mère ne lui parvienne.

— Votre grand-mère Summerville doit se retourner dans sa tombe si elle vous entend, jeune fille.

— Je suis désolée.

Ce qui était la vérité… en partie. Car elle avait davantage envie de s'insurger que de s'excuser.

— Moi aussi, je suis désolée, reconnut sa mère avec une soudaine bienveillance… culpabilisante pour Harper. Quand tu as appelé ce soir-là, j'étais couchée, et le matin j'ai été prise par autre chose.

La bonne éducation de Harper, qui tel un bon petit soldat obéissant s'était immédiatement mise au pas, l'incitait à renouveler ses excuses…

A toi, maintenant. Dis-lui que tu es désolée qu'elle soit désolée. Terriblement affligée qu'elle le soit aussi. Dévorée de remords à l'idée d'avoir troublé le repos éternel de grand-maman.

Mais Harper-la-Rebelle guettait et Harper-la-Gentille dut batailler ferme avec elle pour la dissuader de vider son sac. Harper-la-Rebelle n'avait cure de l'indignation de sa mère et de sa grand-mère, et imaginait très bien comment elle aurait répliqué.

Dis donc, ce n'est pas comme si je t'avais réveillée ce soir-là. Tu étais en train de lire, non ? C'est toi-même qui me l'as dit. Et depuis quand oublies-tu quelque chose qui concerne la fondation ?

Mais elle se tut. En fait, elle était prête à parier que sa mère cachait quelque chose. Une éventualité qui la déstabilisa. Mais que pouvait-elle faire ? Traiter de menteuse la vénérable et intègre Gina Summerville-Hardin ?

— Salut !

Une voix grave résonna derrière elle. Elle se retint de justesse de sursauter — hors de question qu'elle donne l'impression d'avoir été prise en faute ! En revanche, elle ne put s'empêcher de se détourner en cachant soigneusement sa bouche avec son épaule pour murmurer en toute hâte dans le téléphone :

— Je dois y aller.

Elle sentait son cœur cogner contre ses côtes, plus sous le

coup de la culpabilité cette fois que de l'émotion habituelle qui l'envahissait chaque fois qu'elle voyait Max.

— C'est Max Bradshaw ? s'enquit sa mère.

Mais Harper raccrocha sans répondre et rangea son téléphone dans sa poche avant de se tourner vers Max.

— Salut ! lança-t-elle avec un entrain exagéré qui l'agaça elle-même.

Elle ne put qu'espérer qu'il n'avait rien remarqué. Un espoir que l'inspection à laquelle il la soumit de son regard perçant rendit vain.

Dans les cas désespérés, ne pas s'obstiner, changer de cap !

Une devise qu'elle appliqua sur-le-champ.

C'est alors que l'idée qu'elle tournait dans sa tête depuis qu'elle avait vu les horreurs diététiques qui encombraient les placards de Max se précisa.

— Quand tombe ta prochaine soirée libre ? demanda-t-elle.

— Mercredi.

Il se rapprocha d'elle et, prenant une de ses mèches entre son pouce et son index, tira dessus puis la relâcha, amusé de la voir reprendre sa forme initiale comme un ressort.

— Pourquoi ? voulut-il savoir en la transperçant de ses yeux noirs brûlants. Tu es tentée par un rendez-vous en amoureux ?

Elle le regarda, interloquée.

— Grands dieux ! Ce genre de chose ne m'est pas arrivée depuis…

Elle secoua la tête.

— … je ne me rappelle même plus !

Mais si elle en croyait le soudain bouillonnement de son sang dans ses veines, son corps avait déjà accepté la perspective.

— Cela dit, cela y ressemblerait assez, finalement, puisque je me proposais de te préparer un repas.

Un bref instant de stupeur, un sourire en coin, et Max lança :

— Tu es sérieuse ?

— Oui. Un menu sain. Tu vas tomber en pâmoison tellement tu vas te régaler. Peut-être cela t'ouvrira-t-il à un nouvel univers ou, au moins, à de nouvelles habitudes alimentaires. Cela dit, il faudrait que je cuisine chez toi, car moi je ne dispose que d'une plaque, d'un minifrigo et d'un four à micro-ondes. Mais je fournirai tout le reste.

— Pourquoi les gens se préoccupent-ils donc de mon régime, en ce moment ? Je ne comprends vraiment pas. Mais bon… Ecoute, tu apportes la nourriture et moi j'achète le vin. Rouge ou blanc ?

Il acceptait ?

Elle se retint de sauter de joie comme une gamine et demanda :

— Tu aimes le poisson ?

— J'aime bien le cabillaud, le flétan et le saumon. Il en existe certainement d'autres mais je n'ai essayé que ces trois-là.

— Alors, prends un pinot gris ou un riesling… ou, si tu préfères le rouge, un pinot noir.

— Moi, ce que je préfère, c'est la gueuze.

Elle le regarda, interloquée.

— Tu fumes de *l'herbe* ?

Même si sa voix s'était étranglée sur le dernier mot, elle n'aurait pas été choquée outre mesure de la part de quelqu'un d'autre. Mais Max ? M. Légal en personne, consommer une substance illicite ? Le monde tournait à l'envers.

Il éclata de rire, un de ses rares éclats de rire, une pure explosion de joie qui enveloppa Harper de la même chaleur que le bras que Max glissa autour de ses épaules. L'attirant près de lui, il la serra à lui briser les os.

Puis il la libéra en lui souriant.

— J'ai dit « gueuze », pas « beuze ». Le ministère ne verrait pas d'un bon œil que ses fonctionnaires gardiens de l'ordre public fument de la marijuana.

— Je plaisantais, précisa-t-elle, le visage cramoisi.

Il se remit à rire.

— Ben voyons !

Puis, tout en lui effleurant la joue de son pouce, il ajouta :

— J'ai rarement vu quelqu'un mentir aussi bien…

— Très drôle !

Vexée, elle se recula et consulta sa montre.

— Il faut que je me sauve. J'ai un match de Kickerama de prévu avec des petits de maternelle dans une demi-heure.

— C'est quoi, du Kickerama ? Non, attends.

Il regarda l'heure à son tour.

— Tu me l'expliqueras mercredi. Je dois prendre mon service bientôt et j'aimerais me doucher avant.

Il s'approcha de nouveau et murmura, avec un petit clin d'œil :

— A mercredi, alors ?

— Sans faute. Il faut que je vérifie mon planning, mais en cas d'empêchement je demanderai à Jenny de trouver quelqu'un pour me remplacer. Alors, disons… 18 heures ?

— Ça marche.

Se rappelant soudain le principe ridicule et spécieux de Max, le fameux « Je me réserve pour le mariage », elle ajouta alors qu'il s'éloignait, peut-être pour se venger de sa méprise sur la marijuana :

— Dans un souci de transparence, je tiens à te prévenir que je ne me donne pas toute cette peine par simple bonté d'âme.

Il se retourna et haussa ses épais sourcils noirs d'un air surpris.

— Ah bon ?

— Eh non ! J'ai de grands projets pour toi.

— Vraiment ?

Il revint près d'elle, passant aux rayons X de son regard son chemisier légèrement transparent et son short.

— Lesquels ?

— Tu comprends quand même que, lorsqu'une femme se démène à ce point pour un homme, elle attend un petit quelque chose en retour, n'est-ce pas ?

— Qu'est-ce que tu entends par « un petit quelque chose » ? Pas une bague de fiançailles, j'espère ? Ce serait cher payé pour un bon repas.

— N'importe quoi !

Sa réponse avait fusé avec un peu trop de véhémence, certes, mais la simple pensée de quelque chose de si… définitif avait allumé en elle des étincelles de panique. Si la mort de son père lui avait appris une chose, c'était que, quand on cessait de bouger, on mourait.

Arrête ton cirque ! Il blague !

Elle dut s'éclaircir la voix avant de reprendre d'un ton léger :

— C'est notre premier tête-à-tête, Bradshaw. Cela dit…

Elle se mit à battre des cils d'un air faussement ingénu.

— ... ce sera un véritable festin.

— De quoi s'agit-il, alors ? Tu voudras que je chante pour te remercier du dîner ?

— Tu chantes bien ? demanda-t-elle comme si elle prenait sérieusement en considération cette idée.

Mais elle n'attendit pas la réponse.

— En fait, je suis quasiment certaine que tu excelles à ce que j'ai en tête.

— Et qui est ?

— Je suis désolée de prolonger le suspens, dit-elle. Ce n'était pas prémédité.

— En tout cas, je n'ai toujours pas la moindre idée de ce que tu attends en retour de ce *festin*.

— Très bien. Puisque tu donnes ta langue au chat, voilà : je me suis dit que tu me serais tellement reconnaissant après un repas non seulement succulent mais aussi, et je comprends que c'est une notion un peu difficile à comprendre pour certains, bon pour la santé... que tu serais prêt à coucher avec moi.

Il se pétrifia et elle eut le temps de lire sa surprise dans ses yeux avant qu'il ne regarde le bout de ses chaussures, visiblement déstabilisé.

Il les releva un quart de seconde plus tard avec un regard enflammé, si ardent qu'elle faillit reculer.

Mais elle resta clouée sur place.

— Baiser en échange d'un dîner, c'est ça le marché ? lança-t-il sèchement.

— Je ne l'aurais pas formulé tout à fait aussi crûment, murmura-t-elle. Et bien sûr, tu n'es pas obligé d'accepter.

Elle laissa son regard se promener sur le T-shirt noir de Max, qui moulait les muscles de ses épaules et les courbes de ses biceps, puis descendre le long de ses pectoraux jusqu'à la braguette de son jean usé... dont la fermeture menaçait de céder sous la pression à laquelle elle était soumise. Elle s'en arrêta un instant de respirer.

De toute évidence sa proposition ne l'avait pas trop contrarié !

Elle le regarda droit dans les yeux.

— Et comme je te l'ai dit, ce sera un *très* bon repas. Et en plus, c'est moi qui impose les règles du jeu.

Elle le désirait. Il la désirait. Il était grand temps qu'ils passent à l'étape suivante.

En outre, elle était très fière de sa réplique finale.

Avec un dernier regard délibérément aguicheur, elle s'éloigna d'un pas nonchalant.

Qu'est-ce qui lui avait pris ? pesta Harper, le mercredi soir, alors que, les bras chargés de courses, elle frappait avec son pied à la porte de Max.

Si elle avait voulu leur mettre la pression à tous les deux, elle n'aurait pas agi autrement !

Elle ne pouvait pas se contenter de le draguer au lieu de lui faire miroiter des trucs insensés ?

C'est donc avec soulagement qu'elle vit un Max détendu et naturel lui ouvrir la porte.

— Salut ! lança-t-il.

Aucune tension dans ses épaules, aucune gêne dans son regard. Un sourire cordial. Elle sentit son cœur reprendre progressivement un rythme normal.

— Laisse-moi te décharger, dit-il en la débarrassant des sacs qu'elle serrait contre sa poitrine.

Puis, s'effaçant, il ajouta :

— Entre. Je suis impatient. Cela fait une semaine que j'attends d'être subjugué par tes… talents culinaires.

— Et moi, j'ai hâte de te les montrer. J'aime bien faire la cuisine mais j'en ai rarement l'occasion ou la possibilité.

Et elle le regrettait. Son dernier emploi l'avait épuisée. Le confort rudimentaire inhérent à sa vie de nomade avait fini par avoir raison d'elle. Si elle avait pris le poste au village de vacances, c'était aussi parce qu'il lui permettait de rester dans un même endroit deux mois d'affilée au lieu de sa semaine habituelle. Elle avait eu besoin de ce répit.

Mais attention ! Elle n'avait pas l'intention de se poser définitivement. Une fois qu'elle aurait soufflé, elle reprendrait ses voyages avec bonheur.

Max déposa les courses sur le comptoir.

— Alors, qu'avons-nous là-dedans ? dit-il en commençant

le déballage. Saumon, salade, tomates, beurre, citron, vinaigre balsamique… Et ça, c'est quoi ?

Il montra d'un air perplexe un sachet de feuilles vertes veinées de violet.

— De la poirée.

— Ah ! dit-il avec une mimique sceptique qui semblait signifier « Je goûterai mais ça m'étonnerait que j'aime ».

Elle lui tapota l'avant-bras dans un geste qu'elle avait voulu simplement rassurant. Mais le contact des poils de Max sur sa paume brûlante l'électrisa. Elle retira vivement sa main.

Du calme, ma fille !

Elle toussota.

— Je pense que ça va te plaire. Mais, ne t'inquiète pas, j'ai acheté des petits pois aussi, au cas où.

— Au moins, ça, je connais, dit-il avec une moue penaude mêlée à une ébauche de sourire.

Il contourna le comptoir pour en approcher un tabouret sur lequel il cala une fesse, un pied posé sur le barreau et l'autre par terre.

— Voilà. Je suis prêt. Il faut absolument que je te regarde officier. Tu veux un verre de vin ?

— Volontiers. Quoi ? demanda-t-elle en le voyant se retenir de rire.

— « Volontiers », l'imita-t-il en secouant la tête. J'adore ta façon de parler.

Puis, attrapant une bouteille de vin blanc au bout du bar, il la lui présenta.

— Ça te va ? Mary Bean, à la supérette, me l'a recommandé.

Harper se pencha pour lire l'étiquette.

— Ah oui ! C'est du bon.

— Parfait ! J'ai acheté des vrais verres. Ce sera plus classe que mes verres à moutarde.

Alors qu'il débouchait la bouteille, Harper ne put s'empêcher d'admirer ses mains : larges, rugueuses, toutes couturées. Comme celles d'un menuisier. Qu'il était un peu, en fait, vu les travaux qu'il avait réalisés dans sa maison. Et pourtant, il manipulait le bouchon avec la délicatesse d'un sommelier.

Levant les yeux, il la surprit en train de l'observer.

Quand leurs regards se croisèrent, le cerveau de Harper se vida d'un coup, au point qu'elle se trouva à court de mots, un phénomène rarissime chez elle. En fait, pour autant qu'elle s'en souvienne, cela ne lui était *jamais* arrivé. Toujours est-il que, devant l'ardeur du regard de Max, elle perdit toutes ses facultés intellectuelles.

Miraculeusement, lui revint quand même à l'esprit le sujet qu'elle s'était promis d'aborder avec lui.

— Le jour où j'ai proposé à Mary-Margaret de travailler comme bénévole aux Cèdres, elle n'a pas tari d'éloges sur la façon dont tu t'y prenais avec les ados.

— C'est vrai ? demanda-t-il, visiblement très fier.

— Oui. Elle trouve qu'il n'y a pas meilleur que toi.

Après avoir vérifié que les verres qu'il avait achetés étaient propres — les hommes ne pensaient pas à ce genre de détail —, elle lui en passa deux tout en poursuivant la conversation :

— Elle a laissé entendre que si tu les comprenais si bien c'est parce que toi-même tu avais vécu une enfance difficile… et ils le sentent.

Les mains de Max s'immobilisèrent un instant. Puis il finit de verser le vin et lui tendit son verre. Le tout sans un mot.

Pas très encourageant, songea-t-elle en prenant une gorgée pour se donner le courage d'insister.

— Tu accepterais de m'en parler ?

« Hors de question ! » faillit s'exclamer Max.

Au lieu de répondre, il entreprit de reboucher la bouteille, une tâche qui mobilisa toute son attention. Apparemment en tout cas, car en réalité elle lui permit surtout de gagner quelques instants pour réfléchir.

Tout le monde, absolument tout le monde dans ce bled connaissait son histoire. Sauf Harper. Elle était la seule à pouvoir poser sur lui un regard vierge qui ne soit pas déformé par le prisme du passé. Mais comment refuser de satisfaire sa demande alors qu'elle se tenait là, devant lui, belle et pimpante dans un pantalon blanc moulant et un petit haut affriolant avec un motif de fleurs style aquarelle sur fond blanc ? Inutile de dire qu'il aurait préféré se contenter d'admirer son décolleté qui laissait deviner la douce rondeur de ses superbes seins. Mais il ne pouvait tout simplement pas dire non à ses yeux. Ses yeux vert olive aux éclats dorés qui brillaient de sincérité.

Il expira longuement, vaincu.

— Mon père nous a largués, maman et moi, pour la mère de Jake quand j'étais tout petit.

Harper s'arrêta net, le couteau suspendu au-dessus des oignons qu'elle était en train d'émincer, et leva vers lui un visage débordant de compassion.

— Je suis désolée, Max. Tu as dû souffrir de ne voir ton père qu'un week-end sur deux et pendant les vacances.

Il laissa échapper un rire cynique.

— Même pas les week-ends et les vacances ! Une fois qu'il nous a eu quittés pour la deuxième Mme Bradshaw, nous n'avons plus existé pour lui. Pendant toute mon enfance, je l'ai observé être le père de Jake mais, moi, il ne me voyait même pas.

— Le fumier !

Malgré le sujet, qu'il lui était toujours un peu douloureux d'évoquer, il sourit. L'indignation spontanée de Harper lui faisait chaud au cœur. D'autant plus que le mot « fumier » ne faisait pas partie de son vocabulaire habituel.

— Heureusement que tu avais ta mère, ajouta-t-elle en reprenant sa tâche.

Cette fois, il réussit à retenir son ricanement.

— Oui, bien sûr, je l'avais, elle, confirma-t-il d'un ton neutre.

De nouveau, Harper s'immobilisa pour le scruter.

— Tu me caches quelque chose.

— Non, non.

Mais comment mentir devant ce regard si franc ? Devant quelqu'un qui, visiblement, ne s'en laisserait pas conter ?

— Eh bien… Maman était aigrie.

Harper le dévisagea entre ses paupières mi-closes.

— C'est-à-dire ?

— Je ne crois pas qu'un seul jour se soit passé sans qu'elle me rappelle de quoi Jake et sa mère nous avaient spoliés.

De nouveau, les moments noirs de son enfance planèrent autour de lui.

— Dans ce cas, je m'explique mal votre connivence, à Jake et toi, fit-elle remarquer.

— Elle date de peu. Récemment encore, nous ne pouvions pas nous saquer. Par ma faute.

— D'après ce que je comprends, c'était plutôt celle de ton père. Enfin, de votre père.

— Oh ! Charlie n'était pas doué pour la paternité, aucun doute là-dessus ! Enfin… ce n'est pas totalement vrai. Jusqu'à ce qu'il quitte Jake et sa mère pour la troisième Mme Bradshaw, c'est uniquement avec moi qu'il s'était montré en dessous de tout. Avec Jake, il paraissait être un bon père. Et ce n'est pas lui qui maltraitait Jake.

Bon sang ! Pourquoi lui avait-il dit ça ? Qui était donc cette femme ? Un sérum de vérité ? Elle ne lui avait pas demandé de détails, alors quelle mouche le piquait de tout lui raconter par le menu ?

— Vous en seriez-vous pris à votre petit frère, monsieur Bradshaw ? demanda-t-elle d'un ton solennel.

— Oui, avoua-t-il, la mine contrite.

— Quel âge avais-tu ?

— Quand j'ai commencé ? Je sais pas. Onze ans, peut-être ?

— Tu étais donc encore gamin.

— J'étais assez vieux pour avoir conscience de ce que je faisais. Et personne ne savait mieux que moi ce qu'un fils ressent lorsque son père se désintéresse totalement de lui. Je devinais parfaitement dans quel enfer était plongé Jake et je jubilais.

— Et cela t'étonne ? demanda-t-elle avec douceur.

Elle s'essuya les mains sur un torchon et effleura ses doigts du bout des siens. Ce n'est qu'à ce moment qu'il s'aperçut qu'il serrait les poings.

— Quoi de surprenant quand pendant des années tu as vu ton père aux petits soins pour ton frère alors que toi tu étais devenu invisible pour lui ?

Il détacha son regard des doigts de Harper qui caressaient les siens pour le porter sur son visage empli de bienveillance.

— J'ai eu tort quand même, murmura-t-il.

— Oui, certainement.

Quand elle se redressa, sa main glissa de la sienne.

— Mais tu sais ce qui est nettement plus grave ? poursuivit-elle. Un père qui cesse d'un jour à l'autre de remplir son rôle et une mère qui t'empêche délibérément d'oublier une injustice dont elle aurait dû te protéger.

Puis, avec une mine malicieuse, elle conclut :

— Et ne me dis pas que Jake ne t'a pas rendu quelques coups.

Il sourit en se remémorant certains épisodes épiques.

— Non, tu as raison, je ne te le dirai pas. Jake se défendait très bien. Il avait un crochet du droit très percutant et il savait aussi comment blesser avec des mots.

— La lutte n'était donc pas aussi inégale que tu le laissais entendre. Et peut-être le proverbe est-il vrai ? Qu'effectivement à quelque chose malheur est bon ? Regarde comme tu sais t'y prendre avec les gamins à problèmes grâce à ça. Tu sembles toujours avoir le mot qu'il faut.

Max, qui n'avait jamais envisagé les choses sous cet angle, trouva du réconfort dans cette vision de la situation. Le cœur plus léger, il redressa les épaules, s'installa plus confortablement sur son tabouret, et regarda Harper lui confectionner ce repas « bon pour la santé ».

Aussi loin que remontaient ses souvenirs, jamais personne ne s'était donné autant de mal rien que pour lui. Et il fut touché en même temps qu'étonné que l'intérêt que portaient Jake et Harper à la façon dont il se nourrissait l'affecte à ce point.

La poirée, que Harper avait fait revenir dans du beurre et du vinaigre balsamique, se révéla délicieuse. Au lieu de n'en manger que la quantité strictement nécessaire pour ne pas vexer Harper, il se surprit à se servir une seconde fois. Le repas entier fut une vraie réussite, du saumon en papillote aux poires au vin. De toute évidence, « bon pour la santé » ne signifiait pas nécessairement « insipide ».

Il insista pour faire la vaisselle et Harper essuya. Quand tout fut rangé, il prit la jeune femme par la main et l'entraîna vers le salon.

— A propos du remerciement prévu pour le dîner…, murmura-t-il en se retournant vers elle.

Effleurant la joue de Harper, frissonnant presque au contact de sa peau veloutée, il lui renversa la tête en arrière et se pencha pour l'embrasser.

Il avait projeté un baiser léger, malgré les efforts gigantesques de retenue que cela allait exiger, mais c'était sans compter l'embrasement que provoqua le contact de leurs lèvres. Celles de Harper s'écartèrent sous les siennes en même temps qu'elle se serrait contre lui en lui enlaçant le cou de ses bras. Sans savoir comment, en un instant, il l'avait plaquée contre le mur du salon et ses doigts plongeaient dans ses boucles pour lui basculer la tête dans la position qu'il souhaitait afin de s'emparer plus complètement de sa bouche et engager leurs langues dans un tendre duel.

Dieu qu'elle était savoureuse ! Dans un gémissement, il se pressa davantage encore contre elle quand elle lui agrippa la tête en lui griffant involontairement le cuir chevelu de ses ongles.

Le souffle court, il se recula pour la regarder. Elle avait les paupières lourdes, les lèvres rougies et gonflées. Avec un râle, il investit de nouveau sa bouche en un assaut rapide et puissant. Puis il aspira la peau sous son menton avant de descendre le long de son cou en laissant une traînée de suçons rosés si légers qu'ils disparaissaient quasiment au fur et à mesure de sa progression. Il n'aurait pas voulu la gêner en l'obligeant à s'expliquer sur ces marques ou à les cacher avec un col roulé !

Quand il arriva à son décolleté, il déposa un baiser sur ses seins d'un brun crémeux qu'il avait admirés toute la soirée et dont la rondeur émergeait d'une bande de tissu plissé. Quand la peau céda docilement sous la pression de ses lèvres, un son râpeux monta dans sa gorge, auquel Harper répondit par un gémissement impatient.

— Allons dans ma chambre, proposa-t-il dans un souffle rauque.

Il levait les bras pour dégager de ses cheveux les mains de Harper quand son portable sonna. La sonnerie dédiée aux appels professionnels.

— Merde !

— Oh noooon !

Il posa son front contre celui de Harper.

— Je suis désolé. Il faut que je réponde. C'est le boulot.

Avec un soupir, elle hocha la tête et il s'éloigna pour prendre l'appel.

Pour la première fois depuis qu'il était revenu à Sequim, il regretta de toute son âme son affectation comme shérif adjoint !

15

— Joyeux anniversaire, frérot !

— Merci.

Affectant un air détaché comme si ces vœux rituels de la part d'un homme avec qui il s'était bagarré pendant tant d'années ne le touchaient pas profondément mais rougissant comme une première communiante, Max poussa la porte moustiquaire et sortit pour accueillir Jake.

— Tu n'étais pas obligé de venir me chercher, dit-il. J'aurais pu te rejoindre directement à L'Ancre marine.

— C'est ton anniversaire, mec ! Tout le monde a le droit d'être dorloté ce jour-là.

Dorloté ? Max n'avait pas grandi dans une famille où cette pratique avait cours. Il n'avait jamais non plus pris de congé pour cette occasion. Pour célébrer un événement sans intérêt ? A quoi bon ? Mais il s'habituerait sans problème à cette coutume. Oui, elle lui convenait.

Très bien, même.

— Je ferme et j'arrive.

— Ah enfin ! s'exclama Jake le poing brandi. Enfin quelqu'un qui pense comme moi qu'il faut verrouiller une maison en partant, même dans un bled paumé.

Une réaction typique de New Yorkais qui amusa Max.

— Même si Sequim ne bat pas des records de criminalité, mes fonctions m'ont amené suffisamment souvent à être témoin du traumatisme que vivaient les propriétaires de maisons cambriolées pour préférer l'éviter, dit-il.

— Cela t'ennuierait de répéter ça à Jenny ? Parce qu'elle me traite d'imbécile de citadin chaque fois que j'ouvre le bec sur le sujet.

— Par opposition à l'imbécile tout court que tu es pour le reste d'entre nous ?

Jake lui décocha un direct du droit dans le bras… et se mit à secouer sa main.

— La vache ! C'est comme frapper dans un mur en brique. Ça m'a fait bien plus mal à moi qu'à toi !

— C'est mon anniversaire, que veux-tu !

— Exact. Et tu t'es mis sur ton trente et un. Je vois que tu as suivi mon conseil.

— Celui de m'habiller comme si, d'une minute à l'autre, on allait m'emmener de force dans une boîte de nuit ? Oui.

Il examina Jake et ajouta :

— Tu n'es pas mal non plus.

— Pff ! Je suis nettement mieux que « pas mal » ! s'indigna Jake en adoptant une pose de mannequin.

Dix minutes plus tard, alors qu'ils entraient à L'Ancre marine, Jake le retint par le bras.

— Jette un coup d'œil à la carte des bières, dit-il en indiquant du menton les ardoises accrochées au mur au-dessus d'eux. Il faut que tu goûtes à autre chose qu'une Budweiser, le jour de ton anniversaire.

Pourquoi pas, après tout ?

— Je ne sais pas laquelle choisir, avoua-t-il après avoir étudié la liste.

— Hé ! Barmaid ! appela Jake. Une Flat Tire pour moi. Et que recommanderiez-vous, en dehors d'une Bud, qui aurait comme note de base la pisse de chat ? C'est l'anniversaire de mon frère et je veux le régaler sans trop le dépayser.

Les propos peu flatteurs de Jake sur la Budweiser furent accueillis dans la salle par autant d'acclamations que de huées. Et Max n'en revint pas d'entendre tous les « Joyeux anniversaire ! » qui fusèrent et de voir tous ces regards bienveillants souvent assortis d'un : « Vous êtes très élégant, monsieur le shérif adjoint ! »

Elise, la barmaid, attendit que le vacarme se dissipe pour promettre de dénicher quelque chose qui lui plairait.

Peu de temps après, la serveuse leur apporta leurs consommations à la table qu'ils avaient réussi à réquisitionner. Elle posa sur le sous-verre devant Max une bouteille au long col et une chope d'un demi-litre.

— Elise vous fait dire que vous devriez soutenir les brasseries locales au lieu de laisser les autres Etats encaisser les taxes sur l'alcool.

— On fabrique de la bière, dans la région ? demanda-t-il, étonné. Je veux dire, je sais qu'il y a des brasseries un peu partout dans l'Etat de Washington. Mais il y en a une ici, dans le coin ?

— Ben oui ! « Silver City », à Silverdale.

— Comment ai-je pu l'ignorer ?

— Parce que tu ne bois que de la Bud et que tu fréquentes les boîtes de nuit plutôt que les fabriques de bière, répondit Jake en se saisissant de sa Flat Tire.

— C'est de la Ridgetop Red, une blonde, expliqua la serveuse en emplissant le verre de Max. Elle a obtenu la médaille d'or dans sa catégorie au concours organisé par l'Association nord-américaine des brasseurs de bière. Elise pense que vous allez l'aimer.

Elle rapprocha de lui chope et sous-verre et attendit, les yeux braqués sur lui. De toute évidence, elle ne partirait pas tant qu'il n'y aurait pas goûté, comprit-il.

Le liquide velouté à la saveur capiteuse lui enroba la langue avant de couler lentement dans sa gorge.

— La vache ! Elle est super bonne !

— Victoire ! s'exclama Jake.

— Bien, dit la serveuse en tapotant l'épaule de Max avec la condescendance d'une maîtresse d'école pour son élève ignare qui avait enfin compris les règles de la division.

Jake la paya alors discrètement et elle le remercia d'un sourire pour le pourboire, avant de les abandonner pour s'occuper d'un joueur de fléchettes qui la réclamait.

Max, détendu, riait en écoutant Jake raconter un épisode des aventures d'Austin et s'apprêtait à commander une autre Ridgetop Red lorsque son portable, qu'il avait posé sur la table, sonna. Il n'y jeta même pas un coup d'œil.

— Tu ne réponds pas ? s'étonna Jake.

— Non. Si c'est important, ils laisseront un message.

Au diable la conscience professionnelle ! Au diable sa réputation d'homme responsable ! Aujourd'hui, il resterait sourd à l'appel du devoir. D'autant plus volontiers qu'il n'avait pas oublié le soir où un appel l'avait empêché d'emmener Harper dans son lit.

— Qu'est-ce que tu fabriques, Jake ? demanda-t-il, éberlué, en voyant son frère se saisir de l'appareil et prendre la communication.

Jake haussa les épaules avec détachement avant de répondre :

— Et si c'était grave ? Tiens ! ajouta-t-il en tendant le téléphone à Max. C'est un gamin des Cèdres. Un dénommé Nathan.

— Je ne me rappelle pas t'avoir engagé comme secrétaire, marmonna Max entre ses dents.

Mais il prit l'appareil. Nathan n'allait pas bien, la dernière fois qu'il l'avait vu. Impossible de le laisser tomber.

— Salut, Nathan.

— Je suis désolé de vous embêter, m'sieur, mais vous pourriez venir ? Il s'est passé quelque chose et j'ai absolument besoin de vous parler.

Malgré sa déception — inattendue ! — à l'idée d'interrompre sa fête d'anniversaire, Max soupira, avec un hochement de tête qu'évidemment Nathan ne pouvait voir.

— OK. Mais ça va demander un peu de temps. Il faut d'abord que je passe chez moi prendre ma voiture et...

— Je peux t'emmener, proposa Jake.

— Une seconde, Nathan.

Il couvrit le micro avec sa main et se tourna vers son frère.

— Tu n'es pas obligé.

— Tu dois aller aux Cèdres, c'est ça ?

— Oui, mais...

— Tu habites dans la direction opposée. Je peux te conduire et attendre pendant que tu parles avec le gamin. Après, nous pourrons éventuellement revenir ici. Sinon, j'appelle Jenny pour qu'elle vienne me chercher, je te laisse ma voiture et je la récupère chez toi demain matin.

— D'accord. Merci.

Cette solution lui permettrait peut-être de terminer quand même la soirée à L'Ancre marine. Il enleva sa main du micro.

— J'arrive, Nathan.

— Cool ! Merci. Je serai dans la salle polyvalente.

— C'est bizarre qu'il ait choisi cette pièce pour notre entretien, fit remarquer Max alors qu'il sortait du bar avec Jake. Il y a quasiment toujours du monde dedans.

— Ça veut peut-être dire que le problème du gamin n'est pas trop grave.

— Je l'espère, autant pour lui que pour moi. J'aimerais bien régler la question rapidement.

— Moi aussi, shérif ! Pour revenir boire une bonne bière le plus vite possible.

Ils arrivèrent aux Cèdres en un rien de temps.

— La porte est fermée, s'inquiéta Max. Je l'ai toujours vue ouverte. C'est quoi, cette histoire ?

Il tourna la poignée, poussa le battant…

— Surprise ! hurlèrent une trentaine de voix.

Le cœur de Max s'arrêta net. Heureusement qu'il ne portait pas d'arme, car sous le choc il aurait très bien pu la sortir par réflexe, songea-t-il peu après, pris de sueurs froides à cette pensée.

Les symptômes liés au TSPT, trouble de stress post-traumatique, avaient aujourd'hui quasiment disparu, mais il lui arrivait encore de devoir refréner l'impulsion de « tirer et discuter ensuite », comme cela se pratiquait dans les zones de combat. En l'occurrence, il se figea, frappé de stupeur devant tous ces gens qui hurlaient et riaient.

— Lucky Luke tenait tellement à ce qu'aujourd'hui soit son jour à lui qu'il a failli ne pas répondre au téléphone, expliqua Jake d'un ton moqueur à la compagnie en poussant son frère pour qu'il avance.

C'est alors que le mot « surprise » atteignit enfin le cerveau de Max. Mince alors ! Un anniversaire surprise !

Pour lui !

Alors que sa stupeur initiale cédait la place à un torrent d'émotions ou plus précisément à une déferlante de bonheur, il se tourna vers Jake.

— C'est toi qui as organisé ça ?

— Non. C'est Harper.

Son cœur se mit à s'affoler comme un animal pris au piège et c'est à peine s'il entendit les explications de Jake — « Nathan et moi, nous étions chargés de t'amener ici » — car il avait repéré la responsable de la surprise à côté de Mary-Margaret, près des fenêtres. Avec un sourire, elle articula silencieusement : « Joyeux anniversaire. »

Il fonça vers elle avec un seul objectif en tête.

Mais les jeunes l'interceptèrent en route et l'entraînèrent vers une table chargée de viandes froides, de légumes, de fruits, de salades, de chips, de crackers, de sauces…

— Vous avez vu le buffet, m'sieur ?

— Et le gâteau ? C'est écrit « Joyeux anniversaire, Lucky Luke » ! C'est pas géant, ça ?

Si, et c'était sans aucun doute la patte de Jake.

— Il y a des boissons dans les glacières aussi. Mary-Margaret a dit que nous devions attendre que vous soyez là pour nous servir. Donc je suppose que maintenant on peut y aller ?

— Vous vous y attendiez pas, hein ?

Cette dernière question venait de Nathan. Coinçant le cou du gamin dans le creux de son bras, Max l'attira vers lui en lui frottant vigoureusement le crâne avec le poing.

— Ça non ! reconnut-il en desserrant sa prise. J'ai failli avoir une crise cardiaque !

Tous éclatèrent de rire et Nathan finit de se dégager, hilare.

Max, profondément ému par leur plaisir à lui montrer tous les détails de la fête, souriait d'un air attendri en les écoutant. Mais il n'oubliait pas son objectif initial.

— Allez vous servir, les gars. Il faut que j'aille remercier Harper.

Il se dirigea droit vers le coin où elle était en grande conversation avec quelqu'un qu'il ne regarda même pas, lui enlaça la taille, la colla contre lui, enfouit sa main libre dans ses cheveux au-dessus de sa nuque, la renversa en arrière sur son bras et étouffa son petit cri de surprise en la bâillonnant de sa bouche, le tout dans un même mouvement et sans lui laisser le temps de réagir.

S'il garda son baiser chaste, ou presque, ce fut uniquement en raison de la présence de jeunes impressionnables, qui tous sifflaient et applaudissaient dans le fond de la salle.

Il sentit les mains de Harper agripper ses épaules et, en soulevant à demi une paupière, il vit que ses yeux, si près qu'ils étaient un peu flous, étaient grands ouverts. Il sourit. Ses lèvres toujours sur les siennes, si exquisément douces, il la remit en position verticale puis lentement, à contrecœur, après une dernière pression sur sa bouche, il se redressa.

— Merci, murmura-t-il en repoussant un tortillon de cheveux indiscipliné. Personne n'a jamais rien fait de tel pour moi et je n'ai jamais rien connu d'aussi merveilleux.

Les pommettes saillantes de Harper se colorèrent, mais c'est calmement, de sa voix de chanteuse de blues qui ne manquait jamais de lui donner la chair de poule, qu'elle répondit :

— Il n'y a pas de quoi. J'ai pris beaucoup de plaisir à mettre ça sur pied.

— Joyeux anniversaire, Max, dit une voix féminine à côté d'eux.

Détachant son regard de Harper, il s'aperçut que la personne qui discutait avec elle n'était autre qu'Amy Alvarez, la responsable des plannings au poste de police.

— Salut, Amy ! Je ne t'avais pas vue.

— Sans blague ! se moqua-t-elle.

— Attends une seconde, dit-il en plissant les yeux. En fait, Jim n'avait pas réellement demandé à faire des heures sup, n'est-ce pas ?

— Oh ! Il ne les refuse jamais. Mais c'est surtout qu'avant de lancer quoi que ce soit, Harper m'a appelée pour s'assurer que tu ne travaillerais pas aujourd'hui.

Le mari d'Amy approcha tout en croquant dans un biscuit couvert d'une sauce verte.

— Joyeux anniversaire, dit-il en serrant la main de Max.

Puis Jenny arriva, un grand sourire aux lèvres.

— Je parie que ce baiser va illustrer le blog de Sequim ! Je vois déjà le titre : « La meilleure réponse qui soit à un anniversaire surprise ». Jake a pris la photo du siècle !

Puis elle l'embrassa avec son exubérance habituelle mais, pour une fois, il ne se sentit pas gêné et pataud.

— Joyeux anniversaire, mon presque beauf !

Austin accourut à son tour et s'arrêta si brutalement devant Max que, dans son élan, il fut propulsé sur la pointe des pieds.

— De ma part aussi, mon presque tonton ! lança-t-il en gratifiant Max d'un coup de poing dans le bras. Je dis n'importe quoi. Tu es déjà mon tonton ! Mais joyeux anniversaire quand même. C'est génial, hein ? Papa, Jenny et moi, on t'a trouvé…

Jake, qui avait suivi son fils, lui couvrit la bouche de sa main.

— Quelque chose que tu découvriras par toi-même en temps voulu, dit-il par-dessus la tête d'Austin.

— Eh ben ! J'ai droit à un cadeau, en plus ? Austin a raison. C'est génial.

Et un peu étourdissant.

Et grisant !

Il n'en revenait pas du nombre de gens qui s'étaient déplacés pour lui !

Alors qu'il allait saluer et remercier individuellement tous les personnes présentes, il nota que ses protégés du foyer d'un côté et Austin, Nolan et Bailey de l'autre s'observaient du coin de l'œil. Quand plusieurs des jeunes des Cèdres et son neveu et ses amis se rejoignirent au buffet, il s'approcha et entendit Austin dire :

— Vous avez joué au base-ball avec lui ? C'est top, les mecs. Il m'a emmené à un match des Mariners, un jour, et il est souvent venu me voir, mais j'ai jamais joué avec lui.

— Peut-être, mais c'est ton oncle, alors ça c'est encore mieux, observa Owen.

Ils parlaient de lui, comprit Max. Comme s'il était une vedette sportive internationalement connue !

— Tu aurais dû voir ça ! s'exclama Owen. C'était la partie de base-ball la plus mortelle de tous les temps. Imagine ! Harper, qui y connaît que dalle, essayait d'empêcher Nathan d'approcher de la deuxième base comme elle aurait empêché un basketteur d'approcher du panier ! Et Max, il…

Il n'y avait pas à tortiller, songea Max plus tard, après avoir bavardé et plaisanté avec chacune des personnes qui étaient venues rien que pour lui, posé devant l'appareil photo de Jake avec tous ses protégés individuellement et en groupe, et tout avalé de l'assiettée que lui avait préparée Tasha, soufflé ses bougies et mangé une part du gâteau au chocolat au glaçage blanc, et ouvert non pas un ni deux mais une cargaison de cadeaux petits et grands… c'était tout simplement le plus beau jour de sa vie !

— Merci d'avoir accepté de me raccompagner, Harper.

Elle jeta un coup d'œil vers Max. Il lui tournait le dos et rangeait les chaises, alors même qu'elle lui avait dit qu'il n'était pas censé mettre la main à la pâte le jour de son anniversaire.

— C'est normal, répondit-elle. Cela ne me dérange pas, au contraire.

— Et merci encore pour cette fête.

— De rien, je t'assure.

— C'était formidable, vraiment formidable.

Elle sentit son cœur se serrer. La reconnaissance démesurée qu'il manifestait pour le moindre égard qu'on lui témoignait touchait toujours une corde sensible chez elle. Si elle peinait à imaginer l'enfance sans joie qu'il avait dû vivre, elle prenait en revanche pleinement la mesure du miracle qui avait permis qu'il ne tourne pas mal et devienne l'homme bien qu'il était aujourd'hui.

— Et ce n'est pas fini ! lança-t-elle d'un ton léger.

Il s'immobilisa, les cinq chaises pliantes qu'il s'apprêtait à poser sur une étagère en hauteur portées à bout de bras, et tourna lentement la tête vers elle. Nul doute qu'il lut quelque chose dans ses yeux car une étincelle s'alluma dans les siens.

— Pour de bon ?

— Oui. C'était prévu que je te raccompagne. Je dois aller chez toi pour te donner mon cadeau.

Il termina tranquillement de ranger les chaises et se tourna de nouveau vers elle.

— Tu ne crois pas que cette fête, avec le travail qu'elle t'a demandé, suffisait ? demanda-t-il. Il a fallu que tu m'achètes quelque chose en plus.

— Pas exactement…

Pour la première fois depuis qu'il était entré dans la salle accueilli par le « Surprise ! », elle s'autorisa à le détailler tout son soûl, du sommet de son crâne aux cheveux noirs à la semelle de ses chaussures de ville.

— C'est plutôt… un service, précisa-t-elle.

— C'est vrai ?

Il s'approcha d'un pas.

— Oui.

— Tu vas laver ma voiture tous les jours pendant un mois ?

— Non.

— Me préparer des repas bons pour la santé ?

Elle secoua la tête puis éclata de rire.

— Peut-être, mais ce n'est pas ça.

Il avança encore d'un pas.

— Passer la serpillière ?

— Je ne passe pas la serpillière et je ne lave pas les vitres.

— Faire mon lit ?

— Tu chauffes.

Une grande enjambée cette fois.

— Je chauffe ou je brûle ?

— Tu tiens vraiment à gâcher la surprise ?

— Je crains que oui, déclara-t-il en croisant ses bras musclés sur sa poitrine.

— Eh bien… je pensais plutôt t'aider à le défaire, ton lit.

Un arc électrique sembla soudain les relier, jusqu'à ce que Max, dans un immense effort de volonté, détache son regard d'elle pour une inspection rapide de la pièce :

— Tout est en ordre. Allons-y ! décréta-t-il.

Elle secoua le sac-poubelle dans lequel elle avait entassé serviettes en papier, vaisselle en carton, gobelets en plastique et papier cadeau.

— Il reste encore quelques trucs à…

Max lui arracha presque le sac-poubelle des mains et y fourra tout ce qui traînait avant de le fermer.

Sa main était brûlante quand il s'empara de celle de Harper mais semblait fraîche en comparaison du regard torride qu'il posa sur elle.

— Bien. Allons-y ! répéta-t-il.

16

Harper s'arrêta devant la maison de Max. Elle n'avait pas encore coupé le moteur que ce dernier descendait déjà et contournait la voiture à grandes enjambées plutôt élégantes. Elle avait déjà remarqué sa grâce féline mais s'en étonnait chaque fois, peut-être parce qu'elle était particulièrement inattendue chez un homme de ce gabarit.

Il ouvrit sa portière d'un geste vif. Comment n'aurait-elle pas été impressionnée, elle qui était encore assise, par sa haute taille, sa large carrure et son torse puissant qui s'affinait au niveau des hanches, ainsi que par les yeux de feu qu'il fixait sur elle ?

En le regardant mieux, elle vit qu'il semblait… paniqué ?

— J'aimerais agir avec raffinement, dit-il d'une voix étranglée, mais je te désire depuis la minute où je t'ai vue sur ce terrain de base-ball où tu étais venue avec Jenny. Alors, le raffinement, c'est au-dessus de mes forces pour le moment.

Le cœur battant la chamade, Harper resta muette l'espace d'un instant. Personne ne l'avait jamais regardée ni ne lui avait jamais parlé de cette façon. On aurait dit qu'il s'apprêtait à la croquer à pleines dents comme si elle était une pâtisserie alléchante…

Elle détacha sa ceinture, pivota sur son siège pour poser ses pieds par terre et lui tendit la main. Des hommes courtois et raffinés, elle n'avait connu que ça pendant toute sa vie. Et ils n'arrivaient pas à la cheville de Max.

— C'est ennuyeux, le raffinement.

— Ah oui ? répliqua-t-il en l'aidant à sortir de la voiture, un sourire faussement étonné sur sa bouche si joliment dessinée.

— Oui ! Absolument.

— Dans ce cas, la méthode des hommes des cavernes te convient-elle ?

— Je pense, oui. A condition de ne pas être traînée par les cheveux. Je n'ai aucune envie qu'on me les arrache.

— OK. Je m'efforcerai à un peu plus de tact, promit-il en l'entraînant vers la maison.

A peine fut-elle entrée, qu'il ferma d'un coup de pied la lourde porte contre laquelle il la plaqua.

— Tu sais que tu es très jolie ?

Entremêlant ses doigts aux siens, il lui leva les bras au-dessus de la tête contre le battant en bois. Les fins bracelets cuivrés, argentés et dorés qu'elle portait au poignet gauche glissèrent jusqu'à son coude.

— Ta robe est mortelle.

Il s'approcha encore mais sans que rien d'autre que leurs bras et leurs mains se touchent. Pourtant, Harper sentit son sang accélérer sa course dans ses veines.

— Voilà. J'ai usé toute ma réserve de tact, je crois, conclut-il.

Elle se délectait encore des vibrations de sa voix grave sur son visage lorsque, baissant la tête vers elle, il assaillit sa bouche.

Avec détermination, comme un soldat en mission.

Elle ne put retenir un gémissement de plaisir au contact des lèvres légèrement gercées de Max sur les siennes. Après leur dernier baiser, elle était restée éveillée plusieurs nuits de suite à imaginer ce qui aurait vraisemblablement suivi si les obligations professionnelles de Max n'avaient mis brutalement un terme à leur étreinte. Aujourd'hui, enfin, ils reprenaient là où ils avaient été si malencontreusement interrompus.

Ils s'embrassaient de nouveau.

D'un baiser incroyablement brûlant ! Max utilisait avec un talent exceptionnel ses lèvres sensuelles, sa langue audacieuse.

Jamais personne ne l'avait embrassée avec autant de... oui, de passion.

Elle se débattit pour essayer de se rapprocher, mais il lui cloua les mains contre la porte tout en tirant doucement sur sa lèvre inférieure qu'il avait pincée entre ses dents.

Brusquement, il plia les genoux, colla son corps dur contre le sien, l'écrasant sous un mur de feu tandis qu'il lui emprisonnait le bassin entre ses cuisses vigoureuses et pressait son pénis contre son ventre. Quand elle essaya de se hisser sur la pointe des pieds, il la bloqua en accentuant encore sa pression.

Après avoir laissé doucement glisser sa lèvre entre ses dents, il déplaça sa bouche vers son oreille, dont il se mit à mordiller le lobe.

— Qui commande ici ? demanda-t-il d'une voix rauque mais autoritaire.

Et tellement excitante ! Elle sentit les pointes de ses seins durcir douloureusement.

Toi.

Non, non et non ! Trop politiquement incorrect !

Se forçant à parler avec une froideur qu'elle était à des années-lumière de ressentir, elle demanda :

— Tu es sérieux ?

— On ne peut plus sérieux, mon chou.

Ah ! L'haleine chaude de Max contre sa joue…

Elle frissonna et retint un gémissement.

Max déplaça alors sa bouche derrière son oreille, où se cachait ce petit endroit si sensible qu'il gratifia d'un bref coup de langue.

Cette fois elle ne put retenir un gémissement.

Max répéta sa question de sa voix râpeuse :

— Qui est-ce qui commande, Harper ?

— Eh bien, je suppose que c'est toi, admit-elle en feignant la réticence pour ne pas donner l'impression, du moins l'espéra-t-elle, de capituler en rase campagne. C'est ton anniversaire, après tout.

Elle sentit sur sa peau les lèvres de Max se retrousser en une moue ironique.

— Absolument, mon chou. Et mon cadeau, c'est toi. C'est bien ce que tu as dit, non ?

— Eh bien, pas exactement en ces termes…

— Mais c'était l'idée générale, n'est-ce pas ?

Sans attendre la réponse, il poursuivit.

— Tu es mon cadeau et je vais te déballer… très… très… lentement.

Excitée par ce jeu de domination-soumission, Harper sentit son bas-ventre se contracter… et carrément exploser lorsque

Max se baissa encore pour blottir son membre gonflé dans son entrejambe.

Tous deux retinrent un instant leur respiration, puis Max laissa échapper un son rocailleux qui déclencha en elle des vagues successives de petits spasmes de plaisir.

Lâchant ses mains, il enfouit les siennes dans ses cheveux et lui renversa la tête en arrière pour l'embrasser voracement tout en frottant son sexe dur contre le centre de la féminité de Harper… où il déclencha un feu d'artifice de sensations.

Quand il se recula pour la regarder de ses yeux de braise, il haletait.

— J'adore tes cheveux, murmura-t-il. La façon dont ils s'enroulent autour de mes doigts comme des êtres animés. Je voudrais les voir faire la même chose autour de ma…

Au lieu de poursuivre, il secoua la tête.

Mais Harper n'eut aucune peine à compléter sa pensée.

Il déposa un baiser dans son cou, près de la bretelle de sa robe fourreau à dos nageur.

— J'en meurs d'envie depuis que je t'ai vue dans cette tenue, dit-il pendant que sa main libre s'égarait vers la fermeture Eclair rose doré qui courait de l'emmanchure jusqu'à l'ourlet, au-dessus du genou.

Il pinça entre ses dents la peau de son épaule puis cajola avec sa langue l'endroit qu'il venait de meurtrir.

— Une fermeture qui s'ouvre des deux côtés, ça donne le choix…

Sans se presser, il promena ses doigts dans un sens, puis dans l'autre, le long de l'ouverture. Au niveau des hanches de Harper, il joua avec la rondeur élastique de ses fesses avant de se livrer au même manège avec le côté de son sein.

— Par où commencer ? murmura-t-il, le souffle rauque. Par le haut ?

Saisissant le curseur entre son pouce et son index, il le descendit lentement d'une petite vingtaine de crans… puis le remonta pour le descendre de nouveau… et le remonter et ainsi de suite, effleurant de sa paume à chaque passage son sein dont le tétin se durcit davantage encore.

Elle laissa échapper un petit cri de frustration et il pressa un peu plus fort sa virilité contre elle.

— Tu aimes ça ? Attends, il reste l'autre possibilité à tester, ajouta-t-il en cessant son manège.

Il s'empara du curseur du bas, qu'il remonta… deux centimètres… trois… quatre… insinua sa main par le passage ainsi pratiqué, empoigna l'arrière de sa cuisse et la tira vers le haut autant que le permettait la fente sur le côté.

Ce qui était loin d'être suffisant.

— Max, s'il te plaît…

Il sortit sa main de dessous la robe, ses doigts aux extrémités rugueuses râpant sa peau tendre dans un délicieux frisson, pour attraper le curseur du haut qu'il fit coulisser, millimètre par millimètre.

— Qu'attends-tu de moi, Harper ?

— Que tu me débarrasses de tout cet emballage, déjà ! répondit-elle entre ses dents.

— C'est demandé si gentiment ! répliqua-t-il en riant.

D'un seul coup, il descendit la fermeture Eclair.

Mais le curseur se trouva soudain bloqué par celui du bas qu'il avait oublié de mettre dans sa position de départ. Et zut ! Tout se passait pourtant si bien, jusque-là !

Il jura. En raison de cet incident, il ne bénéficiait que d'une vue partielle des affriolants sous-vêtements noir et taupe de Harper, et de sa peau encore plus affriolante.

— Pour du raffinement, c'est du raffinement ! marmonna-t-il tandis qu'il s'accroupissait — prudemment à cause de son érection — pour corriger le problème.

Comme Harper se mit à glousser, il s'interrompit pour lever la tête vers elle.

Elle était encore appuyée contre la porte, ses doigts écartés contre le bois de chaque côté de son bassin. Elle baissa vers lui ses yeux mordorés, aux paupières alourdies de sensualité, et ses lèvres charnues, rosies par ses baisers, ébauchèrent un sourire.

— Tu sais quoi, Max Bradshaw ? Je t'aime bien. Tu es un vrai mec. Tu vas droit au but.

Le cœur de Max se mit à cogner plus fort dans sa poitrine.

— Ah oui ? Moi aussi, je t'aime bien.

Bien, seulement ? Il en était sûr ?

Sans détacher son regard de Harper, il finit par venir à bout de la fermeture Eclair, et la robe s'ouvrit davantage.

Il se releva en laissant sa main traîner le long de la jambe nue de Harper, qu'il cala sur sa hanche, puis se plaqua de nouveau entièrement contre elle.

Voilà ! Il pouvait reprendre là où il s'était arrêté, son sexe niché dans la chaleur douillette de l'entrejambe de Harper.

— Serait-ce aller trop droit au but de te dire que j'aimerais vraiment, oui vraiment beaucoup, te déshabiller entièrement ?

— Eh bien… j'hésite un peu quand je vois que je suis à moitié dévêtue alors que *toi* tu n'as rien enlevé. La situation ne me paraît pas très équilibrée. Tu as l'intention de te mettre tout nu, toi aussi ?

— Absolument.

Elle s'attaqua au col de sa chemise et défit le premier bouton.

— Dans ce cas…, murmura-t-elle.

— Parfait.

Elle sourit.

— Vous n'êtes pas un grand bavard, shérif, n'est-ce pas ?

— Non.

Il inclina la tête pour lui embrasser le cou pendant qu'elle s'employait à déboutonner sa chemise.

— Je préfère utiliser ma langue autrement…

Harper avait terminé sa tâche. Elle glissa ses mains sous le tissu, les promena lentement sur son torse… ses épaules… Fit descendre la chemise sur ses bras. Là, elle déposa un baiser sur son cœur, et s'attarda quelques secondes.

Il retint un instant sa respiration.

Puis il voulut continuer à la déshabiller mais, sans lui en laisser le temps, elle posa son doigt sur son téton.

— Je ne m'étais pas trompée, tu as effectivement un piercing, murmura-t-elle en manipulant avec précaution le petit anneau à moitié caché dans les poils de son torse. Il me semblait bien en avoir aperçu un, le jour où tu as joué au basket avec l'équipe des Torses nus aux Cèdres. Mais quand nous avons emmené les gamins se baigner aux Deux-Frères, je n'ai rien vu. J'en ai conclu que mon imagination m'avait joué des tours.

— Je l'ai fait poser quand je me suis enrôlé dans les marines, expliqua-t-il dans un haussement d'épaules. A l'époque, je le portais en permanence. Aujourd'hui, ça dépend de mon humeur. J'ai pensé que mon anniversaire était une occasion de le mettre. Mais si ça te dégoûte, je peux l'enlever.

— Non, ça ne me dégoûte pas, à condition que je ne pense pas à l'opération proprement dite.

Elle se recroquevilla, comme pour protéger ses propres mamelons.

— Malgré tout, le côté inattendu et donc mystérieux de la chose me plaît plutôt. J'aime bien l'idée qu'un homme aussi sérieux et discret que toi garde un secret sous ses vêtements.

— Des secrets, j'en cache plein sous mes vêtements en ce moment même, mon chou.

— Ah non ! Ne me dis pas que tu t'es fait percer… tu sais quoi !

— *Quoi ?*

Il la regarda avec des yeux effarés dignes d'un personnage de bande dessinée.

— La queue ? Ça va pas la tête, Harper ? Bien sûr que non !

Il resserra à son tour les bras autour de sa poitrine.

— C'est malin, marmonna-t-il. J'ai débandé, maintenant.

— N'importe quoi ! s'exclama-t-elle en riant.

— Mais j'aurais très bien pu. N'évoque plus jamais ça, en tout cas.

Elle le regarda, un sourcil levé.

Qui aurait cru qu'une femme pouvait mettre autant d'ironie dans un sourcil et un sourire en coin ? songea-t-il en promenant ses doigts le long du flanc dénudé de Harper.

— Et si nous te sortions de cette robe ?

Elle leva les bras au-dessus de sa tête, dans un cliquetis de bracelets, et il lui ôta sa robe par le haut. Ses frisottis, en s'accrochant dans le décolleté, se tendirent mais reprirent bien vite leur forme, en un peu plus échevelé.

La robe toujours serrée dans son poing, il se recula pour jouir de l'intégralité du spectacle qu'offrait Harper en soutien-gorge et minuscule culotte.

Ses poumons se vidèrent de leur air.

— La vache ! murmura-t-il. Regarde-moi ça !

Harper était la beauté personnifiée, avec cette peau à la riche couleur cuivrée, ces yeux clairs et ces boucles pleines de vie ! Avec ces seins ronds comme des pêches mûres qui débordaient des bonnets en dentelle noire du soutien-gorge couleur taupe ! Avec cette taille fine qui surmontait des hanches si féminines !

Il s'approcha de nouveau et glissa ses mains sous le léger tissu de sa petite culotte, vers la rondeur irrésistible de ses fesses, qu'il pétrit entre ses doigts.

— Tu es sublime.

Elle le gratifia d'un de ses sourires éclatants, si généreux qu'il réduisait ses yeux à des croissants.

— Vraiment ?

— Oh oui !

— Toi aussi, je te trouve sublime.

Elle griffa doucement son torse à travers sa toison, toucha brièvement le tétin qui portait le piercing avec son pouce et tira prudemment sur l'anneau, amenant son sexe bandé au bord de l'explosion. Elle descendit ensuite sa main entre ses abdominaux jusqu'à sa ceinture, le long du filet de poils qui disparaissait dans son pantalon.

— Quelle chance nous avons d'être aussi beaux, tu n'es pas d'accord ? lança-t-elle.

Ne sachant que répondre, car il ne concourait certainement pas dans la même catégorie qu'elle dans ce domaine, il la souleva de terre avant qu'elle ne déboutonne sa braguette.

Dans un cri, elle se cramponna à son cou.

— Allons poursuivre dans ma chambre, proposa-t-il.

— Bonne idée, répondit-elle en tortillant son postérieur.

— Tu n'as pas la moindre idée de ce que je veux te faire, n'est-ce pas ?

Sinon, elle serait probablement partie à toutes jambes en laissant derrière elle une épaisse traînée de poussière, tel un personnage de dessin animé.

— Peut-être pas, mais je sais en tout cas que j'ai hâte de le découvrir, murmura-t-elle, les paupières mi-closes.

Ravalant un juron, il grimpa l'escalier quatre à quatre, direction sa chambre, avec l'espoir qu'il pourrait se contrôler suffisamment longtemps pour lui offrir ne serait-ce qu'une fraction des caresses dont il imaginait la couvrir !

Un genou plié sur le matelas, il l'allongea sur son lit avant de se placer à califourchon au-dessus d'elle, appuyé sur les coudes pour ne pas l'écraser. Alors, enfouissant ses mains dans ses boucles, il l'embrassa.

Harper s'embrasa d'un coup comme si le feu qui couvait n'avait attendu que cette occasion.

Max embrassait si magnifiquement ! Il était si beau, si dur ! Il sentait si bon ! Et elle le désirait si fort, si ardemment, si éperdument !

Elle se mit à lui masser le dos, descendant en mouvements circulaires. Elle atteignit enfin sa ceinture, sous laquelle elle glissa ses doigts, lentement, jusqu'à atteindre les fossettes dans le bas de ses reins. De là, elle fondit sur ses fesses, comme une pie attirée par un objet brillant.

Hélas elle dut lâcher prise quand il arracha sa bouche à la sienne pour entamer une lente descente le long de son corps…

Sa déception fut oubliée dès que les lèvres de Max se posèrent sur sa gorge… Le bonheur absolu ! Elle rejeta la tête en arrière pour lui libérer plus d'espace tandis qu'il poursuivait son chemin le long de son cou, obliquait vers son épaule, puis descendait vers sa poitrine, dégrafait son soutien-gorge, qu'il envoya voler à travers la chambre…

En l'entendant étouffer un juron, elle se releva sur ses coudes.

— Quels nibards de dingue ! murmura-t-il en en prenant un délicatement dans sa main.

Puis, rougissant, il se corrigea :

— Seins, je veux dire.

— Peu importent les termes que tu emploies. En fait, je dois avouer que… ce vocabulaire de mec m'excite. Cela dit, j'ai encore davantage envie de te toucher. Et que tu me touches.

— C'est dans mes cordes…

Il entreprit aussitôt de le prouver en lui pinçant délicatement le bout du sein. Elle eut un hoquet de surprise tandis qu'une vibration se propageait à la vitesse de l'éclair jusqu'à son bas-ventre, où une nouvelle succession de spasmes se déclenchèrent.

Max leva la tête pour observer l'effet produit.

— Du vocabulaire de mec ? Tu aimes ça, quand les hommes disent des cochonneries ?

— Je ne sais pas, avoua-t-elle. Cela ne m'est jamais arrivé. Mais je pense que j'aimerais, oui.

— Je veux te baiser. Lentement. Profondément.

Il lui écarta les cuisses avec la sienne.

— Jusqu'à ce que je te sente jouir sur ma bite.

— Waouh !

Il prit son mamelon dans sa bouche, le coinça entre sa langue et son palais et aspira… avant de le relâcher un instant plus tard et de plonger ses yeux noirs brûlants dans les siens.

— Ouais, dit-il dans un râle. Je crois effectivement que tu aimes que l'on dise des cochonneries.

— Peut-être que oui…

Etait-ce bien elle qui parlait ainsi ?

— … peut-être que non.

— A d'autres ! répliqua-t-il dans un ricanement.

— Fais ton malin ! Je peux savoir sur quoi tu te bases pour dire ça ?

Repoussant quelques mèches de son visage, il répondit avec un petit sourire narquois :

— Je ne sais pas… Peut-être le fait que ta petite culotte est toute mouillée ?

Oh nom d'un chien ! Il avait raison. Elle avait emprisonné les cuisses de Max entre les siennes comme un chihuahua en rut, et par un léger mouvement de son bassin, y frottait son pubis.

Elle se força à s'arrêter. Une torture !

Max s'écarta alors suffisamment pour lui enlever son dernier sous-vêtement, qu'il laissa tomber à côté du lit. Débarrassé de tout obstacle, il glissa ses doigts dans le nid chaud et moite de son sexe, et en même temps, de sa bouche, il s'empara de nouveau d'un tétin qu'il lécha avec une habileté si diabolique qu'elle en eut la respiration coupée. Et quand il ne s'occupait pas d'une ou l'autre de toutes les zones érogènes de son corps avec sa langue ou ses dents ou ses doigts, il lui susurrait des obscénités à l'oreille, lui expliquant entre autres choses tous les moyens par lesquels il allait l'amener à l'extase.

Quand il chercha à détacher la ceinture de son pantalon, elle avait quasiment perdu la tête, impatiente de mettre à l'épreuve au moins une de ses promesses. Elle se redressa néanmoins tant bien que mal pour l'aider avec sa braguette.

— Laisse-moi faire, ordonna-t-il en lui lançant un regard de bête sauvage.

— Ne doit-il pas y avoir réciprocité ? Parce que, jusque-là, j'ai tout reçu et rien donné.

— On verra la prochaine fois. Cela fait un moment que je n'ai pas fait l'amour et si tu m'excites trop, je crains fort que nous n'arrivions jamais à la partie vraiment intéressante.

Elle se laissa tomber sur le côté, la tête posée sur sa main.

— Oh oui… Ce serait dommage…

— Oui, n'est-ce pas ? répliqua-t-il avec un rire étranglé tandis qu'il se débarrassait de son pantalon.

Il commença ensuite à faire glisser son caleçon mais s'arrêta.

— Tu veux vraiment regarder ?

— Evidemment ! Qu'est-ce que tu crois ? Si je ne suis pas autorisée à donner un coup de main, rien ne m'empêchera en revanche de reluquer la marchandise.

— Comme vous voudrez, princesse, dit-il en en finissant avec son caleçon.

— Waouh !

Elle se redressa d'un coup, les yeux écarquillés, passa sa langue sur ses lèvres et répéta, incrédule :

— Waouh !

Loin d'être diminué par l'absence totale de vêtements, Max lui apparut encore plus impressionnant. Elle l'examina avec avidité, craignant même que l'ardeur de son regard ne laisse des marques de brûlure sur ses larges épaules, ses abdominaux à la ligne pure, ses grandes mains, ses pieds de géant et ses longues jambes aux muscles bandés.

Sans compter une autre partie de son anatomie, longue et bandée elle aussi, qui se dressait fièrement, impérieusement.

Elle ouvrit ses cuisses.

— Viens !

Les joues de Max rosirent. Un muscle de sa mâchoire tressauta.

Il se détourna pour attraper une poignée de préservatifs dans le tiroir de sa table de chevet, en garda un — jetant le reste sur le dessus du meuble —, se laissa tomber à plat dos sur le lit et enfila avec dextérité le contraceptif avant de s'étendre de nouveau sur elle.

— Je n'arrête pas d'interrompre ton plaisir, dit-il en caressant sa hanche. Laisse-moi le rallumer...

— Tu plaisantes, j'espère ? Ça suffit, les préliminaires. Je veux te prendre en moi. Tout de suite.

— Pas de problème !

Elle sentit alors son membre en érection s'abattre sur son bas-ventre. Respirant bruyamment, elle enroula ses doigts autour de sa verge.

Max se figea.

— Doucement mon chou. Je ne mentais pas quand je te disais que ça faisait un bail, souffla-t-il d'une voix enrouée. Je suis sur le fil...

— C'est précisément pour cette raison que je me retiens de me livrer à ce que j'aimerais vraiment faire.

— C'est-à-dire ?

— Presser ton sexe entre mes doigts. De haut en bas... De bas en haut... Sur toute sa longueur... Et puis, le prendre dans...

Sentant une palpitation parcourir son pénis, elle exulta à la pensée qu'elle pouvait elle aussi le rendre fou avec des mots. Elle ne put cependant s'empêcher de le caresser, savourant sa rigidité.

— Comme tu ne m'as pas laissé beaucoup d'initiative jusque-là, je vais prendre les commandes pour t'introduire à l'intérieur de moi, décréta-t-elle.

Joignant le geste à la parole, elle ajusta sa position et commença à promener doucement le sexe de Max dans l'humidité de son intimité, puis à jouer avec le petit bourgeon dressé de son clitoris...

Elle aspira l'air si fort qu'elle manqua s'étouffer.

— Alors, dépêche-toi avant que je n'explose en te laissant sur le bord de la route, répliqua-t-il dans un souffle.

Obéissante, elle le positionna correctement et Max prit de nouveau la direction des opérations en commençant à s'enfoncer doucement en elle.

— C'est pas large, murmura-t-il entre ses dents. Sacrément serré, même.

Il se retira un peu et tenta de nouveau de se frayer un chemin.

Une brève douleur puis son vagin s'étira et tout suivit l'ordre normal des choses. Dans un hoquet, elle entoura Max de ses jambes et, aussitôt, elle sentit des coups de butoir sur ce qui devait être son point G.

— Oh !

Elle souleva le bassin pour l'encourager à poursuivre…

Mais il se retira presque entièrement.

Elle gémit de frustration en sentant ses muqueuses se rétracter derrière cette source de plaisir qui battait en retraite… jusqu'à ce qu'il la pénètre de nouveau avec un peu moins de ménagement que la première fois.

— Max !

Il sortit. Plongea de nouveau.

— Oh ! Max… Je ne vais pas pouvoir me retenir longtemps. Je suis, je suis…

— Au bord ?

Il se mit à quatre pattes pour lui replier les jambes sur la poitrine, puis se replaça au-dessus d'elle, les mains plaquées de chaque côté de ses épaules, avant de reprendre son lent et savant va-et-vient auquel sa nouvelle position la rendait encore plus réceptive.

— Tu n'es pas obligée de te retenir, mon chou, dit-il en la pénétrant plus profondément qu'aucun homme ne l'avait jamais pénétrée, touchant chaque fois ce fameux point érogène.

A force de contorsions, il réussit à saisir un de ses mamelons entre ses lèvres et commença à téter.

Quand les muscles de son vagin se contractèrent autour de son pénis, il relâcha son sein avec un juron et commença un mouvement de piston de plus en plus rapide, de plus en plus violent.

— Ni l'un ni l'autre nous n'allons… Aaaah !

Il serra les mâchoires. Ferma les yeux.

Un instant seulement. Pour pouvoir la regarder.

— A toi maintenant, mon chou… Il faut que nous nous dépêchions. Allô Houston ? Prêts pour le décollage.

En équilibre sur un bras, il insinua le pouce de sa main libre dans la fente moite de Harper, effleura son clitoris et s'en alla. Puis revint pour tourner autour.

— J'avais prévu de le lécher tout à loisir, expliqua-t-il. De le téter.

— Ah ! Pu…

Des spasmes rapides, violents la saisirent en un orgasme d'une rare puissance.

— Ah ! Max, tu…

Ce furent les derniers mots qu'elle prononça car elle ne fut plus capable que d'émettre un gémissement de plus en plus aigu avec chaque contraction qui enserrait le pénis de Max. Elle enfonça ses ongles dans les muscles de son dos et s'agrippa.

— Oh ! Putain ! l'entendit-elle vaguement murmurer avant qu'il ne plonge une dernière fois définitivement en elle.

— Oui ! Oui ! Oui ! Oh ! C'est trop bon de te sentir jouir sur moi !

Puis sa voix s'altéra en une longue plainte rauque tandis que, paupières fermées, il s'arc-boutait avant de s'effondrer sur elle, comme un arbre que l'on vient d'abattre.

Un quintal de muscles se laissant tomber sans retenue sur elle l'aurait certainement écrasée contre le matelas si ses genoux repliés sur sa poitrine n'avaient amorti le choc.

— Pardon ! marmonna-t-il en l'aidant à étendre ses jambes et en la soulageant un peu de son poids. Et merci.

— Tu rigoles ou quoi ?

Elle avait l'impression de briller à l'intérieur comme à l'extérieur.

— Merci à toi ! Je n'ai jamais connu rien de plus merveilleux.

— Mais non ! Ce n'était que l'échauffement. Laisse-moi récupérer et je vais t'en montrer, du vraiment merveilleux. Promis !

17

C'est décidé, je passerai un jour la bague au doigt de cette femme.

Max, appuyé sur un coude, regardait Harper dormir à côté de lui quand cette pensée surgie de nulle part lui traversa l'esprit. Il se redressa d'un bond.

Harper sursauta et entrouvrit un œil.

— Qu'est-ce…

D'un geste apaisant, il lui caressa l'épaule que le drap avait dénudée en glissant. Quand elle se rendormit, il la couvrit avec précaution puis se recula pour s'adosser à la tête de lit, le cœur en émoi.

— Hé, mec ! murmura-t-il en contemplant d'un air rêveùr par la fenêtre ouverte la lueur diffuse de la lune qui filtrait à travers une fine couverture nuageuse. Tu n'irais pas un petit peu vite en besogne, par hasard ?

Mais son regard fut de nouveau attiré comme par un aimant vers Harper qui, étendue à plat ventre, lui touchait le côté de la jambe de son genou replié, ses incroyables cheveux formant une auréole de frisures indisciplinées.

Et il s'avoua que oui, bien sûr, ce qu'il éprouvait pour elle — surtout à présent qu'ils avaient couché ensemble — dépassait tout ce qu'il avait jamais éprouvé pour quelqu'un. Mais d'ici à appeler cela de l'amour… il y avait un pas qu'il hésitait à franchir. Plus vraisemblablement, il s'agissait seulement de gratitude après les ébats de la nuit. Depuis combien de temps n'avait-il pas fait l'amour, au fait ?

Depuis beaucoup trop longtemps en tout cas s'il peinait à

ce point à répondre à la question. Une raison supplémentaire motivant son enthousiasme à vouloir garder Harper dans sa vie.

Mais l'explication n'était-elle pas un peu facile ?

Non, absolument pas. Une… deux… trois. Ils avaient fait l'amour trois fois. Alors, oui, il était reconnaissant, point final. Inutile de se mettre la rate au court-bouillon.

Sur cette bonne résolution, il s'allongea à côté de Harper qui aussitôt, tel un missile à détecteur de chaleur, se rapprocha de lui. Il la prit dans ses bras en la laissant s'installer à sa guise tout en ménageant une distance de sécurité entre son genou et ses parties intimes. Il passa son bras autour de sa taille, et sa main trouva naturellement sa place sur la rondeur de sa hanche. Il se sentait si bien ainsi. Pourquoi se gâcher le plaisir avec des pensées importunes et des chimères ?

Et puis il fallait qu'il dorme un peu. Il travaillait, demain.

Si nécessaire, il réfléchirait à la question plus en profondeur… un autre jour.

— Maman, ça suffit maintenant, déclara Harper, son portable collé à l'oreille, en faisant les cent pas dans le jardin de Max. Ce n'est pas parce que tu désapprouves mon style de vie que tu dois punir les Cèdres en ne les informant pas que leur demande de subvention a été acceptée. Quel rapport, franchement ? Ne pas leur annoncer la nouvelle relève carrément de…

— Le petit déjeuner est prêt ! appela Max en passant la tête par la porte.

Elle raccrocha en toute hâte.

— Pas de problèmes ? s'enquit Max, le visage soudain soucieux.

— Non, aucun, répondit-elle avec un sourire forcé.

Au fait, pourquoi lui mentir ? Qu'est-ce qui l'empêchait de lui dire une partie de la vérité ? De toute façon, à en juger par sa soudaine immobilité et le plissement de ses paupières, il ne la croyait pas.

— En fait, si. C'est ma mère.

Il la rejoignit en deux bonds.

— Elle est malade ?

— Non, non. Ce n'est pas ça. Je ne supporte tout simplement pas qu'elle me reproche sans cesse mon choix de vie.

— Je comprends. Je t'ai raconté mon histoire. Alors tu sais combien ma mère critique mes propres choix.

Elle hésita un instant avant de donner libre cours à son indignation.

— Quoi ? Ça ne lui a pas suffi d'entretenir ta colère pendant toute ton enfance ? Ça lui pose en plus problème de savoir que tu es devenu quelqu'un de responsable, d'honnête, un pilier de la communauté ?

Il la gratifia d'un de ses demi-sourires un peu décalés, plus lumineux que n'importe quel sourire radieux, et l'attira contre lui pour une étreinte passionnée... mais beaucoup trop brève à son goût.

— Non, répondit-il. Ce n'est pas mon boulot qui la gêne. Ce qu'elle ne digère pas, c'est que Jake et moi soyons devenus amis.

Il haussa les épaules en un geste d'impuissance.

— Mais je t'ai déjà parlé de ça. Raconte-moi plutôt ce qui reste en travers de la gorge de ta mère à toi. Vous avez déjà été proches, toutes les deux ?

— Oui. Et nous le sommes encore, déclara-t-elle avec une insistance qui lui parut suspecte à elle-même. D'accord. J'exagère un peu.

— Oui, peut-être un petit peu.

Il lui frotta vigoureusement le crâne comme elle l'avait vu faire avec les gamins du foyer, un geste qu'elle espéra aussi réconfortant pour eux qu'il l'était pour elle.

— Allez ! dit-il en entremêlant ses doigts aux siens. Viens prendre ton petit déjeuner. Un ventre plein aide à voir la vie sous un meilleur jour.

Il la fit basculer dans ses bras et ne la relâcha que dans la cuisine, devant le comptoir qu'il avait soigneusement préparé pour deux, avec sets de table en papier et petit bouquet — un peu rabougri, mais c'était l'intention qui comptait... — dans un de ses fameux verres à moutarde décorés de personnages de dessins animés.

Elle se sentit fondre.

Il tira un tabouret vers elle.

— Assieds-toi, ordonna-t-il. Tu veux du jus d'orange ? Du café ? J'ai du cacao aussi. Je peux te préparer un café chocolaté si tu veux.

Indépendamment même de ses prouesses comme amant, comment résister au charme de cet homme ?

— Je vais essayer le chocolat. Quel est le menu ? ajouta-t-elle peu après, alors qu'il s'affairait près de la gazinière.

— Omelette avec quelque chose qui va te plaire : de *vrais* légumes. Et j'ai acheté du bacon canadien au Costco de Silverdale. Il est au moins aussi bon que le nôtre et beaucoup, beaucoup moins gras.

— Je n'y crois pas ! Tu as tenu compte de mes sermons diététiques ?

— Eh oui, avoua-t-il avec un autre de ses demi-sourires craquants avant de venir poser les plats devant elle. Enfin, peut-être pas pour les pommes de terre. Je les ai fait sauter dans un peu d'huile d'olive et un gros morceau de beurre. Mais c'est comme ça, il va falloir te forcer, parce que des galettes de pomme de terre sans matière grasse ce n'est pas imaginable, conclut-il en retournant s'affairer.

— Je n'ai jamais dit que tout écart était interdit, mais simplement que cela doit rester *exceptionnel*. En tout cas, le moindre changement est bon à prendre… vu ton ancien régime.

— C'est malin ! Tiens, goûte ça, plutôt, dit-il en posant devant elle une tasse fumante d'où s'échappait une odeur de café et de chocolat.

Une fois l'omelette, le bacon et les galettes servis, ils attaquèrent leur repas et, pendant quelques instants, le silence ne fut troublé que par le cliquetis des couverts, les murmures approbateurs de Harper et la voix de Max lui demandant de lui passer le poivre.

— Alors comme ça, tu es une fille à papa ? dit Max quand ils eurent un peu apaisé leur faim.

— Oui, répondit-elle sans cacher sa surprise. Comment le sais-tu ?

— Tu l'as évoqué au barbecue chez Jenny.

— Et tu t'en es souvenu ? s'étonna-t-elle, émue qu'il lui ait porté autant d'attention. Je pensais que tu m'avais prise pour une idiote, ce soir-là.

— Non. Je t'ai prise pour une nana cultivée, pleine aux as.

— Ah ! Bon. Ça me rassure…

Elle lui renvoya sa version à elle de son demi-sourire.

— En fait, ce n'est pas complètement faux, expliqua-t-elle. Mes parents n'étaient pas pleins aux as, mais je n'ai jamais manqué de rien, ça, c'est sûr.

— Tant mieux pour toi. Sincèrement. Mon réel problème à moi, c'est que je n'ai jamais bien su comment me comporter avec les femmes de la haute. Alors tu as dû me trouver un peu coincé.

— Tu es trop drôle !

— Tu te fous de moi, c'est ça ? marmonna-t-il avec une mine perplexe qui lui donna envie d'aller se blottir sur ses genoux et de le prendre dans ses bras.

Mais elle se contenta de se pencher vers lui par-dessus le bar.

— Non, Max, je ne me moque pas de toi, je t'assure. J'adore ta franchise, tout simplement. Tu ne joues pas un rôle. On sait très vite où l'on en est avec toi. Et ça, c'est chouette. Revigorant, même.

— *Revigorant*. C'est tout moi ! ironisa-t-il. Alors comme ça, tu aimes le parler franc.

— Bien sûr.

— J'ai envie qu'on se mette encore à poil, tous les deux.

Elle éclata de rire mais, sous le comptoir, cachée à la vue de Max, elle serra les cuisses.

— Moi aussi, mais j'ai promis à Jenny que je viendrais aujourd'hui pour préparer les Journées de Sequim aux Deux-Frères, répondit-elle.

— Ah. Zut !

— Si tu as mis ton uniforme, c'est que toi aussi tu vas travailler, non ?

— Oui. Mais je suis très motivé. Je peux t'envoyer au septième ciel en un rien de temps.

Elle secoua la tête sans réussir à cacher son sourire.

— Tu peux garder cette motivation au chaud pour la prochaine fois ? demanda-t-elle.

— Compte sur moi !

Puis, reprenant son sérieux, il la dévisagea par-dessus le bord de sa tasse.

— Parle-moi de ce qui chiffonne ta mère, pendant que nous finissons de manger.

Elle prit une bouchée de galette de pomme de terre, mâcha lentement, avala, posa sa fourchette…

— Elle ne supporte pas que je sois sans arrêt en vadrouille, finit-elle par répondre.

— Je me rappelle en effet t'avoir entendue dire que ton père et toi adoriez voyager, contrairement à ta mère et à ton frère.

Elle demeura un instant à le regarder, de nouveau éberluée. Pour autant qu'elle s'en souvienne, personne ne s'était jamais intéressé à elle au point de retenir chacune de ses paroles.

— Eh bien oui. Comme tu l'as toi-même compris, j'étais une fille à papa et une fille à son papa, par la même occasion. Mon père avait un credo qu'il répétait souvent : « S'arrêter de bouger, c'est la mort. » Cela rendait ma mère folle. D'après elle, il avait trouvé ce prétexte pour ne jamais s'établir nulle part. Mais tu sais quoi ? Il a fini par les poser, ses valises. Pour maman. J'avais terminé mes études depuis plusieurs années et je travaillais à Stockholm à l'époque. Mes parents et mon frère sont rentrés en Caroline et ils ont monté une affaire. Dix mois plus tard… papa mourait.

— Tu ne crois quand même pas que c'est lié à son credo.

— Intellectuellement, je sais que cela ne tient pas debout et que ce serait de la pure superstition d'y attacher le moindre crédit. De la bêtise même. Mais psychologiquement… je ne peux pas m'empêcher de penser que si.

— Mais enfin, Harper !

— Que veux-tu que je te dise ? La psychologie ne suit pas obligatoirement les règles de la logique. Et puis, de toute façon, la mort de mon père n'explique pas tout. J'aime voyager. Découvrir de nouveaux lieux. Rencontrer des gens. Mais ma mère refuse d'admettre que je sais ce que je veux.

— Et toi ? La tiens-tu responsable de la mort de ton père ?

— Quoi ? s'exclama-t-elle, choquée par cette idée. Bien sûr que non ! Comment peux-tu dire une chose pareille ?

Il la dévisagea calmement, impassible devant son indignation.

— Tu viens de dire que, psychologiquement, la devise de ton père ne te paraît pas aberrante. Or, d'après toi, ta mère l'a obligé à arrêter de bouger. Dans ces conditions, ma question ne me semble pas si insensée que ça.

— Ma mère, responsable ? Ça, c'est insensé, en tout cas.

— Alors ne faut-il pas accepter l'idée que parfois certains événements se produisent sans raison particulière et qu'il est absurde, par exemple, d'attribuer la mort de quelqu'un à l'arrêt de ses voyages ?

La mine butée, elle l'examina un moment puis poussa un long soupir comme pour s'aider à remettre ses pensées en ordre.

— Je suis un peu perdue, là, avoua-t-elle. Tu m'as perturbée.

— Et il faut que tu ailles travailler, je sais.

Il lui caressa du bout du doigt les poings qu'elle n'avait même pas pris conscience d'avoir serrés.

— Essaie… d'y réfléchir un peu, d'accord ?

Elle n'aurait su dire d'où lui vint cette brusque et irrésistible envie de pleurer. Par un pur effort de volonté, elle bloqua cependant ses larmes et acquiesça d'un hochement de tête un peu raide.

— D'accord. Bien ! Il faut que je me sauve.

— Finis ton petit déjeuner d'abord, non ?

— Je n'ai plus…

Elle avala sa salive.

— J'ai assez mangé.

— Très bien.

Il l'accompagna jusqu'à sa voiture et la retint, avant qu'elle ne s'y installe, d'un baiser à la fois tendre et fougueux.

Au premier contact des lèvres de Max sur les siennes, elle se détendit.

Cet homme possédait décidément un pouvoir magique. Il suffisait qu'il la touche pour qu'elle se sente aussitôt rassurée. Comme protégée à l'intérieur d'un cocon.

Quand il s'écarta, il la considéra un moment d'un air grave avant de lui relever le menton en lui caressant la lèvre inférieure de son pouce.

— Je t'ai fait de la peine, je suis désolé, murmura-t-il. Ce n'était pas mon intention.

— Je sais. Mon père me manque tellement, parfois.

Et Dieu sait que c'était vrai ! Mais pas entièrement, malgré tout. Elle éprouvait quelque chose d'autre que du simple chagrin.

Malheureusement, elle était incapable de définir quoi exactement, même pour elle-même. Alors comment aurait-elle su l'expliquer à Max ? En désespoir de cause, elle haussa les épaules, se glissa derrière le volant et s'apprêta à fermer la portière.

Mais Max l'en empêcha. Une main sur le toit et l'autre sur la poignée extérieure, il se pencha.

— On se voit bientôt ?

— Oui.

— J'ai ta parole ?

— Oui.

Il se redressa alors et frappa du plat de la main le toit de la voiture, comme s'il s'agissait de la croupe d'un cheval.

Elle démarra.

Bien sûr qu'elle tiendrait sa promesse ! Plutôt deux fois qu'une !

Elle avait beau ne plus trop savoir où elle en était, avoir mille choses à faire — dont ne pas lâcher sa mère et la convaincre d'informer rapidement les Cèdres que leur dossier avait été accepté —, elle ne pouvait s'empêcher de penser à sa nuit d'amour avec Max. Une nuit d'amour… fabuleuse. De tellement de façons qu'elle ne pouvait toutes les nommer. Une chose était sûre, toutefois : grâce à lui, elle avait connu des sensations entièrement nouvelles, sexuellement, affectivement et… à tous les niveaux possibles.

Et elle comptait bien goûter encore et encore à tous ces possibles.

Jusqu'au jour où elle plierait bagage et quitterait Sequim.

Quelques jours plus tard, Max était au poste de police assis devant le rapport qu'il venait de taper et dont il était incapable de relire un mot tant son esprit divaguait. Il avait vaguement conscience de la présence du shérif Neward, cloîtré dans le bureau adjacent. Comme d'habitude, d'ailleurs, vu qu'il y passait le plus clair de ses journées depuis qu'il avait commencé à évoquer l'idée de prendre sa retraite.

En toute franchise, Max estimait que le service n'y perdrait pas, bien au contraire. Non seulement Neward avait quasiment cessé de travailler, mais c'était en outre un véritable dinosaure, un homme du passé opposé à la moindre innovation. Ainsi, sans l'acharnement de Max et Amy, le commissariat de Sequim serait encore le seul de l'Etat à ne pas être informatisé !

Le shérif Neward parti, la place serait libre… Et Max s'interrogeait. Souhaitait-il, lui, se porter candidat au poste de shérif ? Il pensait être à la hauteur de la tâche, mais la perspective de devoir serrer un nombre incalculable de mains avant d'y arriver le freinait.

Ce serait quand même bête de laisser cette corvée le décourager alors qu'il fourmillait d'idées pour améliorer le fonctionnement du service !

Il entendit Amy décrocher le téléphone à l'accueil mais, comme elle ne lui transféra pas l'appel, il essaya de se concentrer sur son rapport.

Sans y parvenir, soudain distrait par la pensée de Harper.

Ils s'étaient vus deux fois au cours des trois derniers jours. Quel paradis sexuel ! Quel extraordinaire sentiment de… de plénitude !

Malheureusement, leurs conversations s'étaient révélées moins satisfaisantes et, pour tout dire, carrément creuses. Il ne se rappelait pas avoir abordé un seul sujet un tant soit peu digne d'intérêt depuis le petit déjeuner, le lendemain de son anniversaire.

Il ne pouvait plus se voiler la face : sans qu'il veuille se l'avouer, quelque chose le gênait chez Harper depuis un moment. Même s'il avait réussi à lui tirer un peu les vers du nez sur sa famille, il avait l'impression qu'elle lui cachait quelque chose.

Cela faisait des années qu'il rêvait d'établir une relation solide avec quelqu'un, à l'instar de celle qui existait entre son frère et Jenny. Il cherchait une femme qui se sentirait capable, ou plutôt qui jugerait *essentiel*, de partager avec lui les détails de sa vie, de ses pensées…

Il aurait aimé croire qu'il l'avait trouvée en la personne de Harper. Mais… s'il était éperdument amoureux d'elle, il n'était pas aveugle au point de ne pas sentir qu'indépendamment de sa frénésie de voyages — qui n'était pas synonyme d'un séjour prolongé à Sequim — quelque chose clochait dans son histoire. Son instinct de flic le lui hurlait à l'oreille.

Il lui avait tendu plusieurs perches. Elle ne les avait pas saisies, veillant systématiquement à ne pas lui en dire trop. Et puis il y avait sa manie de couper la communication s'il arrivait pendant qu'elle était en train de téléphoner. Or, elle jouait mal la comédie. On lisait facilement sur son visage qu'elle cachait quelque chose.

A moins qu'elle n'ait quelqu'un d'autre dans sa vie…

Une idée qui lui était insupportable et qu'il avait essayé d'ignorer parce que, de quelque façon qu'il l'examine, elle ne lui semblait pas correspondre à Harper. Mais quelque chose ne tournait pas rond, il en avait la certitude et il ne pouvait plus continuer à le nier.

Ce qui ne lui laissait qu'une solution : fouiller discrètement.

Non pas qu'il projette de mener une enquête approfondie sur le passé de Harper. Pour le moment, il se contenterait de poser quelques questions aux bonnes personnes et, à partir de là, il déciderait de la suite à donner.

Une chose au moins était claire : il voulait savoir à qui il avait affaire.

18

— Hé ! Tu n'avais pas prévenu que l'on faisait la course, Harper !

Harper, qui avait soudain piqué un sprint sur le chemin de la plage en laissant Tasha derrière elle, s'arrêta à côté du tronc d'arbre décoloré par les intempéries qu'elle avait repéré un peu plus tôt. Après avoir posé la glacière empruntée au village de vacances, elle se tourna vers Tasha.

— Excuse-moi ! dit-elle avec un large sourire, pas désolée du tout. Je me suis un peu emballée. Franchement, tu ne trouves pas que c'est un endroit idéal ? Regarde, il y a même du sable digne de ce nom ! Une rareté à Sequim, non ?

Sans attendre la réponse de son amie, elle déplia d'un coup sa couverture, qu'elle regarda voltiger doucement jusqu'au sol avant de s'y installer, appuyée en arrière sur ses coudes, jambes étendues devant elle, croisées aux chevilles.

— Tu as raison. C'est génial. Et ton idée aussi était géniale.

Tasha déposa sa miniglacière à côté de la sienne et se plongea dans la contemplation des montagnes entre lesquelles s'encastrait le canal.

— Je ne trouve plus le temps de profiter de la beauté exceptionnelle de ce coin où je suis pourtant née, reconnut-elle en se laissant tomber sur la couverture à côté de Harper après avoir enlevé ses baskets Keds.

— Je sais ! C'est pourquoi l'autre jour, je me suis demandé pourquoi j'organisais des feux de camp pour les vacanciers et pas pour nous. Nous le méritons autant qu'eux. D'accord, ce sont des clients et ils payent, mais pourquoi devraient-ils être les seuls à s'amuser ? Et comme je n'ai pas participé à ce genre de festivités depuis que je suis arrivée ici, ou plus exactement…

Elle se mit à compter dans sa tête.

— … Oh ! Depuis l'université, en fait !

— C'est pas juste ! marmonna Jenny en les rejoignant, Jake dans son sillage. Pourquoi vous avez d'aussi longues jambes, toutes les deux ? J'ai l'impression d'être un corgi en compétition avec des lévriers !

Puis, balayant le sujet d'un revers de main, elle s'immisça dans la conversation qu'elle avait de toute évidence entendue.

— Moi, j'habite ici depuis mes seize ans. C'est presque comme si j'y étais née, non ? Et contrairement à certaines de ma connaissance qui consacrent tout leur temps à leurs pizzas, je sors et je vais dans les fêtes locales.

— Evidemment ! répliqua Tasha. Tu as un ado avec toi.

— C'est sûr que ça te pousse à bouger, reconnut Jenny en prenant place à côté de Tasha.

Elle inspecta l'endroit tranquille, à l'écart de la ville, choisi par Harper, et se tourna vers ses deux amies avec un grand sourire.

— C'est exactement ce que le docteur m'a prescrit : un pique-nique sans enfants et sans corvées.

— Parle pour toi, grommela Jake qui posait une brassée de bois entre la couverture et la ligne de marée haute. Ce n'est pas vous, faibles femmes, qui vous crevez pour cette fiesta *sans corvées*.

— Nous vous laissons cet honneur, répliqua Harper d'un ton joyeux. Nous, nous sommes chargées du travail intellectuel : réfléchir, prévoir, organiser.

Jake lui adressa un sourire bon enfant par-dessus son épaule.

— Le partage équitable des tâches, en somme !

Puis il se retourna pour faire face aux trois femmes. Une opération normalement assez peu élégante à exécuter par toute personne accroupie… autre que Jake. Il contempla le paysage autour de lui — les montagnes abruptes qui dominaient cette partie de la plage, la forêt qui les avait petit à petit envahies et descendait maintenant jusqu'à l'eau, un peu en aval de là où ils s'étaient installés — puis ajouta :

— Comme vous le savez probablement, j'ai passé mon enfance à Sequim et ma jeunesse aussi, du moins jusqu'à ce que je me sauve en courant. Eh bien je mentirais si je prétendais me souvenir de ce lieu précis. En tout cas, il est chouette.

Il hocha la tête et poursuivit :

— C'est quand même bizarre. Je croyais connaître tous les bons plans pour draguer. D'ailleurs, précisa-t-il en frétillant du sourcil en direction de Jenny, je suis sûr que ce gros rocher, là-bas, qui sort entre les galets de la grève nous protégerait des regards indiscrets, ma chérie.

Jenny leva les yeux au ciel… avant de lui lancer un regard lascif dont le message était clair :

« Rappelle-le-moi tout à l'heure. »

— J'espère que je ne vous dérange pas, marmonna Tasha. La cinquième roue du carrosse va rester ici près du feu à se goinfrer pendant que les couples disparaîtront dans les buissons ou derrière les rochers pour prendre du bon temps.

Jake voulut protester, mais Tasha l'arrêta d'un regard. Au même moment, Harper aperçut Max qui venait dans leur direction, un gros fagot de bois sur chaque épaule. Elle n'entendit alors plus rien de la conversation de ses amis, juste les battements effrénés de son cœur.

Depuis l'anniversaire de Max, ils s'étaient vus plusieurs fois, et contre toute attente, loin de s'émousser, l'attrait de la nouveauté avec l'excitation à fleur de peau qui l'accompagnait n'avait fait que croître et embellir. Elle se sentait aspirée de plus en plus irrésistiblement dans ce maelström de virilité et de sensualité.

Et ce, malgré ses efforts désespérés pour le tenir à distance. Elle aurait aimé prendre à la légère leur liaison, se contenter d'en profiter le temps qu'elle durerait. D'autant plus qu'elle culpabilisait d'accepter une si grande intimité alors qu'elle se refusait à toute confidence personnelle par crainte de révéler la véritable raison de sa venue à Sequim.

Cette double vie commençait à lui peser. Elle souhaitait sincèrement tout expliquer à Max. Se libérer de ses secrets. Partager son histoire avec lui. Et aussi avec Tasha, avec Jenny, avec Jake, qui tous lui avaient offert leur amitié. Et bien sûr avec les résidents et le personnel des Cèdres.

Elle commençait à être dépassée par les événements. Une seule solution : téléphoner à sa mère une dernière fois. Si elle n'arrivait pas à la joindre rapidement, elle informerait personnellement Mary-Margaret de la décision de la fondation concernant la demande de subvention. Ensuite, elle s'expliquerait avec tout le monde.

En attendant, elle devait rompre totalement avec Max. Ou du moins, mettre la pédale douce sur leurs rapports sexuels.

Quelle ironie, quand on y songeait ! Car c'est elle qui avait pris l'initiative, à l'origine. A présent, chaque fois qu'elle essayait vraiment de se tenir à l'écart, Max s'insinuait comme de la fumée dans les fissures des remparts qu'elle érigeait autour d'elle, semblait s'incruster dans sa vie et, peut-être de façon plus permanente encore, dans son cœur...

En tout cas, pour le temps qu'elle resterait à Sequim.

Une pensée qui l'angoissait. Car contrairement à elle Max était enraciné quelque part.

Elle devait absolument lui dire la vérité. Tant pis pour sa mère !

— Tiens donc ! lança Jake comme Max se baissait pour se décharger du bois. Le surdoué !

— Dit celui qui est allé à l'université de Columbia pendant que moi je m'enrôlais dans les marines pour échapper à mon sort de raté aigri, répliqua Max, moqueur.

— Tu dis cela uniquement pour que je me sente moins nul de n'avoir apporté qu'un seul fagot, rétorqua Jake, sur le même ton de la plaisanterie.

— En fait... oui.

Il se tourna vers Harper en pliant et dépliant son bras, poings serrés, pour faire rouler son biceps.

— Nous, les hommes, nous avons fait les travaux de force pendant que...

— Je ne m'engagerais pas sur ce terrain-là avec elle, à ta place ! l'avertit Jake. Elle a une contre-attaque toute prête.

— Tu t'y es déjà aventuré, si je comprends bien.

— Oui, et crois-moi, c'est perdu d'avance.

— OK.

Ramenant son bras le long de son corps, Max promena nonchalamment ses yeux sur Harper, l'examinant de la tête aux pieds. Gênée, elle se mit à se tortiller. De peur d'apparaître comme une gamine prise d'une envie urgente d'aller aux toilettes — ou comme une femme au bord de l'orgasme —, elle s'obligea à se maîtriser pour lui adresser un simple haussement de sourcils qu'elle espéra narquois.

Avait-elle réussi à donner le change ? Rien de moins sûr, à en juger par le regard satisfait qu'il lui retourna. Impossible cependant de le savoir avec certitude car il se limita à demander :

— Qu'est-ce qu'on mange ?

— J'ai pris du poulet frit et de la salade de pommes de terre au Sunset Café, répondit-elle.

— Et moi j'ai apporté un assortiment de crudités, de quoi faire griller des amuse-bouche sucrés et du vin, ajouta Tasha.

— Et moi des épis de maïs, intervint Jenny. Que j'ai déjà beurrés, salés, poivrés et enveloppés dans du papier d'alu. Il ne reste plus qu'à les mettre sur ce petit gril que je vous laisse le soin à vous, messieurs Muscles, de monter. J'ai aussi du raisin, de la pastèque et quelques bières pour Jake et toi, Max. Il paraît que tu as découvert la Ridgetop Red et que tu l'apprécies ? conclut-elle avec un sourire espiègle.

— Absolument, reconnut-il avec simplicité. Si j'ai bien compris, nous allons nous régaler. Regardez, j'en bave déjà, plaisanta-t-il en se tapotant le menton du dos de la main.

— Comme d'habitude, intervint Jake.

— Dis donc ! répliqua Max en enfonçant deux doigts dans le sternum de son demi-frère.

Ce à quoi ce dernier répondit en cravatant Max, et les deux hommes roulèrent à terre, et commencèrent à se battre pour rigoler.

Jenny vint se camper à côté d'eux, jambes écartées, poings sur les hanches.

— Quand vous aurez fini de vous vautrer dans la poussière, messieurs, il y a un feu à lancer.

L'intervention de Jenny produisit un effet immédiat : les deux frères se séparèrent en riant, essuyèrent sable et petits cailloux de leurs vêtements et prirent la bière que leur tendait Jenny.

— Il faut être malade pour porter une chemise en soie à un pique-nique sur la plage, fit remarquer Max qui, comme d'habitude, était beaucoup moins élégamment habillé que Jake.

— Hé ! Réveille-toi, mon vieux ! répliqua Jenny. Tu ne connais pas ton frère ? Pour lui, les chemises en soie conviennent à toutes les situations.

— Un peu, oui ! confirma Jake avant de changer de sujet en toute hâte. Alors, Jenny, tu as annoncé la nouvelle à ta petite bande ?

— Quelle nouvelle ? demandèrent en chœur Tasha et Harper.

— Nous allons nous marier, répondit Jenny.

— Pff ! Tu appelles ça une nouvelle ? marmonna Tasha. Il t'a offert une bague il y a trois mois déjà !

— On se marie le 17 janvier.

— Vous avez choisi la date ? s'écrièrent Tasha et Harper de cette voix stridente des femmes surexcitées.

— Ça ne vous laisse pas beaucoup de temps, observa Harper.

— Tu rigoles ? s'exclama Max. C'est dans *quatre* mois.

Comme Tasha et Harper le regardaient avec pitié, il leva les mains en signe de reddition.

— Il faut en général réserver l'église et la salle un an à l'avance, lui expliqua gentiment Tasha comme si elle parlait à un gamin de quatre ans un peu attardé. Et la pièce montée doit être commandée des mois à l'avance.

— C'est débile !

— Dis-le aux industriels du mariage, mon vieux, rétorqua-t-elle.

— Nous avons limité les problèmes en optant pour une cérémonie très simple et une réception chez les Pierce, précisa Jenny.

— Qui est-ce ? demanda Harper.

— Les grands-parents d'Austin et mes anciens beaux-parents, répondit Jake. Ils sont morts l'année dernière à six mois d'intervalle. C'est après la disparition d'Emmet qu'Austin est allé habiter avec Jenny.

— Je suis allée vivre avec les Pierce quand Austin avait quatre ans environ, expliqua Jenny. Il est mon petit frère d'adoption.

— Et elle s'est super bien occupée de lui, renchérit Jake avec un regard amoureux à sa fiancée.

— Attendez ! lança Harper. Je crois savoir de quel endroit il s'agit. C'est cette superbe maison, sur la falaise ?

— Oui, confirma Jake. Elle est vide depuis la mort d'Emmet, mais nous avons décidé de nous y installer quand nous serons mariés.

— Austin est ravi que nous vivions enfin tous les trois

ensemble, dit Jenny. C'est lui qui a hérité de la maison, mais je ne crois pas qu'il ait enregistré l'information.

— Il n'est pas le seul à avoir hâte que nous soyons tous réunis, murmura Jake en entourant les épaules de Jenny. Moi aussi j'en ai marre que nous vivions dans deux endroits séparés.

— Je ne voudrais pas jouer les rabat-joie, dit Tasha, mais vous vous rendez bien compte que toute la ville ou presque voudra être invitée, n'est-ce pas ?

— C'est pourquoi nous ferons une grande fête aux Deux-Frères, expliqua Jenny. De cette façon, je pense que personne ne nous en voudra de ne pas avoir assisté à la cérémonie proprement dite.

— Tu auras la place d'accueillir tout le monde ? demanda Harper. A moins qu'il n'y ait une salle de banquet secrète dont tu ne m'as jamais parlé ?

— Non ! Mais nous avons d'ores et déjà rayé ce week-end du calendrier des réservations et nous projetons d'utiliser tout le rez-de-chaussée. Nous ne savons pas encore comment exactement, mais nous y arriverons. Tasha, tu seras mon témoin, bien sûr.

— Avec plaisir, répondit Tasha en adoptant une pose de reine.

Puis son visage s'illumina et elle attira Jenny pour une embrassade fougueuse.

— C'est géniaaaal ! Et on va me trouver une robe topissime, pas une de ces horreurs bardées de froufrous.

— Promis, lui assura Jenny avant de se tourner vers Harper. Et toi, j'aimerais que tu sois ma demoiselle d'honneur.

La mine d'abord radieuse de Harper s'assombrit très vite.

— Je serai partie à cette date, dit-elle.

Une vive douleur transperça la poitrine de Max. Il n'avait jamais vraiment réfléchi à ce qui se passerait quand Harper aurait terminé son contrat aux Deux-Frères. Il n'eut pas le temps de s'attarder sur la question car Jenny, avec un regard et un ton implacables, rétorquait :

— Eh bien tu n'auras pas d'autre choix que de revenir pour ce week-end-là, c'est aussi simple que ça ! Tu fais partie de ma bande de copines. Je sais que l'on ne se fréquente pas depuis très longtemps, mais moi j'ai l'impression de t'avoir toujours connue.

— Pareil pour moi, renchérit Tasha.

— Tu vois ? Et on ne dit pas ça à tout le monde, précisa Jenny.

— Ce sera un grand honneur pour moi de participer au plus beau jour de ta vie. Je vais bloquer ce week-end dans mon agenda, promit Harper.

— Parfait ! conclut Jenny en tapant dans ses mains comme si elle éliminait une autre corvée de sa liste. Maintenant, démarrons ce feu. Je ne sais pas vous, mais moi je meurs de faim !

Là-dessus, elle tourna le dos à tout le monde et ouvrit sa glacière.

— Elle va pleurer, murmura Jake. Elle est d'un sentimentalisme hallucinant !

— N'importe quoi ! se rebiffa Jenny en essuyant une larme.

— Eh bien, moi, je le suis, avoua Harper en allant prendre Jenny dans ses bras.

Quelques minutes plus tard, alors que les femmes s'affairaient à dresser la table, Max et Jake empilèrent quelques pierres en cercle et disposèrent le bois dans le foyer ainsi formé. Au moment où il allait craquer l'allumette, Jake se tourna vers Max.

— J'ai demandé à Austin d'être mon garçon d'honneur, dit-il à voix basse. J'aimerais beaucoup que tu sois mon témoin.

Il se tut une seconde avant d'ajouter avec un sourire moqueur :

— Je te donne l'occasion inespérée de mettre un smoking, toi qui adores les tenues d'apparat.

— D'accord, répondit Max d'un ton bourru.

— Nous réfléchissons aussi au meilleur endroit où installer une piste de danse dans le bâtiment et…

— Jake, le coupa Max. J'ai dit d'accord.

Puis il sourit, un sourire chaleureux et sincère.

— C'est le smoking qui a emporté le morceau, frérot, ajouta-t-il.

— Tu sais vraiment comment organiser une fête, toi, fit remarquer Max alors qu'il aidait Harper à rapporter tout son matériel dans son minuscule bungalow. D'abord mon anniversaire et aujourd'hui ce super pique-nique autour d'un feu. Bravo !

— Oui, c'était réussi, n'est-ce pas ? Et nous avons bien choisi notre moment, en plus. Le vent se lève, on dirait. Regarde les branches des arbres comme elles se balancent, et l'allure à laquelle les nuages passent devant la lune. Je me demande si une tempête ne se préparerait pas.

Il répondit par un vague borborygme. Peu lui importait la météo ! Ce qui l'intéressait se lisait clairement sur son visage car Harper se mit à rire et à froncer les sourcils.

— Pour de bon ?

— Oh oui !

Il écarta du pied la glacière qu'il venait de poser et avant même d'être entièrement redressé il tendait les bras vers Harper, lui enlaçait la taille et l'attirait contre lui avec une telle fougue qu'elle aurait rebondi s'il n'avait pas prestement remonté sa main dans son dos. Ses seins s'aplatirent contre le torse musclé de Max pour le plus grand plaisir de ce dernier. Plongeant son nez dans ses cheveux, il déposa un baiser sur ce petit endroit si sensible derrière l'oreille de Harper.

— J'ai eu envie de faire ça pendant toute la soirée, murmura-t-il.

— Pff ! Arrête ton cirque ! Tu as toujours envie !

Il effleura de sa langue la veine qui palpitait sous sa peau douce et parfumée.

— C'est un reproche ?

— Oh non ! s'exclama-t-elle en lui entourant le cou et en l'acculant contre le mur de la minuscule pièce.

— Ne me brutalise pas ! supplia-t-il avec autant de retenue que le lui permettait le désir fulgurant qui l'avait submergé. Je suis un petit être fragile qui a besoin de douceur. Ménage-moi !

— Bien sûr ! promit-elle dans un éclat de rire.

Jouant le doute, elle se pencha brusquement en arrière pour l'examiner attentivement.

— Plus exactement, c'est ce que je comptais faire, avoua-t-elle. Mais à bien y réfléchir…

Elle attrapa un coin de son T-shirt dans chacune de ses mains et commença à le lui enlever, découvrant ses abdominaux, puis ses pectoraux qui se bandèrent sous son regard approbateur.

— … je vais plutôt sortir le fouet.

Elle se hissa sur la pointe des pieds pour finir de le débarrasser de son T-shirt, qu'elle jeta par terre.

— Tu devrais avoir peur, murmura-t-elle en le regardant droit dans les yeux, ses doigts enfouis dans la toison de son torse. Très peur.

— Oh ! Mais je suis terrorisé, assura-t-il en saisissant un des boutons qui fermaient par-devant le bain de soleil rouge de Harper.

Elle l'en empêcha d'une tape bien sentie sur la main.

— C'est à mon tour de prendre les commandes, dit-elle.

Bras en l'air en un geste de reddition, il hocha la tête.

— C'est toi la patronne.

— Parfaitement ! Et on va bien s'amuser.

En se tortillant, elle déposa une traînée de baisers humides le long de son cou.

Quand elle en atteignit la base, elle donna des petits coups de langue à son pouls qui s'affolait comme celui d'un chat pris au piège, progressa vers son épaule, qu'elle se mit à mordiller tout en commençant à déboutonner sa robe.

Dans un gémissement, il voulut la serrer contre lui.

— Bras le long du corps, monsieur !

— Aaaaah ! gémit-il en baissant le menton pour regarder la bouche de Harper s'approcher de son bout de sein avec l'allure d'un paresseux.

Lorsqu'elle l'atteignit enfin, elle enveloppa de ses lèvres le piercing qui brillait entre les poils et leva la tête pour s'assurer qu'il l'observait.

Elle aspira doucement le tétin rose et, quand elle entrouvrit la bouche, il aperçut le petit anneau d'argent serré entre ses dents.

Elle tira doucement et tout l'air contenu dans les poumons de Max s'échappa en un long râle…

Qui s'interrompit net.

— Bon, ça suffit maintenant, mon chou !

Il pinça doucement les joues de Harper et, dès qu'elle eut lâché prise, il la souleva de terre et la jeta sur son épaule. En un rien de temps, il avait grimpé jusqu'aux combles aménagés et la déposait sur l'édredon en patchwork de son lit.

Il n'avait plus qu'une envie : la pénétrer. Mais quand il baissa la tête vers elle, elle lui sourit avec un air tellement satisfait d'elle-même qu'il fut submergé par une vague de tendresse.

Il se mit à califourchon au-dessus d'elle et s'attaqua aux boutons qu'elle n'avait pas défaits, en bas de sa robe. Il ouvrit alors lentement le vêtement, comme un gamin qui déballe son seul et unique cadeau de Noël au pied du sapin, et resta à la contempler, allongée sous lui, sa peau délicate seulement dissimulée par un petit soutien-gorge blanc et une minuscule culotte.

— Que tu es belle ! murmura-t-il en s'étendant sur elle.

Il l'embrassa. Lentement. Langoureusement. Et fut récompensé par un long soupir de plaisir contre son visage.

Il poursuivit son baiser, sans se presser, puis commença à promener ses lèvres sur son cou, ses épaules, et descendit vers sa poitrine où il suivit de sa langue le tracé des bonnets. Se redressant sur ses bras, il contempla ses mamelons dressés sous le fin tissu avant de s'approcher pour téter.

Un gémissement suraigu l'accueillit, qui l'emplit d'un sentiment de triomphe.

Harper se cambra, plaquant les rondeurs de sa poitrine contre son visage… ce qui ne fit que décupler son désir.

Il dégrafa le soutien-gorge, libérant ainsi ses seins de leur prison, puis commença à jouer de ses doigts avec le mamelon de droite tout en continuant à honorer de sa bouche celui de gauche.

Avec un soupir de contentement, Harper glissa une main entre leurs deux corps et se saisit de son sexe à travers son jean.

— Je veux reprendre les commandes, murmura-t-elle dans un souffle en le repoussant.

Docilement, il roula sur le dos à côté d'elle. Aussitôt, elle l'enfourcha et planta un baiser sur son torse puis sur son ventre tandis qu'elle se saisissait du curseur de sa braguette.

Allait-elle…

— Tu as bien dit que tu voulais voir mes cheveux enroulés autour de…

Mais oui ! Elle allait… Oh bon sang !

Elle descendit la fermeture Eclair. Il souleva alors le bassin, pour lui permettre de faire glisser son jean et son caleçon sur ses cuisses, puis se hissa sur ses coudes pour la regarder s'approcher de son pénis à présent libre de tout carcan. Elle secoua la tête, faisant danser ses cheveux au-dessus de son sexe bandé autour duquel vinrent se lover les spirales de quelques mèches soyeuses.

Empoignant fermement son membre, elle imprima un long mouvement de va-et-vient à sa main, exactement comme elle avait voulu le faire lors de leur première nuit d'amour.

Elle leva brièvement la tête vers lui, ses lèvres érotiquement entrouvertes, avant de l'engloutir.

Les poumons de Max se vidèrent d'un coup et, par un pur réflexe, il propulsa son bassin vers le haut si brusquement et si violemment qu'il la pénétra jusqu'à la gorge.

Merde !

Il s'était mieux contrôlé et s'était montré plus délicat quand Christi Tate lui avait offert sa première fellation, le lendemain de son seizième anniversaire.

— Je suis désolé, vraiment désolé.

Elle toussa et lui jeta un coup d'œil interrogateur.

Il esquissa une petite moue d'excuse à laquelle elle répondit par un sourire, puis elle saisit de nouveau son sexe entre ses lèvres et reprit avec un regain d'ardeur ses allées et venues. De plus en plus profondément.

Max ne put s'empêcher de les accompagner par des mouvements de son bassin jusqu'au moment où, se sentant au bord de l'explosion, il lui agrippa les cheveux.

— Arrête ! Arrête ! Arrête !

Jamais mots ne lui avaient été plus pénibles à prononcer. Mais il ne voulait pas continuer, sauf si elle décidait qu'elle voulait le terminer ainsi.

Elle leva la tête en se léchant les lèvres…

Il gémit… et se contorsionna pour chercher à tâtons la poche arrière de son jean — descendu à présent au niveau des chevilles — et sortir son portefeuille, qu'il tendit à Harper.

— Préservatif.

Une fois qu'elle eut déroulé le condom sur toute la longueur de son sexe, elle lança une jambe par-dessus ses cuisses, telle une motarde enfourchant sa Harley. Maintenant son membre du pouce, il la regarda s'asseoir lentement sur lui.

Elle respirait bruyamment. Ses paupières papillonnèrent, se fermèrent.

Elle les ouvrit de nouveau quand elle se releva, libérant presque le pénis de Max avant de se laisser retomber.

— Oh ! Harper !

Il lui empoigna les fesses pour aider son mouvement de bas en haut, de haut en bas.

— Que c'est bon ! gémit-elle. Tu me remplis complètement. Je te sens frotter à l'intérieur de moi.

Elle baissa les yeux vers lui, joues en feu, paupières lourdes, lèvres gonflées.

— Je vais jouir, Max. Je suis au bord et…

Introduisant ses doigts dans la fente humide, il pinça légèrement son clitoris entre son pouce et son index.

Dans un cri elle s'affaissa une dernière fois, ses muscles internes puissants enserrant son pénis dans le piège de leurs contractions successives.

Max explosa lui aussi dans un râle, les mains agrippées aux fesses de Harper.

Une minute — ou une éternité — plus tard, ils s'écroulèrent comme des cavaliers dont la monture avait été fauchée sous eux. Et alors que Harper était étendue de tout son poids sur lui, son visage contre son cou brûlant, il prit soudain conscience de quelque chose de dérangeant.

Faire l'amour avec elle était tout simplement extraordinaire. Plus exaltant que ce qu'il avait connu jusqu'à présent. Mais c'était la personnalité de cette femme qui le chamboulait tout entier. Son humour, sa générosité, sa… Tout. Et il était temps qu'il arrête de se raconter des histoires.

Il était dingue amoureux d'elle.

19

— Oh ! C'est pas vrai ! pesta Harper en se retenant de lancer à travers la pièce n'importe quel objet qui lui tomberait sous la main quand elle entendit le répondeur de sa mère se déclencher.

La fois précédente, c'était Kimberly, la secrétaire, qui avait fait barrage avec une excuse vaseuse.

— C'est le dernier message que je te laisse, maman, dit-elle après le bip avec une politesse contrainte. J'en ai assez que tu me mènes en bateau. Si je n'ai pas de nouvelles de toi d'ici demain midi, j'informe moi-même les Cèdres de…

— Certainement pas ! décréta sa mère.

— Je n'y crois pas ! Tu écoutais ? Depuis quand la noble Gina Summerville-Hardin se cache-t-elle derrière sa secrétaire et son répondeur ?

Sa mère ne se laissa pas distraire de son objectif par cette pique.

— Tu ne diras rien aux Cèdres, Harper. Nous devons respecter la procédure établie pour notifier aux candidats…

— Une procédure qui inclut *l'obligation* d'informer le béné-ficiaire dans un délai convenable une fois que j'ai donné le feu vert, la coupa sèchement Harper. C'est toi qui as enfreint de façon flagrante et inexplicable les règles de la fondation, maman. Pas moi. C'est exaspérant et cruel surtout. Tu… tu me fais honte.

Elle ne comprenait pas l'attitude de sa mère mais, plus que tout, elle était déçue. Par sa mère qu'elle aimait !

Elle en suffoquait presque.

— Harper ! Tu…

— Ces gens gèrent un établissement formidable, d'utilité publique, avec trois fois rien. Je suis sûre qu'ils ne disposent pas de visibilité au-delà de trois mois. Six à tout casser. Après, personne ne sait s'ils auront ou non les moyens de poursuivre leur action. J'ai vu les résultats qu'ils obtiennent avec les jeunes à la dérive et je ne comprends vraiment pas pourquoi tu les fais attendre comme ça. Mais c'est terminé maintenant, Gina.

Jamais auparavant elle n'avait appelé sa mère par son prénom mais à cet instant précis elle se sentait tout simplement incapable d'assumer son lien de parenté avec elle.

— Soit tu les informes soit c'est moi qui le fais.

— Ecoute-moi, ma chérie…

— Non ! Je suis folle de rage contre toi. Si mon style de vie te pose un problème, bien qu'à mon âge j'estime que cela ne te regarde pas, eh bien règle-le *avec moi* ! Ne te venge pas sur une pauvre association méritante, dirigée par des gens honnêtes qui se démènent vingt-quatre heures sur vingt-quatre pour la faire fonctionner !

— S'il te plaît, Poussinette. Laisse-moi t'expl…

Harper fit semblant de n'avoir entendu ni le ton suppliant de sa mère ni le surnom affectueux qu'elle avait utilisé et poursuivit :

— Comme je ne souhaite pas couper les ponts avec toi, je préfère raccrocher avant de dire quelque chose d'irréparable. Mais pour l'amour de Dieu, Gina, fais ce qu'il faut.

Après avoir mis sa menace à exécution, elle demeura hébétée, le souffle court, à regarder le mur d'un œil hagard. Puis, brusquement, saisie d'une fureur irrépressible, elle lança son téléphone vers le canapé avec une telle force qu'il rebondit vers elle. Elle réussit à l'attraper avant qu'il ne se fracasse par terre et le serra contre son ventre.

— Merde ! murmura-t-elle entre ses dents. Merde, merde et merde !

Elle s'était déjà disputée avec sa mère, par le passé. Souvent même. Mais aucune commune mesure avec aujourd'hui.

Comme si cette altercation était celle de trop. Celle qui portait le coup de grâce à leur relation.

— Officiellement, elle s'appelle Harper Louisa Summerville-Hardin, déclara à l'autre bout du fil la voix bourrue de Kev

Conley, un ancien camarade marine de Max. Mais apparemment elle n'utilise que « Summerville ». Pas uniquement pour son contrat actuel dans ton bled. Tout le temps. Rien de répréhensible à signaler sur elle. Elle n'a jamais été arrêtée et n'a jamais eu d'ennuis particuliers. Elle a juste écopé de quelques amendes pour excès de vitesse, mais elle les a payées sans histoire.

Très bien. Bonne nouvelle.

Max ramassa le pinceau avec lequel il était en train de terminer les bordures sur le mur extérieur de sa maison quand son téléphone avait sonné, puis posa la vraie question qui le taraudait :

— Elle a quelqu'un dans sa vie ?

— Non. Elle semble ne s'être engagée dans aucune relation sérieuse depuis la fac.

De soulagement, ses épaules s'affaissèrent.

Il entendit le bruit des feuilles que son copain tournait.

— Elle voyage beaucoup et a eu un tas de petits boulots, poursuivit Kev.

— Oui, je sais ça.

— Elle touche aussi un salaire d'une fondation appelée Sunday's Child. Elle a exercé plusieurs de ses emplois temporaires auprès d'œuvres financées par la fondation.

Le pinceau de Max dérapa sur l'étroite bande qu'il était en train de peindre autour de la fenêtre, maculant d'une traînée noire le « huître fumée » des clins, une couleur neutre mais chaude qu'il avait choisie avec Jake. Il posa son outil pour essuyer la tache avec un chiffon humide qu'il avait préparé en prévision de ce genre d'accident tout en s'efforçant d'ignorer la giclée d'acide qui lui brûlait l'estomac.

— Ça, en revanche, je ne le savais pas, marmonna-t-il.

— Et c'est important ?

— Peut-être, oui. Le foyer pour garçons à problèmes dans lequel j'interviens comme bénévole a déposé un dossier de demande de subvention auprès de Sunday's Child.

— Ah ! Je vois. J'ai l'impression qu'une petite explication en tête à tête avec la demoiselle s'impose, non ?

— Elle me paraît inévitable, en effet.

Mais il ne se précipita pas pour appeler Harper après sa conversation avec Kev. Il reprit sa peinture avec la ferme intention de ne pas se laisser distraire de sa tâche par ce qu'il venait d'apprendre.

Plus facile à dire qu'à faire, malheureusement. Car il ne s'agissait pas d'une peccadille. Depuis le départ, Harper les avait roulés dans la farine. Tous. Lui, bien sûr, mais aussi Jake et Jenny, Tasha, Mary-Margaret… Et la liste ne s'arrêtait pas là. Elle avait menti à tous les employés du foyer. Et pire encore, aux gamins ! Comment qualifier autrement le fait de ne révéler à personne le véritable motif de sa venue à Sequim ? Il chercha désespérément une autre explication… mais n'en trouva pas.

Elle avait bel et bien menti.

Peut-être aurait-on pu excuser son silence au début, quand elle ne connaissait personne. Mais aujourd'hui qu'elle était si bien intégrée ? Ou plus précisément qu'elle s'était insinuée dans leurs vies sans aucun scrupule ? Cette femme était une vraie dissimulatrice et elle l'avait baisé dans tous les sens du terme.

Malgré des efforts surhumains pour y résister, cette découverte ravivait toutes les craintes dévastatrices de son enfance : celle de ne pas se montrer à la hauteur, celle de ne compter pour personne.

Furieux, il descendit de son escabeau, emporta son pinceau dans la cuisine, où il le mit dans un sac en plastique qu'il ferma soigneusement avant de le ranger dans le réfrigérateur. Il se lava ensuite les mains et les essuya sur son short.

Elle n'allait pas s'en tirer comme ça !

Il n'était plus un gosse et il avait eu trop de mal à tourner la page de son passé chaotique pour laisser Harper le traiter avec si peu de considération. S'il ne pouvait changer le fait qu'elle lui avait caché la vérité depuis le départ, rien, absolument rien, ne l'empêcherait en revanche de lui faire savoir qu'il l'avait démasquée, décréta-t-il en prenant les clés de son 4x4 dans la poche avant droite de son jean avant de sortir à grandes enjambées rageuses.

Vu son état d'énervement, impossible pour lui de réfléchir posément pour se rappeler l'emploi du temps de Harper aujourd'hui. Mais il avait gardé malgré tout suffisamment de lucidité pour deviner, en découvrant son bungalow vide et sa voiture sur le parking, qu'elle avait dû partir encadrer une activité avec un groupe de clients.

Il l'imagina, souriante, s'amusant avec ses stagiaires…

On pouvait lui reprocher bien des choses mais certainement pas d'être triste et renfrognée ! songea-t-il avec amertume.

Après avoir garé son 4x4 à l'ombre et s'être assuré qu'il n'y avait effectivement personne dans le bungalow, il s'adossa à son véhicule, sur lequel il se mit à pianoter nerveusement, un regard furieux braqué sur la forêt, en essayant de se vider l'esprit.

En vain.

Il se donna encore un quart d'heure. Si Harper n'arrivait pas, il irait tuer le temps à L'Ancre marine. Il avait une envie inhabituelle de se jeter quelques bières derrière la cravate. Et peut-être même plus que quelques-unes. Malheureusement, il était de service ce soir. Il devrait se contenter d'une seule petite bouteille.

Mais pourquoi ne pas se prévoir un pack de six pour son retour ?

Entendant une porte claquer de l'autre côté de la maison de Harper, il se laissa glisser du capot où il avait fini par grimper. Il respira à fond, lentement, tentant de dominer la colère qui grondait en lui et risquait de tout emporter sur son passage.

Allons, shérif ! Un professionnel comme toi ne se laisse pas déborder par ses émotions !

Mais elles revenaient à la charge. Le harcelaient.

Il contourna la maisonnette de Harper…

La porte d'entrée était ouverte.

Il s'arrêta, le temps de reprendre ses esprits.

Pas de violence, mon vieux ! Tu n'es pas un homme des cavernes. Tu ne dois en aucun cas perdre ton calme.

Il fit rouler ses épaules pour en dissiper la tension. Secoua les mains. Fit craquer ses doigts. Prit une profonde inspiration et n'expira très lentement qu'au bout de plusieurs secondes.

— Reste zen, s'ordonna-t-il une nouvelle fois alors qu'il montait les marches de la terrasse. Quoi que tu fasses, quoi qu'il arrive, reste zen.

Il aperçut Harper par la porte moustiquaire. Elle lui tournait le dos et, penchée sur le canapé, fouillait dans une pile de dossiers.

Au lieu de se glacer dans ses veines, son sang se mit à bouillonner et son cœur à cogner dans sa poitrine.

Il n'aurait jamais dû venir.

Il ferait mieux de filer d'ici pendant qu'il était encore temps.

En se reculant, il heurta un des fauteuils à bascule.

Harper se retourna en essayant de voir à travers la moustiquaire ce qui avait causé le bruit… et soudain, son visage s'illumina de ce sourire qui dévoilait ses dents éclatantes, qui transformait ses yeux en deux croissants de lumière.

— Max ! Quelle bonne surprise ! Je ne t'attendais pas.

Comment était-il possible de ressentir simultanément deux émotions aussi diamétralement opposées ? se demanda-t-il, à la fois transporté de bonheur et furieux de l'accueil chaleureux de Harper.

Il ouvrit la porte moustiquaire et entra.

— Moi aussi je viens d'avoir droit à une surprise.

— Ah oui ? demanda-t-elle en s'avançant d'un pas. Une bonne ?

— Pas vraiment.

— Ah zut ! Laquelle ?

— J'ai reçu les conclusions de l'enquête que j'avais demandé qu'on mène sur toi et apparemment…

— Pardon ?

Le regard de Harper devint soudain glacial entre ses paupières à présent plissées.

— Tu as fait enquêter sur moi ?

— Oui. Et tu veux savoir ce que j'ai appris ?

— Comme c'est de moi qu'il s'agit, je le sais probablement mieux que personne, rétorqua-t-elle sèchement. Et je dois avouer que je ne t'aurais jamais cru capable d'user du pouvoir que te confèrent tes fonctions de shérif adjoint pour…

— Bon sang ! Tu ne manques pas de toupet de retourner la situation comme si c'était moi qui t'avais trompée. Alors sache que je n'ai pas mis le commissariat dans le coup. J'ai fait appel à un vieux pote à moi que j'ai connu chez les marines. Il travaillait pour un détective privé avant de s'enrôler dans…

— Mais pourquoi ?

— Parce que mon instinct de flic me disait que quelque chose clochait dans ton histoire. Certaines attitudes chez toi m'ont mis la puce à l'oreille.

— Lesquelles ?

Elle le regardait comme s'il venait de s'échapper d'un asile de fous.

— Eh bien, regardons les faits. Et d'une, tu raccroches en

plein milieu de la conversation chaque fois que je rentre dans la pièce où tu téléphones.

— Je parlais à ma mère !

Les arguments logiques, bien structurés, qu'il avait préparés s'envolèrent en fumée. Puisque Harper semblait avoir compris ce qu'il avait découvert sur elle, inutile de faire dans la dentelle.

— Tu as menti à tout le monde ici, poursuivit-il.

— Parce que je me suis aperçue, comme mon père avant moi, que les associations caritatives que je suis chargée d'évaluer se comportent différemment avec Harper Summerville-Hardin de la fondation Sunday's Child et avec la petite Harper Summerville. Et du coup, ça prend plus longtemps à la première de différencier les œuvres qui font un vrai boulot de celles qui se bornent à jeter de la poudre aux yeux. Et si je raccrochais chaque fois que tu entrais dans la pièce, c'est uniquement parce que j'ai donné mon accord pour la subvention aux Cèdres dès le soir du match de base-ball avec les ados et que, pour une raison que j'ignore, ma mère traîne des pieds pour en informer Mary-Margaret. Je ne me sentais pas en droit de te l'annoncer tant que ce n'était pas officiel. Ni d'en discuter avec ma mère quand tu étais à côté de moi.

Elle lui enfonça son index dans la poitrine avant d'ajouter :

— Mais tu sais quoi ? Si tu trouvais ma conduite suspecte, pourquoi ne m'as-tu pas tout bonnement demandé des explications ? J'aurais vraisemblablement enfreint la règle tacitement admise à Sunday's Child pour éclairer ta lanterne.

— Vraisemblablement... ou pas.

— Tu ne le sauras jamais, n'est-ce pas ?

Elle laissa échapper un rire plein d'aigreur.

— De toute façon tu aurais pu t'épargner ces recherches sur mon passé ô combien louche. J'ai crevé l'abcès avec ma mère ce matin justement. Je l'ai prévenue que j'annoncerais la nouvelle à Mary-Margaret, et à toi, Jake et Jenny, Tasha et à tous ceux que ça intéresse, si elle ne se bougeait pas et ne prenait pas elle-même les devants d'ici à demain midi.

Brusquement elle s'arrêta et se recula.

— Mais pourquoi est-ce que je me justifie ? En fait, va te faire foutre, Bradshaw. Je n'ai violé aucune loi, je n'ai escroqué personne. J'ai simplement fait mon boulot exactement de la même manière qu'avec toutes les autres associations candidates à une aide financière. Je ne te dois aucune explication.

Max se frotta la poitrine pour dissiper la douleur apparue soudain… Hélas, elle était trop profonde pour céder à un simple massage.

— En effet, dit-il avec une extrême raideur. De toute évidence, je n'ai jamais rien représenté pour vous, mademoiselle Summerville-Hardin. Donc, vous avez raison, vous ne me devez absolument rien.

Elle s'approcha de lui.

— Tu crois… tu crois vraiment que… ?

Sans finir sa phrase, elle se redressa d'un coup, bras tendu, index pointé vers la porte.

— Fiche le camp !

— Avec plaisir. Mais avant…

Il l'attira brutalement vers lui et l'embrassa avec une passion féroce avant de la relâcher et de se reculer loin d'elle en s'essuyant la bouche du dos de sa main comme pour effacer son goût ensorcelant.

— Tu as été un bon plan cul. Merci.

Il regretta cette pique d'horriblement mauvais goût alors qu'il sortait à grandes enjambées et grimaça en entendant le « Mufle ! » outré que Harper lui lança… et qu'il méritait.

Mais elle lui avait déchiré le cœur. Alors elle pouvait toujours courir pour qu'il retourne s'excuser !

20

— Mufle ! Mufle ! Mufle !

Harper arracha de son pied son chausson de kayak en néoprène et le jeta à travers la pièce de toutes ses forces. Deuxième fois de la journée qu'elle se défoulait de cette façon.

Mais lancer un petit bout de caoutchouc relié à quelques grammes de tissu s'avéra un exutoire totalement inefficace. Même si le bottillon avait frappé Max à la tête au lieu de rebondir mollement sur le chambranle de la porte avant d'atterrir par terre, il n'aurait causé aucun dommage. Elle alla le ramasser et se rechaussa. Alors, histoire d'évacuer quand même une partie de sa rage autrement qu'en hurlant sa fureur et sa frustration, elle claqua violemment la porte, une première fois, puis une seconde pour faire bonne mesure.

Il avait enquêté sur elle ! Elle n'en revenait toujours pas. En fulminant, elle ramassa les dossiers qu'elle triait à l'arrivée de Max. Elle avait reçu la nouvelle comme un coup de batte en pleine figure. Dire qu'elle avait cru qu'il s'intéressait à elle, et pas seulement pour le sexe ! En fait, il avait demandé à son vieux pote ex-détective privé de faire des recherches sur elle ! Parce qu'il avait trouvé son comportement *louche* !

C'est vrai, elle le reconnaissait, elle avait manqué de franchise. Mais elle avait prévu de lui avouer sa véritable identité ! Ce n'était vraiment pas juste.

Et tout cela à cause de sa mère. Si seulement cette dernière avait annoncé dans des délais normaux à Mary-Margaret l'attribution de la subvention, elle aurait parlé à Max depuis longtemps !

— N'importe quoi, murmura-t-elle en posant de nouveau la

pile de dossiers sur le canapé. Mais tu t'entends, ma pauvre fille ? *C'est pas ma faute, c'est la faute à ma mère.*

Pitoyable !

— Va te faire foutre, Bradshaw. Je ne te dois aucune explication !

Etait-ce bien elle qui avait prononcé ces mots ? Alors qu'elle lui avait caché son rôle ? Alors qu'elle s'était effectivement comportée bizarrement quand il l'avait surprise au téléphone avec sa mère, tiraillée comme elle l'avait été entre ce que sa conscience lui dictait, tout lui raconter, et la règle qu'on lui avait appris à respecter, se taire ? Pour couronner le tout, elle avait couché avec lui et lui avait sans nul doute donné l'impression — à en juger par sa colère — qu'il ne la laissait pas indifférente. Ce qui, si elle se fiait à cette espèce de nausée qui lui chavirait le ventre au souvenir des amabilités qu'ils s'étaient jetées à la figure, était la stricte vérité.

Donc, oui. Elle lui avait réellement dit qu'elle ne lui devait rien parce qu'il ne lui avait pas accordé une confiance aveugle. A elle pourtant si sincère, si honnête…

Elle grimaça.

Malgré tout, elle ne s'était rendue coupable de rien de vraiment répréhensible. Et elle était parfaitement décidée à lui en vouloir de sa remarque grossière ainsi que des recherches qu'il avait entreprises sur son passé. D'habitude, on enquêtait sur un criminel plutôt que sur une femme qui vous plaisait suffisamment pour lui faire l'amour, non ?

Cela dit…

Elle eut un pincement au cœur à la pensée de ce qui lui avait valu la colère de Max. Parce qu'elle le connaissait suffisamment à présent pour savoir combien il avait souffert de ne pas compter pour les autres et pour son père en particulier. Dans ces conditions, il était normal qu'il ait été profondément blessé en croyant comprendre que pour elle non plus il n'avait pas compté.

Conclusion : malgré ses beaux discours, elle lui devait bel et bien une explication. Et des excuses.

Et autant s'en débarrasser le plus vite possible. Elle avait prévu de boucler l'organisation des Journées de Sequim cet après-midi mais savait que jamais elle ne parviendrait à se concentrer tant qu'elle n'aurait pas soulagé sa conscience en s'excusant.

Une demi-heure plus tard, elle s'avouait vaincue. Max n'était pas chez lui et elle n'avait pas vu son 4x4 sur le parking entre la maison de Jake et celle de Jenny quand elle était passée devant en sortant du village de vacances. Il n'avait pas rendu visite à son frère et pour autant qu'elle le sache il n'était pas au poste de police puisqu'il ne prenait pas son service avant le soir.

Que faire ? Elle pourrait rentrer chez elle et travailler. Sauf qu'elle ne tenait pas plus en place que tout à l'heure et était toujours incapable de focaliser son attention sur quoi que ce soit.

Plutôt aller aux Cèdres. Si sa mère n'avait toujours pas pris contact avec la directrice à propos de la subvention, elle se chargerait elle-même de la commission. Et comme elle devait aussi à Mary-Margaret de s'expliquer sur sa véritable identité, autant désamorcer le plus vite possible cette autre bombe.

Alors qu'elle s'engageait sur le parking des Cèdres, elle s'aperçut qu'elle avait secrètement espéré y trouver le 4x4 de Max. Un espoir hélas déçu ! La chance ne l'avait pas totalement désertée cependant car, en arrivant dans les locaux de l'administration, elle aperçut Mary-Margaret par la porte ouverte de son bureau.

— Vous avez une minute ? demanda Harper du seuil de la pièce.

— Harper ! s'écria Mary-Margaret avec un grand sourire. Bien sûr ! Entrez ! Posez par terre ce qui encombre le fauteuil et asseyez-vous. J'ai reçu une excellente nouvelle aujourd'hui. Sunday's Child a accepté notre demande de subvention !

Harper se sentit aussitôt plus légère. Cela lui enlevait une épine du pied, mais une seule, malheureusement.

— A ce propos, il faut que je vous dise…

— Votre mère m'a expliqué que vous aviez donné votre feu vert il y a quelques semaines et qu'elle vous avait interdit de révéler que vous étiez déléguée par Sunday's Child avant qu'elle ne nous contacte, elle.

— Vraiment ? Je vous en supplie, Mary-Margaret, croyez-moi, je n'essayais pas de tromper qui que ce soit.

— Loin de moi pareille pensée, voyons ! D'après votre mère, votre inspection ne dure habituellement qu'une semaine au maximum. Je suis ravie que vous ayez continué ici comme bénévole même après avoir remis vos conclusions à la fondation. Et que, par-dessus le marché, vous nous ayez donné toutes ces idées pour améliorer l'efficacité de la collecte de fonds.

— J'adore ce foyer, vous savez. Tout le monde ici fait un travail formidable avec les adolescents. Je suis seulement désolée que ma mère ait mis autant de temps à vous annoncer que nous allions vous aider. En général…

— Ce n'est vraiment pas grave, Harper. Elle m'a exposé les raisons pour lesquelles elle a autant traîné…

Harper dressa l'oreille. Il y avait donc des raisons ? Mary-Margaret en savait plus qu'elle.

— … et je comprends tout à fait son raisonnement, conclut cette dernière avec un grand sourire.

Harper aurait donné cher pour savoir comment sa mère avait présenté la situation. Incroyable d'ailleurs qu'elle se soit ainsi confiée à Mary-Margaret ! Non qu'elle manque d'amabilité mais, en bonne professionnelle, elle gardait une certaine réserve.

Mais peu importait ! Elle s'était *enfin* acquittée de sa mission. Voilà ce qui comptait.

— Cela dit, poursuivit la directrice, je dois avouer que c'est la première fois depuis des mois que je respire un peu.

Elle rit doucement en secouant la tête.

— Qu'est-ce que je raconte ? Depuis des *années* !

Quand Harper prit congé, elle se sentait plus sereine. Peut-être réussirait-elle à abattre un peu de travail aujourd'hui, finalement ?

Mais, en passant devant L'Ancre marine sur la route des Deux-Frères, elle aperçut le 4x4 de Max garé sur le parking. Le cœur battant, elle se gara.

Quelques instants plus tard, une fois que ses yeux se furent accoutumés à la pénombre du bar, elle parcourut la salle du regard depuis le seuil.

Pas de Max en vue. Ni à une table. Ni au comptoir.

Et zut !

Peut-être avait-il pris rendez-vous avec un des médecins du centre médical situé juste à côté de L'Ancre marine ?

Mais soudain un mouvement au fond de la salle, juste derrière le premier groupe de tables, capta son attention…

Une fléchette à la main, Max était en train de viser la cible. Il lui apparut exactement comme le jour de leur première rencontre : grand, baraqué, sérieux. Et son cœur se mit à battre au même rythme effréné que ce jour-là.

Elle zigzagua vers lui entre les tables, ne le quittant des yeux que pour s'assurer qu'elle ne risquait pas de trébucher sur une chaise ou un obstacle quelconque.

Alors qu'il reculait après avoir lancé sa fléchette, elle découvrit la femme qu'il avait involontairement cachée : une minuscule blonde à l'opulente poitrine qui lui souriait, et se pencha vers lui, plaquant un de ses seins plantureux sur son avant-bras nu.

Harper s'arrêta net.

Et merde ! Elle n'avait pas un instant imaginé ce genre de scénario. Et elle n'avait pas la moindre idée de ce qu'elle devait faire.

Si ! Bien sûr ! Elle devait déguerpir. Sur-le-champ.

Mais de même que Max avait attiré son attention en bougeant, elle avait probablement attiré la sienne en s'arrêtant brutalement, car il tourna la tête...

Il la traversa alors d'un regard sans aucune émotion, comme s'il ne la connaissait pas.

Et ne souhaitait pas la connaître.

Quelque chose se brisa en elle dans une déferlante de colère et de douleur. Mais cette fois elle ne disjoncterait pas, se promit-elle avec détermination en relevant le menton et en se forçant à le regarder droit dans les yeux. Cette fois, elle resterait digne, quoi qu'il arrive.

Pourquoi n'était-elle pas partie en courant avant qu'il ne la voie ? Trop tard à présent ! Pas d'autre solution que de foncer.

— Excuse-moi d'interrompre ta partie, dit-elle posément après avoir pris une discrète inspiration, mais est-ce que je pourrais te parler ?

— Je t'écoute.

Elle se raidit mais réussit à rester maîtresse d'elle-même.

— Très bien. Tu sais, quand je t'ai dit que je ne te devais rien tout à l'heure... eh bien... j'étais perturbée. J'ai eu tort. En fait, je te dois une explication et quand tu auras un peu de temps à me consacrer, je répondrai avec plaisir à toutes tes questions.

Elle attendit, scrutant ses yeux noirs non sans une certaine inquiétude, mais il demeura impassible.

— Peut-être plus tard, intervint la jeune femme blonde en se suspendant au bras musclé de Max, un de ses seins de nouveau écrasé contre son avant-bras, sa gorge plantureuse débordant de son profond décolleté. Nous sommes occupés, pour l'instant.

Comme Max se taisait, Harper hocha la tête.

— Oui, bien sûr.

Puis, avec un imperceptible haussement d'épaules, elle tourna les talons et s'éloigna.

Elle aurait dû se sentir soulagée d'avoir échappé à une explication pénible. Eh bien pas du tout ! Au lieu de cela, elle bouillait d'une animosité incontrôlable contre la blonde platine à qui elle aurait volontiers arraché les cheveux avant de l'éloigner manu militari de Max.

Mais surtout elle se sentait encore plus démoralisée qu'en partant de chez elle tout à l'heure.

— J'ai cru qu'elle ne s'en irait jamais.

Comme si quelqu'un avait brusquement crevé la bulle dans laquelle il était retenu prisonnier, Max émergea de sa paralysie et regarda Rachel, qui s'accrochait à lui depuis tout à l'heure quand il avait commencé à décharger sur le jeu sa colère contre Harper.

Rachel lui tendit une fléchette avec un sourire enjôleur.

— Tu en as mis deux en plein dans le mille. Voilà la dernière, celle qui fait passer de la cour des petits garçons à celle des grands.

Il prit machinalement la fléchette, l'esprit occupé non par son tir mais par Harper.

Pourquoi avait-il fallu qu'elle débarque ici, calme, raisonnable, prête à faire amende honorable ? L'espace d'un instant, après avoir récupéré du choc de la voir traverser le bar vers lui, il s'était félicité qu'elle le surprenne en compagnie d'une femme, avec qui il avait d'ailleurs envisagé de passer la nuit pour effacer de son esprit celle qu'il désirait réellement.

Mais quand le regard de Harper s'était posé sur le sein que Rachel pressait contre son bras, il n'avait eu qu'une envie : s'éloigner de sa conquête d'un soir. Et il avait su alors avec certitude qu'il ne coucherait pas avec elle.

Et pourtant, il était resté là, tétanisé, frappé de mutisme. Comme lorsqu'il était gamin et que sa mère lui rebattait les oreilles de l'injustice de leur sort. Les trois quarts du temps, il aurait voulu lui dire de se taire. De tourner la page. Mais chaque fois il s'était révélé incapable de proférer le moindre son.

Secoue-toi, Bradshaw ! Ça fait des années que ce petit garçon a disparu.

Il lança sa fléchette sans prendre le temps de bien viser et manqua le centre de la cible.

— Eh bien, on dirait que je vais continuer à jouer dans la cour des petits.

Il s'écarta de Rachel.

— Bon, il faut que j'y aille.

Sourd aux protestations de la jeune femme, il traversa la salle en accélérant le pas, si bien qu'il courait quasiment en atteignant la porte d'entrée et la rue ensoleillée.

Ne voyant la voiture de Harper nulle part, il contourna le bâtiment de L'Ancre marine vers le parking.

Rien là non plus.

— Merde !

Pourquoi ne pas l'appeler, tout simplement ? se demanda-t-il en regagnant son 4x4. Non. Mieux valait d'abord passer chez elle. Avec un peu de chance…

Effectivement, sa voiture était derrière son bungalow, constata-t-il, cinq minutes plus tard, avant d'aller se garer à côté d'elle.

De la terrasse, il l'aperçut dans pratiquement la même position que la dernière fois qu'il était venu.

— Déjà-vu, murmura-t-il en explusant doucement l'air qu'il avait inconsciemment retenu dans ses poumons.

Elle avait dû l'entendre car elle jeta un coup d'œil par-dessus son épaule…

Elle se releva lentement et se tourna pour lui faire face.

— Je peux entrer ?

— Oui. Bien sûr.

Les mains dans les poches de son corsaire, elle le regarda franchir la porte moustiquaire.

222

— Tu veux boire quelque chose ?

— Non, merci. Je suis juste venu chercher cette explication que tu veux me donner.

Elle se recroquevilla un instant, mais si brièvement que, s'il n'avait pas été formé à prêter attention au langage du corps, il aurait peut-être cru à l'indifférence qu'elle affichait.

Elle croisa son regard avec un calme imperturbable.

— Moi, je vais me servir un verre de vin, dit-elle. Mais je t'en prie, mets-toi à l'aise.

Que de manières, pour une femme habituellement si directe ! songea-t-il en s'efforçant de ne pas en être affecté.

A peine assis sur le canapé, il dut se relever à moitié pour retirer de dessous sa fesse droite un dossier, qu'il posa avec les autres sur le coussin à côté de lui.

Quand elle revint avec son verre de vin, elle s'installa sur la table basse devant lui, le dernier endroit où il s'était attendu à la voir prendre place. Il écarta vivement ses genoux pour éviter tout contact puis s'immobilisa en se reprochant de se trahir par ses gestes lui aussi. Mais avait-elle remarqué quoi que ce soit ? Impossible à dire.

Après avoir pris une gorgée de vin, elle l'observa un instant avant de se lancer.

— Tout à l'heure, après t'avoir cherché un moment en vain, commença-t-elle d'une voix à peine audible, en désespoir de cause je suis allée au foyer pour parler avec Mary-Margaret. Ma mère l'a enfin informée que la subvention était accordée.

Il croisa ses bras sur sa poitrine.

— Tant mieux.

— Mais ce n'est pas cela qui t'intéresse.

— Si. C'est une bonne nouvelle.

Il décroisa les bras, les laissa pendre le long de son corps puis, ne sachant quoi faire de ses mains, les posa sur ses cuisses.

— Aucune association ne mérite davantage d'être soutenue financièrement, dit-il.

— Je suis d'accord. Mais je sais aussi que tu n'es pas venu ici pour parler de cela.

Elle prit une autre gorgée, posa son verre, inspira profondément et planta ses yeux dans les siens.

Il en fut sur-le-champ électrisé. Dans le bar, il avait réussi à ne rien manifester, mais plus il restait près d'elle, plus il lui devenait difficile de contrôler ses émotions.

— Quand je suis arrivée ici, je n'imaginais pas que je serais amenée à occuper une telle place dans la vie des autres, reprit-elle de sa voix grave de contralto. Ni dans la tienne, ni dans celle de Jenny ou de Jake, ou dans celle de Tasha. La plupart des associations caritatives que j'évalue sont situées en milieu urbain et je ne reste qu'une semaine, au maximum. Je rencontre des gens sympas mais avec qui je noue des relations superficielles. Rien à voir avec ce qui m'est arrivé avec vous tous.

Elle détourna les yeux quelques secondes et poursuivit :

— Je n'étais pas prête pour toi. A des tas de niveaux. Tu te rappelles la fois où nous nous sommes vus à l'exposition photographique en l'honneur de Jake Bradshaw ?

Il hocha sèchement la tête.

S'il s'en souvenait ! Elle lui était apparue si incroyablement majestueuse. Une reine ! Il avait été instantanément conquis, mais en même temps si impressionné qu'il en avait perdu l'usage de la parole.

— J'ai toujours été quelqu'un de plutôt tactile, expliqua-t-elle. Mon père me taquinait en disant que contrairement à la plupart des gens je communiquais davantage par le toucher que par la parole. Tu ne te rappelles probablement pas que je t'ai tapoté le bras…

— Si, la coupa-t-il d'un ton bourru.

Comme s'il avait oublié un seul moment partagé avec elle !

— Eh bien…

Elle se passa la langue sur les lèvres.

— … c'était comme si j'avais posé ma main sur une plaque électrique que je croyais éteinte et qui, en fait, chauffait à pleine puissance.

Elle secoua la tête et laissa échapper un petit rire.

— Non. En fait, c'était plutôt comme si j'avais touché un câble sous tension, précisa-t-elle. J'ai senti le courant se diffuser dans tout mon corps.

Elle le vrilla du regard.

— Et je le sens toujours.

Il changea légèrement de position.

— J'éprouve quelque chose pour toi, Max. Quelque chose de très fort. Je ne crois pas être encore capable de préciser quoi exactement, mais quelque chose, ça, c'est sûr. Max, j'ai suivi la même procédure que celle que j'applique depuis que j'ai remplacé mon père à ce poste à Sunday's Child, après sa mort. Elle a été mise en place quand mes parents ont créé la fondation et elle n'avait posé aucun problème jusqu'à présent. Donc, même si je me plais à penser que j'aurais procédé différemment si j'avais deviné ce qui se passerait entre nous, honnêtement, je ne sais pas si je l'aurais fait. C'est comme ça que mon père concevait les choses.

— Et tu étais la petite fille à son papa.

— Oui.

Elle tendit la main vers lui puis se ravisa.

— Je n'avais aucune idée derrière la tête quand j'ai couché avec toi, Max. Crois au moins ça.

— Je sais.

Il laissa échapper un profond soupir. La muraille qu'il avait dressée autour de lui en apprenant le véritable rôle de Harper commençait à se fissurer.

— Je le savais déjà quand je t'ai lancé cette pique débile sur le fait que tu avais été un bon plan cul, précisa-t-il. Je m'en veux. C'était dégueulasse. Odieux. Grossier. J'ai honte. Je cherchais à te blesser pour te rendre la monnaie de ta pièce. Pardonne-moi.

— Ce n'est pas grave.

— Si.

— Tu as raison. C'est grave. C'était une remarque abominable.

— Ma seule excuse est que je me sentais trahi. Mais je n'aurais pas dû supposer le pire tout de suite. Tu as fait pour moi ce que jamais personne n'avait fait. Tu m'as montré comment changer mon régime alimentaire. Tu t'es décarcassée pour m'organiser une fête d'anniversaire. Mais surtout, grâce à toi, je me sens appartenir à une communauté. Beaucoup plus qu'avant. Alors, peut-être que…

Il hésita un instant…

— Peut-être que nous devrions voir où ce truc entre nous nous mène, suggéra-t-il. Faire une sortie ensemble, peut-être ?

Il se redressa. Incroyable ! Jusqu'à ce qu'il formule cette proposition, il ne lui était jamais venu à l'esprit qu'ils avaient organisé ensemble des activités pour les gamins des Cèdres, qu'ils s'étaient livrés à de sacrées parties de jambes en l'air, mais qu'ils n'étaient jamais sortis tout simplement en amoureux.

— Bonne idée. Mais il y a autre chose que je dois te dire.

— Tu ne vas pas m'annoncer que tu es mariée, au moins ?

— Non, répondit-elle avec un rire très doux. Tu sais, cette théorie de mon père selon laquelle on meurt quand on arrête de bouger ? Bien sûr que c'est de la superstition. Il n'empêche que j'y crois, et c'est cette perspective de ne plus voyager régulièrement qui me met en panique chaque fois que je veux m'engager avec toi.

Il fronça les sourcils.

— Mais pourquoi ?

— Parce que de toute évidence tu es bien implanté à Sequim. Et je…

Elle le regarda d'un air désolé.

— Max, je suis une vadrouilleuse dans l'âme.

— Ecoute, nous ne parlons pas mariage pour le moment. Alors pourquoi ne pas juste voir au jour le jour où tout cela nous mène ?

Malgré tout, un doute le taraudait.

Une femme qui avait la bougeotte ? Voilà qui l'éloignait de son rêve de toujours de mener une petite vie tranquille dans un décor d'image d'Epinal.

21

Comment Tasha avait-elle réussi à la repérer dans le tohu-bohu de sa pizzeria ? se demanda Harper, d'autant plus sidérée que son amie avait interrompu son ballet effréné mais néanmoins gracieux entre le comptoir des commandes et ses fours en brique pour venir la voir, un grand sourire aux lèvres.

— Salut, ma grande ! Encore cinq minutes avant que ta pizza soit prête.

— Pas de souci. On m'avait dit vingt minutes au téléphone, mais je suis venue en avance histoire de traîner un peu ici.

Elle s'écarta pour laisser passer une mère de famille aux abois qui essayait de garder sa place dans la file tout en empêchant ses deux petits diables de courir partout.

— Je n'imaginais pas que ce serait la folie à ce point, fit-elle remarquer.

— Première soirée du long week-end de Labor Day, qui coïncide en plus avec les Journées de Sequim, ma grande. Et ce n'est que le début ! Ça va devenir de plus en plus dingue.

— Comment il s'en sort, Jeremy ? s'enquit Harper en désignant l'adolescent du foyer que Max avait recommandé à Tasha comme aide-serveur après l'école.

— Très bien. C'est un beau gaillard et je craignais qu'il ne passe son temps à draguer les filles, qui d'ailleurs n'y verraient certainement aucun inconvénient. Mais il garde les yeux baissés et fait son boulot.

— Tant mieux. Ecoute, poursuivit Harper après une petite hésitation, je veux encore m'excuser pour…

— Harper. Ma chérie. Laisse tomber. Tu m'as présenté tes

excuses. Je les ai acceptées. Tu serais venue à Sequim pour me voler ma recette de sauce pour pizza, je pense que je t'en voudrais un peu…, plaisanta Tasha. Mais ce n'est pas le cas.

— Jenny et toi, vous êtes incontestablement plus indulgentes que Max ne l'a été au départ.

— Que veux-tu ! Jenny et moi nous ne dansons pas le cha-cha-cha au lit avec toi ! répliqua Tasha en riant. Les parties de jambes en l'air endiablées, ça modifie les règles.

— Ça, je l'ai appris à mes dépens !

— Ah ! Voilà ta commande. Merci, Tiff.

Tasha vérifia que la pile de boîtes de pizzas que son employée lui remit correspondait à ce qu'avait commandé Harper.

— Tiffany a ajouté le montant sur le compte des Deux-Frères. Tu peux y aller. Viens, je vais t'aider à porter tout ça jusqu'à ta voiture.

— Laisse ! Tu ne sais déjà plus où donner de la tête.

— Ça sera l'occasion de prendre un peu l'air. Au fait, est-ce que je t'ai dit que j'ai trouvé un locataire pour mon appartement ?

— Non. Tu dois être drôlement soulagée, toi qui t'inquiétais à l'idée de ne plus toucher de loyer, dit Harper en tenant la porte ouverte pour son amie.

— Oui ! C'est Will, mon ancien locataire, qui l'a trouvé.

— Sympa !

— Tu parles ! C'est un certain Luke… euh… Je ne connais pas son nom de famille. J'ai juste inscrit le prix et la date sur un contrat standard et laissé Will remplir le reste. Je verrai ça quand il me le renverra. De toute façon, ce doit être quelqu'un de sérieux. C'était le colocataire de Will à l'université. Apparemment, il a quitté un poste dans la fonction publique pour renouer avec de la famille qu'il a dans la région.

— Et s'il ressemble un tant soit peu à Will…

— Absolument. S'il ressemble un tant soit peu à Will, il sera un successeur idéal. De toute façon, ce n'est qu'un bail de quatre-vingt-dix jours.

— Et cela ne t'embête pas ?

— J'aurais préféré signer pour plus longtemps, mais ça va quand même me permettre de voir venir jusqu'à la fin de l'année.

La période entre mi-novembre et début janvier est la plus creuse, pour la pizzeria. J'en profiterai pour prospecter pour la suite.

Elle posa son chargement dans la petite malle que Harper avait mise dans son coffre, bloqua les boîtes pour le transport et rabattit le couvercle.

— Alors, tu t'es réconciliée avec Max ? demanda-t-elle en se redressant.

— Oui. Une fois que nous avons mis notre ressentiment de côté, les choses se sont réglées assez rapidement. Il va même me donner un coup de main pour la soirée « Vacances pour les parents » aux Deux-Frères, durant laquelle nous nous chargeons des enfants pour que les parents puissent souffler un peu.

— Pour de bon ? Comment as-tu réussi à le convaincre de participer à une aventure pareille ?

Harper regarda son amie d'un petit air supérieur.

— Tu as devant toi quelqu'un qui sait s'y prendre avec les gens, ma chérie. Quelqu'un d'extrêmement doué dans le domaine des relations humaines.

— Je veux bien te croire, si Max a accepté de venir surveiller une foule grouillante de gamins hurlants !

— Ah non ! J'ai prévu tout un tas d'activités pour occuper tout ce petit monde. Il n'y aura pas de hurlements, ce soir.

Max, entouré d'une nuée de fillettes qui couraient en tous sens en poussant des cris capables de faire exploser toutes les vitres à des kilomètres à la ronde, dut élever la voix pour se faire entendre.

— Comment est-ce que j'ai pu me laisser entraîner dans cette galère ?

— Je sais comment m'y prendre avec… Excuse-moi une minute.

Se reculant d'un pas, Harper fit retentir un sifflet qu'elle portait attaché à un cordon autour de son cou et que Max n'avait pas remarqué. Tous les enfants s'immobilisèrent, tête tournée vers Harper.

— Qui veut de la pizza ? demanda-t-elle.

D'un nouveau coup de sifflet, elle stoppa net les acclamations assourdissantes qui accueillirent sa proposition.

— Regardez autour de vous, les enfants, dit-elle en indiquant d'un geste gracieux la suite qu'elle avait réquisitionnée pour la circonstance.

Elle avait presque murmuré, obligeant la douzaine d'enfants autour d'elle à se taire et à se pencher pour l'entendre.

— Nous parlons avec nos voix d'intérieur parce que ? Parce que… ?

— Nous sommes à l'intérieur ! s'écrièrent quelques gamins plus jeunes, qui n'avaient pas encore compris le message.

— Exactement. Alors mettez-vous en rang. Nous allons vous distribuer à manger. On ne se bouscule pas, les garçons ! ajouta-t-elle à l'adresse de deux préadolescents, qui obtempérèrent aussitôt avec un sourire penaud et se rangèrent calmement.

Décidément, elle savait effectivement très bien s'y prendre avec les enfants, nota Max, admiratif. Et quel que soit leur âge !

Après avoir mangé et joué, ils étaient tous installés devant un dessin animé qui avait recueilli l'unanimité des suffrages, quand le téléphone de Max sonna. Un appel en provenance du bureau du shérif.

— Je reviens, murmura-t-il à l'adresse de Harper. Salut Amy, que se passe-t-il ? demanda-t-il une fois enfermé dans la chambre.

— Un monsieur vient de téléphoner pour avoir ton numéro. C'est à propos de ton père semble-t-il.

L'espace d'un instant, son cerveau s'arrêta de fonctionner.

— Je lui ai dit que je te contacterais et que, si tu voulais lui parler, tu le rappellerais.

— Merci, Amy. Qu'a-t-il donné comme nom ?

— Euh… Le problème est là, Max. Il a dit s'appeler Luke… Bradshaw.

— *Quoi ?*

— Moi aussi, j'en suis restée comme deux ronds de flan. Aurais-tu un oncle ou des cousins dont tu ignorerais l'existence ?

— A ma connaissance, Charlie était fils unique. Comme moi… et comme Jake.

Un rire sardonique lui échappa.

— Mais justement, ça dit tout, reprit-il. Un fils par femme. Pour autant que je sache, nous avons peut-être suffisamment de demi-frères ou sœurs pour constituer une équipe de base-ball. Je suppose qu'il t'a donné son numéro ? ajouta-t-il en prenant dans le tiroir de la table une feuille à en-tête des Deux-Frères et un stylo.

— Oui. Tu as de quoi noter ?

— Oui.

— Son prénom s'écrit L-u-k-e, au fait. Il doit venir d'une ville plus chicos que Sequim.

Après avoir remercié Amy, Max raccrocha et demeura un long moment sans bouger à fixer le numéro — et surtout le nom ! — qui se détachait en noir sur le papier crème. Puis il secoua la tête pour reprendre ses esprits, entra les données dans son portable et appela.

Une seule sonnerie et il entendit une voix presque aussi grave que la sienne :

— Bradshaw à l'appareil.

— Quelle coïncidence ! répliqua Max. C'est aussi Bradshaw à l'appareil.

Il y eut une seconde de silence. Puis :

— Vous êtes Max Bradshaw, shérif adjoint de Sequim ?

— Oui.

— Ah ! Très bien. J'espérais que vous me contacteriez.

— Ma collègue m'a dit que vous téléphoniez au sujet de Charlie Bradshaw. Qui est-il pour vous ?

— Mon père.

— Non !

Connaissant Charlie, il n'aurait pas dû être surpris. Mais quand même…

Sa poitrine se serra douloureusement.

— Vous êtes le dernier ? Ou bien y a-t-il d'autres enfants ?

— Je suis fils unique. Du moins, c'est ce que je croyais.

— Et quel est le numéro d'épouse de votre mère ?

— Elle est numéro 3. Et…

Il toussota et ajouta :

— Pourrions-nous nous voir ? J'ignore si vous savez qu'il existe un Jake Bradshaw, mais…

— Oui, je suis au courant. D'où téléphonez-vous ?

— J'ai pris une chambre à l'hôtel Suites d'Oxford, dans une ville qui s'appelle Silverdale.

— C'est à environ un quart d'heure d'ici. Quand vous arriverez à Sequim, dit Max après avoir brièvement expliqué l'itinéraire, allez à L'Ancre marine. C'est un bar dans Eagle Road, une rue derrière le port, dans ce qui passe pour notre centre-ville. Je vais avertir Jake et nous viendrons tous les deux.

— Lui aussi habite à Sequim ? Le *National Explorer* a refusé de me communiquer ses coordonnées.

— Oui. Il vit ici maintenant.

— OK. On se voit à L'Ancre marine alors.

— Comment je ferai pour vous reconnaître ?

— Je mesure un mètre quatre-vingt-dix, j'ai les cheveux noirs et je porte un maillot rouge et noir.

Un peu hébété, Max retourna dans le salon de la suite et enjamba les gamins allongés par terre jusqu'à arriver dans la ligne de mire de Harper. Du menton, il lui fit signe de le rejoindre dans le couloir.

— Je dois partir, annonça-t-il.

Après une hésitation, il précisa :

— Je viens de recevoir un coup de fil d'un type qui prétend être un autre de mes demi-frères.

Il se frotta la nuque, en plein désarroi.

— Un autre Bradshaw, Harper ! Tu te rends compte ? Quelques rumeurs vaseuses avaient bien circulé au moment où mon père a quitté la ville, selon lesquelles il vivait avec une femme et un petit garçon. Mais personne ne savait si c'était le sien. J'étais à l'école primaire, à cette époque, putain ! Qu'est-ce que je pouvais comprendre ?

— Oh Max ! Ça va ?

— Je n'en sais fichtrement rien ! Pardon ! Oui, ça va. Mais je suis un peu chamboulé.

— On le serait à moins !

— Je vais chercher Jake. J'ai donné rendez-vous à ce type à L'Ancre marine.

Il se passa la main dans les cheveux.

— Bon sang ! Je me demande combien d'autres frères et sœurs j'ai, dans le pays. De toute évidence, mon père n'était pas du genre à s'engager sur le long terme.

— A supposer qu'il ait effectivement essaimé, tu n'as pas d'autre solution que de gérer les situations au coup par coup.

Alors, va chercher Jake et allez faire connaissance avec votre nouveau frère.

— *Demi*-frère.

— C'est comme ça que tu appelais Jake quand nous nous sommes rencontrés, lui fit remarquer Harper avec un petit sourire. Mais ce n'est plus à l'ordre du jour, j'ai l'impression.

C'était vrai qu'il considérait Jake comme un frère à part entière à présent. Malgré tout…

— Jake, je l'ai toujours connu ou presque, se justifia-t-il. D'accord, jusqu'au printemps dernier nous n'étions pas en bons termes. Il n'empêche que nous avons un passé commun. Avec ce type, je ne partage rien.

— Comment s'appelle-t-il ?

— Luke.

— Sérieux ? Tasha m'a dit tout à l'heure qu'elle avait un nouveau locataire, un certain Luke, qui va prendre la succession de Will à partir de la semaine prochaine. En fait, il vient à Sequim pour… Aucune importance ! lança-t-elle en voyant qu'il ne lui prêtait pas la moindre attention. Allez ! Va annoncer la nouvelle à Jake et emmène-le voir Luke. Qui sait ? Vous allez peut-être sympathiser. Mais de toute façon tu dois te poser des tas de questions et brûler de curiosité.

— Ça, c'est sûr ! A tout à l'heure, dit-il en se penchant pour l'embrasser.

— Viens chez moi après. Ou téléphone-moi, au moins. J'ai hâte de savoir comment l'entrevue s'est passée.

— Entendu.

Il effleura ses lèvres d'un dernier baiser, tourna les talons et fila.

Heureusement, Jake était chez lui. Quand il ouvrit sa porte, au lieu d'entrer, Max resta planté sur le seuil.

— Qu'est-ce qui t'arrive ? demanda Jake. Tu as quelque chose à me dire ou tu passes juste pour admirer ma mâle beauté ?

Max ne sourit même pas.

— Il y a un type qui prétend être le fils de Charlie, annonça-t-il. Il souhaite nous rencontrer.

Jake se figea. Puis, dans un élégant haussement d'épaules, murmura :

— Je ne comprends pas pourquoi ça me surprend.

— A qui le dis-tu ! Bon, on a rendez-vous à L'Ancre. Prends ton portefeuille. C'est toi qui invites.

Jake n'aimait pas se presser. Aussi ne franchirent-ils la porte du bar qu'un quart d'heure plus tard.

— Cheveux noirs, T-shirt noir et rouge…, marmonna Max en fouillant la salle du regard. Tu vois quelqu'un qui correspond à la description, en dehors du Latino ? Hé ! Attends !

Le Latino en question accrocha son regard et lui adressa un petit salut de la tête.

— On dirait que c'est notre homme. Je ne l'avais pas vu venir, ça. Je cherchais ton sosie.

— Arrête ! Ils ont cassé le moule après m'avoir fabriqué.

L'homme ne les quittait pas des yeux. La couleur de sa peau rappelait celle de Harper, en un peu plus foncé. Ses cheveux noirs étaient coupés ras, peut-être pour cacher leur frisure, et les sillons de chaque côté de sa bouche se transformaient vraisemblablement en fossettes lorsqu'il souriait.

Mais Jake et Max devraient attendre un autre jour pour vérifier, car le nouveau Bradshaw, qui les dévisagea tout le temps qu'ils mirent à traverser la salle, ne les gratifia pas du moindre sourire, même de politesse. Quand ils atteignirent sa table, il se contenta d'un « Salut » avant de les scruter d'un regard perçant digne d'un policier.

— Mon nom est Lucas, mais tout le monde m'appelle Luke.

Il leur tendit une longue main fine.

Une sacrée poigne, reconnut Max qui, pour le reste, réservait son jugement.

— Moi, c'est Max. Lui, c'est mon frère, Jake.

— Asseyons-nous, proposa Luke.

Max et Jake prirent place en face de lui. Aussitôt, la serveuse vint déposer des sous-verre en carton, une bouteille de Flat Tire devant Jake et un verre de Ridgetop Red devant Max.

— Elise a dit que ça ferait gagner du temps à tout le monde, expliqua la jeune femme en parlant de la barmaid. Vous voulez l'addition ?

— Oui, s'il vous plaît, dit Jake. Merci, Sally.

Après le départ de cette dernière, les trois hommes restèrent un moment à s'observer en silence. Puis Luke poussa un soupir.

— Je ne m'attendais pas à ce que ce soit aussi difficile.

Il s'interrompit pour boire une gorgée de sa bière avant de reprendre :

— Je vous cherche depuis que papa est mort et que j'ai appris que j'avais des frères.

— Charlie est mort ? demanda Max.

Il laissa l'information faire son chemin, attendit de ressentir quelque chose… et ne ressentit rien. La nouvelle le laissait indifférent. Totalement indifférent. Trop d'eau était passée sous les ponts.

Il glissa un regard vers Jake.

Jake avait dû se livrer à la même introspection car Max le vit lui adresser une imperceptible moue.

— Oui, répondit Luke. Le 18 avril.

— Vous en avez été informé combien de temps après ? s'enquit Jake.

— Comment ça, combien de temps après ? répéta Luke sans comprendre. Tout de suite.

— Tout de suite, tout de suite ? insista Max en le regardant avec curiosité. Comment est-ce possible ?

— Euh… Je… je suis son fils.

— Nous aussi, mon vieux, répliqua Jake les yeux plongés dans les siens. Et pourtant, nous n'apprenons sa disparition que maintenant.

— Ecoutez, je ne sais pas trop quoi vous dire. Je suppose qu'il n'a pas joué son rôle de père, pour vous…

Max ricana et Jake lança, ironique :

— Tu *supposes* ?

— … mais avec moi, si.

— Quoi ? Il ne vous a pas laissés tomber du jour au lendemain, votre mère et vous, quand il s'est épris d'une autre femme ? s'exclama Max, étonné.

— Mais non !

Jake le considéra un instant, un sourcil levé.

— Après avoir été le meilleur papa du monde, ne s'est-il pas totalement désintéressé de vous comme si vous n'existiez pas ? demanda-t-il.

— Mais absolument pas !

Luke posa lentement sa bière et les observa tour à tour avec attention.

— Pourquoi ? C'est ce qu'il a fait avec vous ? Avec tous les deux ?

— Oui, répondit Jake. Dans mon cas, il a au moins eu la décence de quitter la ville et je n'ai pas été obligé de croiser à chaque coin de rue le gentil papa qui m'avait rayé de sa vie. Contrairement à Max. Car, quand Charlie a quitté sa mère pour la mienne, il est resté à Sequim. Jusqu'à ce qu'il nous abandonne, Charlie a été un très bon père pour moi, mais Max aurait tout aussi bien pu être invisible pour lui.

Max lui jeta un regard surpris. Jake avait parlé d'un ton protecteur sous-tendu par une menace implicite : « Touche pas à mon frère sinon tu auras affaire à mes poings. » La sorte de relation qui n'avait jamais existé entre eux jusque-là, songea-t-il et qui, ma foi, faisait un bien fou. Bien sûr, il était un peu puéril de savourer ainsi la façon dont Jake montait au créneau pour prendre sa défense. Et alors ? Franchement, l'hostilité entre eux n'avait-elle pas trop duré ? Quelque peu grisé par l'émotion, il donna un coup d'épaule à Jake.

— Hé ! Max ! Qu'est-ce que tu fiches ? J'ai renversé de la bière à cause de toi ! pesta ce dernier en s'essuyant la bouche avec le dos de sa main.

Mais le sourire bon enfant qu'il lui décocha démentait son apparente irritation.

— Ça te fera un peu moins d'alcool dans le sang, répliqua Max, moqueur.

Puis il se tourna vers Luke et reprit, redevenu sérieux :

— Tu es donc en train de nous expliquer que Charlie n'a pas laissé tomber ta mère et s'est occupé de toi ?

Spontanément, il s'était mis à tutoyer Luke, qui ne protesta pas.

— Oui.

— Et il ne t'a jamais parlé ni de Jake ni de moi ?

— J'ignorais votre existence à tous les deux jusqu'au moment où j'ai commencé à trier ses affaires.

236

Luke se frotta le visage puis plaqua ses paumes contre la surface rayée de la table.

— Ma mère est morte il y a deux ans, dit-il à voix basse. Je suis resté seul avec papa. Même si je m'absentais pendant d'assez longues périodes à cause de mon travail, il a eu largement le temps de me révéler que j'avais deux demi-frères...

Les yeux noirs qu'il leva vers Max et Jake exprimaient un intense désarroi.

— Pourtant, il ne m'en a jamais soufflé mot.

— Oui, Jake et moi voyons assez bien de quoi tu parles.

Max dévisagea un instant leur nouveau demi-frère avant d'ajouter :

— Quand Charlie a quitté Sequim avec ta mère, il y avait un gamin avec eux.

— C'était moi.

— J'essaie juste de reconstituer la chronologie des événements. Tu sembles être à peu près du même âge que moi. Est-ce qu'il t'a adopté ?

— Non. Il était mon père biologique. Je ne sais pas quel âge tu as. Moi, j'ai trente-cinq ans.

— Moi, je viens d'en avoir trente-quatre. Dis donc, Charlie n'a pas perdu de temps entre ta mère et la mienne ! Mais... ta mère est la numéro 1 alors. Il y a quelque chose qui m'échappe.

— C'est compliqué. Mes parents ont toujours présenté leur histoire comme celle d'un amour contrarié. Maman est tombée enceinte de moi mais son père, un Argentin très conservateur, s'en est mêlé. Il a refusé qu'elle annonce à mon père, Charlie, qu'elle attendait un enfant de lui. Parallèlement, il leur a menti à tous les deux en déclarant à chacun que l'autre ne voulait plus le voir. Du coup, papa a épousé quelqu'un d'autre.

— Deux « quelqu'un d'autre », marmonna Jake.

— Et puis, un jour, ils se sont croisés par hasard dans le cadre professionnel. Et voilà l'histoire, concluaient-ils toujours.

Il vida son verre et ajouta :

— Mais je comprends aujourd'hui qu'elle ne s'arrêtait pas là. Pas pour vous, en tout cas. J'ai vécu la vie d'un enfant unique, sans cousins non plus. Et quand j'ai découvert qu'en fait j'avais de la famille. Alors j'ai voulu vous rencontrer. Mais si ma présence ne sert qu'à déterrer de mauvais souvenirs, je comprendrais que vous souhaitiez en rester là.

Là-dessus, il ramassa sa monnaie et se contorsionna pour la mettre dans la poche de son jean, puis se glissa vers l'extrémité de la banquette, prêt à partir.

— Rassieds-toi, lui ordonna Jake. Du calme, mec ! Nous ne voulons évidemment pas en rester là. Enfin, je parle pour moi. Max, lui, n'aime pas le changement.

— Arrête ton cirque, tu veux ? protesta Max. Ce n'est pas moi qui suis venu te chercher quand j'ai reçu son coup de fil, peut-être ?

Ayant réglé ce point avec Jake, il se tourna vers Luke. Six mois plus tôt, il n'aurait probablement pas accordé foi à son histoire. Mais, pour autant qu'il puisse en juger d'après des photos de Charlie qu'il avait vues récemment, il retrouvait chez Luke certains traits de leur père : bouche lippue, forme de la mâchoire...

Un instant, il entendit de nouveau sa mère se déchaîner de sa voix suraiguë contre « la traînée et son petit bâtard » qui étaient partis avec Charlie, puis éclater d'un rire hargneux parce que du coup, disait-elle, Charlie avait abandonné l'*autre* traînée avec son précieux petit Jake, les laissant dans la même galère qu'elle et son fils. Ces sempiternelles diatribes avaient suscité chez Max une haine contre ce petit garçon inconnu presque aussi violente que celle qu'il éprouvait à l'égard de Jake à cette époque.

Et il s'attendait d'une seconde à l'autre au retour de cette ancienne fureur.

Mais le mot de « famille » que Luke avait utilisé résonna en lui. Pourquoi se priverait-il d'en apprendre davantage sur cet homme ? En termes de gènes, ce Bradshaw nouveau venu appartenait effectivement à la famille, et Max n'étouffait pas sous l'immensité de sa parentèle, c'était le moins que l'on puisse dire. L'animosité qui avait présidé à sa relation avec Jake pendant de longues années les avait empêchés de se comporter comme des frères pendant la plus grande partie de leur vie et, aujourd'hui, la perspective de se rapprocher aussi de Luke l'excitait.

Il capta le regard de son nouveau frère.

— Jake est quelqu'un d'indulgent, dit-il. Moi, beaucoup moins. Je mentirais en disant que je suis prêt à te donner un rein, pour le moment. Malgré tout… euh… j'aimerais bien apprendre à te connaître.

22

— Jenny se plaint que nous n'ayons que trop repoussé notre bain de minuit entre filles.

Harper s'arracha à ses pensées. Elle avait été vaguement consciente de la présence de Tasha et de Jenny qui papotaient joyeusement, avec le naturel de deux amies de longue date qui savent tout l'une de l'autre. Elle s'était même demandé ce que l'on ressentait dans une telle relation. Cependant, elle avait eu l'esprit essentiellement accaparé par la proposition qu'elle envisageait de soumettre à Max. Aussi les mots de Tasha mirent-ils un certain temps à s'organiser de manière compréhensible.

— Pardon ?

— Ah ! Ça, au moins, ça t'intéresse ! s'exclama Jenny, amusée, au milieu du vacarme de la pizzeria. Il faut absolument que Tasha souffle un peu. Elle n'a pas arrêté de tout le week-end. De tout l'été, en fait. Et ça fait une éternité que nous n'avons pas pris de bain de minuit.

— Depuis l'année dernière, confirma Tasha. Pas un seul de tout l'été.

— Vous le faites *pour de bon* ? demanda Harper.

— Mais oui ! répondit Jenny alors que Tasha s'éloignait un instant pour répondre à une question de l'une de ses serveuses.

— Entièrement *nues* ?

— Evidemment ! Sinon, ce n'en serait pas un, voyons ! Ça ne t'est jamais arrivé ?

— Non.

— Je ne compte même plus le nombre de fois où nous en

avons pris, Tasha et moi. Le premier, c'était l'année où je suis venue habiter à Sequim.

Elle sourit au souvenir.

— Nous avions seize ans et nous nous trouvions drôlement délurées.

— Crois-moi, pour quelqu'un comme moi que la seule idée de se baigner sans maillot n'a jamais effleurée, qui n'a jamais ne serait-ce qu'*envisagé* la possibilité de se baigner sans maillot, ça semble effectivement très osé, confirma Harper.

Mais cette idée de participer avec ses amies à un rituel qui existait depuis des années la séduisait plus qu'elle ne l'aurait cru.

Depuis peu, cette histoire de planter ses racines quelque part la taraudait. Ce qui était plutôt amusant quand on songeait qu'il y a une semaine encore, elle en aurait proclamé haut et fort l'inutilité, du moins pour elle. S'installer équivalait à… pas exactement à mourir, non, mais…

Elle sursauta involontairement, comme si elle venait de se prendre une décharge en touchant un fil électrique.

Sois honnête avec toi-même, ma fille. Oui, c'est à la mort que tu associes le fait de jeter l'ancre quelque part.

Surtout depuis le décès de son père.

Malgré tout, la nature et la durée de la relation entre ses deux nouvelles amies, avec ses rituels, piquaient de plus en plus sa curiosité.

Cela ne vaudrait-il pas la peine de poser ses valises suffisamment longtemps pour connaître une expérience comme la leur ?

— Alors, tu es des nôtres, Harper ? demanda Tasha, la ramenant à la réalité.

Harper hésita. Elle avait connu son lot d'aventures dans les différents pays lointains qu'elle avait visités, mais jamais celle de se mettre toute nue dans un espace public.

— Vous comptez y aller quand ?

— Ce soir.

— Ah ! Dommage ! Je suis de service de flottille, ce soir.

— Tu as déjà pris toutes les dispositions nécessaires et vérifié les embarcations pour les clients qui vont assister au feu d'artifice ? lui demanda Jenny en la regardant droit dans les yeux.

— Oui.

— Tu as surveillé leur embarquement ?

— Oui…, répondit-elle, hésitante, flairant le guet-apens.

— Jed et Norm les accompagnent, n'est-ce pas ?

— Oui. Mais je dois être présente au retour des touristes pour m'assurer que tout le monde est bien rentré, tu le sais.

Elle était maintenant partagée entre un certain soulagement à ne pas être libre ce soir et la déception, plus forte encore, de ne pas participer à une expérience nouvelle, en particulier avec deux femmes qu'elle adorait.

— Alors, c'est ton jour de chance, ma grande, intervint Tasha avec un sourire entendu. Figure-toi que nous projetons de nous baigner pendant que tout le monde regardera le spectacle. Nous veillerons à ce que tu aies le temps de te rhabiller avant d'aller accueillir tes ouailles au débarquement.

— Ah ! s'exclama Harper avec un sourire d'autodérision. Piégée !

Ses amies éclatèrent de rire.

— Je pense fermer la pizzeria à 21 heures tapantes, dit Tasha. Nous n'avons qu'à nous retrouver au ponton des Deux-Frères à 21 h 30. Viens en maillot, Harper. Nous avons pris l'habitude d'aller au plongeoir soit à la nage soit à la rame. Mais, comme il ne restera aucune barque ce soir, ce sera à la nage, cette fois. Mais nous ne nous mettrons toutes nues qu'une fois arrivées, pour réduire les risques d'être vues.

— Ouf !

— Courage, ma grande ! Tu vas adorer, assura Jenny. J'en mets ma main au feu.

Une heure plus tard, alors que le ciel d'été cédait la place au crépuscule sur cette côte du Pacifique Nord-Ouest, encadrée par ses deux amies sur le ponton fixe des Deux-Frères, Harper plongeait dans le canal. Rien à voir avec le jour où, à califourchon sur les épaules de Max, elle avait participé à la joute avec les jeunes du foyer. Le soleil brûlait alors, la température atteignait les trente degrés et elle s'était immergée avec délice dans l'eau glaciale. En ce début septembre, les soirées ne conservaient plus la chaleur accumulée pendant la journée et se laissaient envahir par une fraîcheur mordante, presque automnale. Tous les muscles de Harper se contractèrent quand elle toucha l'eau, mais le parcours jusqu'au ponton flottant lui permit de s'acclimater petit à petit au froid.

Comme elle l'avait appris au cours de l'été, dans cette région, même après la disparition totale du jour, par une nuit claire comme aujourd'hui, la couleur du ciel tirait davantage sur le bleu marine que sur le noir. Les étoiles brillaient d'un éclat que l'obscurité grandissante rendait de plus en plus lumineux et la Voie lactée dessinait un chemin brumeux sur la voûte céleste. Un mince croissant de lune venait de surgir au-dessus de la cime des arbres, derrière le village de vacances. Mais, même sans cette lumière, on voyait la ligne de crête des montagnes de l'autre côté du fjord se détacher sur le fond du ciel. Au niveau de l'eau, en revanche, les ténèbres régnaient. Même des quelques bateaux encore amarrés, on ne distinguait que la forme sombre.

Harper atteignit le ponton la première et le contourna pour se mettre à l'abri de l'éclairage des Deux-Frères. Toujours dans l'eau, elle dénoua la bretelle qui retenait son maillot autour de son cou et se contorsionna pour le faire glisser le long de son corps. Elle le lança alors sur le ponton, où il atterrit avec un bruit sourd, bientôt rejoint par le bikini de Jenny et le une-pièce de Tasha.

— Ouh ! s'écria-t-elle, surprise par la différence de sensations qu'engendrait l'absence d'un bout de tissu.

Les dents de Jenny brillèrent dans la nuit.

— Tu vois ?

— C'est génial ! J'adore !

— Je te l'avais dit !

Pendant une vingtaine de minutes, les trois jeunes femmes s'ébattirent comme des gamines, et Harper découvrit le plaisir de chahuter avec des amies. Jenny et Tasha étaient déchaînées, chacune essayant d'enfoncer la tête sous l'eau aux deux autres. Plutôt que de subir, Harper décida de passer elle aussi à l'action. Elle ne gagnait pas à tous les coups mais peu importait, elle s'amusait comme une petite folle. Des fesses nues émergeaient furtivement quand l'une des jeunes femmes plongeait dans l'espoir de prendre les autres en traître.

Parfois, l'une d'elles grimpait sur le ponton et restait debout dans toute sa nudité avant de sauter de nouveau dans la froidure salée du fjord. Les cheveux noirs luisants de Jenny, plaqués sur son crâne, s'enroulaient autour de son cou et s'accrochaient à ses petits seins comme des algues sur un rocher. Ceux de Harper et Tasha, eux, s'étaient resserrés en petites spirales.

Toutes trois cessèrent leur jeu quand la première fusée explosa au-dessus de la baie dans une gerbe d'étincelles d'abord vertes, puis orange puis blanches. Entre les différents embrasements, Harper, qui faisait la planche pour admirer le spectacle, s'amusait à suivre la trajectoire d'un satellite ou à observer les étoiles. Elle se demandait si celles un peu plus grosses et un peu plus brillantes près de la lune n'étaient pas Vénus et Jupiter, quand elle entendit un bruit de rames. Elle se mit aussitôt à la verticale en remuant les jambes pour se maintenir à la surface.

— Hé ! chuchota-t-elle à ses deux amies. Je crois que quelqu'un approche.

— Oh ! Merveille des merveilles ! s'écria une voix masculine. Ma vue me joue-t-elle des tours ou est-ce vraiment des femmes nues que j'aperçois ? Dommage que je n'aie pas pris mon appareil photo !

— Jake Bradshaw, gronda Jenny. Qu'est-ce que tu fiches ici ?

— On se promène. On en a eu marre de manœuvrer entre tous les bateaux des spectateurs venus voir le feu d'artifice. Alors on a décidé de faire un petit tour.

— *On* ? C'est Max, qui est avec toi ? demanda-t-elle alors que la barque s'approchait silencieusement sur les eaux noires.

Harper aurait pu la détromper. Et d'une, Max travaillait ce soir. Et de deux, la silhouette qu'elle apercevait aux côtés de Jake appartenait à un homme assez baraqué, certes, mais sans commune mesure avec la carrure de Max.

— Non, répondit Jake d'une voix amusée. C'est Luke, le nouveau venu chez les Bradshaw.

Génial ! Un inconnu ! s'affola Harper, qui se sentit soudain encore plus vulnérable alors qu'elle s'approchait du ponton dans l'espoir de se saisir discrètement de son maillot pour l'enfiler dans l'eau.

— Ils ne voient rien, la rassura Tasha à voix basse.

Se tenant au ponton d'une main, Harper se tourna pour découvrir son amie qui l'avait rejointe.

— Fais-moi confiance, ajouta-t-elle. Jenny et moi, nous

pratiquons les bains de minuit depuis des années, et même un projecteur ne parviendrait pas à éclairer à plus d'un ou deux centimètres de profondeur sous la surface de l'eau. Or ils n'ont même pas de lampe électrique.

Harper, soulagée, la remercia d'un signe de tête.

— Eh bien, toi et ton Bradshaw prodigue, faites demi-tour avec votre barque et cassez-vous, ordonna Jenny d'une voix inflexible. Tout de suite !

Se penchant par-dessus les rames, qu'il avait remontées, Jake murmura d'une voix rieuse :

— Pourquoi voudrais-tu que je m'en aille, ma chérie ?

— Parce que sinon, répondit Jenny d'un ton calme et assuré, je vais grimper dans votre coquille de noix et vous donner du spectacle à tous les deux.

— Il est temps d'y aller, Luke ! déclara Jake en glissant vivement les rames dans les dames de nage, où elles se posèrent avec un petit bruit assourdi.

Enfonçant l'une d'elles dans l'eau, il tira dessus et opéra un quart de tour, de sorte que Luke tournait à présent le dos aux trois femmes. Tandis qu'il se mettait à ramer vers la côte, il lança :

— A tout à l'heure à la maison, ma chérie !

Un salut accompagné par un grand éclat de rire de Luke.

Tasha se raidit.

— Ça va ? demanda Harper.

— Oui, oui. C'est juste que l'espace d'un instant, en entendant ce rire, j'ai cru que ce troisième frère Bradshaw était... Mais non ! C'est n'importe quoi ! Mon imagination me joue des tours.

Là-dessus, elle se hissa sur le ponton et enfila rapidement son maillot. Elle ramassa alors celui de Harper, le secoua pour en éliminer l'excès d'eau et le lui tendit.

Harper hésita.

— Tu ne risques rien. Même s'ils se retournent, ils ne verront que des ombres.

Comme Jenny sortait de l'eau elle aussi, Harper l'imita. Frissonnant dans la fraîcheur de la nuit, elle se débattit avec le tissu mouillé en pensant avec envie aux serviettes que Jenny avait laissées sur la rive.

Ce qui ne l'empêcha pas d'arborer un sourire radieux quand elle se tourna vers ses amies :

— Quelle soirée géniale ! C'est vraiment sympa de m'avoir invitée. La dernière arrivée au jacuzzi va chercher le vin chez moi, lança-t-elle en plongeant.

La dernière chose qu'elle entendit avant que sa tête ne pénètre dans l'eau, ce furent les approbations enthousiastes de ses amies.

— Je n'ai que quelques minutes, dit Max, sourcils froncés, comme il se glissait sur la banquette à côté de Jake et en face de Luke à L'Ancre marine.

— Qu'est-ce qui t'arrive ? demanda Jake. Pourquoi tu tires cette tronche ?

— Pour rien. Tu m'as appelé. Je suis venu. Tu n'as pas précisé qu'il était impératif de respirer le bonheur.

— Tu es encore de service alors que tout le reste de la population s'amuse, c'est ça ?

— Non. Je viens de terminer.

Il avait été irrité pendant toute la journée et ne se sentait toujours pas d'humeur sociable, une façon élégante de décrire son état d'esprit… Mais ce n'était pas une raison pour passer ses nerfs sur ses demi-frères ! Il devait prendre sur lui.

— Excusez-moi si je vous parais avoir la tête ailleurs mais figurez-vous que j'avais des projets beaucoup plus intéressants que de traîner avec vous, dit-il, espérant ne pas être trop sec.

Harper allait quitter Sequim dans deux jours, trois au maximum. Et cette perspective l'angoissait plus qu'il ne l'aurait souhaité. Le temps qu'ils avaient passé ensemble avait changé sa vie, l'avait changé, lui. Et à l'idée que tout cela s'arrêterait…

Quoi qu'il en soit, il n'avait pas envie de perdre son temps avec des futilités comme boire une bière avec…

En entendant un toussotement de l'autre côté de la table, il leva les yeux vers Luke qui était en train de l'étudier. Quelle sensation étrange de se trouver en face d'un inconnu qui avait pourtant un tel air de famille !

— Je suppose que tes projets concernent une des nanas qui se baignaient à poil et que Jake et moi n'avons hélas pas vraiment réussi à voir ? demanda Luke avec un regard narquois.

Max fronça les sourcils.

— C'est quoi, ce délire ?

— Tu nous accordes dix minutes, le temps de boire une bière ? demanda Jake, qui héla ensuite Sally sans attendre de réponse. Comme il y avait beaucoup trop de spectateurs venus admirer le feu d'artifice en bateau, j'ai emmené Luke voir les Deux-Frères du canal. Tu sais comme le village est beau la nuit quand il est illuminé.

— Oui. Et ?

— Et nous sommes tombés sur Jenny, Tasha et Harper qui prenaient un bain de minuit autour du plongeoir, répondit Jake.

— Ce qui, aussi joli que soit le village de vacances, promettait un spectacle beaucoup plus intéressant, commenta Luke.

La serveuse posa une Ridgetop Red devant Max sans même avoir pris sa commande. Sans nul doute une initiative d'Elise, la barmaid, qui exultait encore d'avoir réformé ses goûts en matière de bière.

— Arrête ! s'écria Max, quand Sally se fut éloignée. Les trois étaient à poil ?

A quel homme cette pensée ne remonterait-elle pas le moral ?

— J'aurais donné cher pour voir ça, murmura-t-il. Ça devait être un peep-show de malade !

— Sauf que nous n'avons aperçu que des épaules, corrigea Luke. Je vois très bien la nuit, en général, mais les eaux du fjord sont vraiment trop impénétrables.

Après un bref silence, il poursuivit avec un sourire espiègle :

— Tu aurais dû voir la tête de Jake quand sa nana l'a menacé de monter dans la barque pour que je m'en mette plein les yeux si nous ne partions pas ! C'est tout juste s'il n'a pas poussé des cris d'orfraie. Une vraie fillette ! Et il s'est mis à ramer comme un dément. A mon avis, nous avons dû creuser à tout jamais un sillon dans l'eau du fjord.

Jake décocha un coup de poing dans l'épaule de Luke par-dessus la table.

— N'importe quoi ! Je n'ai absolument pas crié comme une fillette ! s'indigna-t-il avant d'éclater de rire. C'est vrai, je dois reconnaître que Jenny a été sacrément futée, sur ce coup-là. Il ne m'est même pas venu à l'esprit de la prendre au mot. Je savais seulement que j'arracherais sans hésitation les yeux de Luke pour les donner en pâture aux poissons si jamais il voyait Jenny à poil. Ce qui aurait un peu nui à l'ambiance de cette petite réunion familiale, non ?

— Grâce à l'Oncle Sam, j'ai appris à manier toute une panoplie d'armes, déclara Max, le visage impassible. Alors j'aurais fait mieux. Je vous aurais abattus tous les deux si vous aviez vu Harper sans rien d'autre que sa jolie peau.

Il ébaucha un sourire pour ajouter :

— Malgré tout, rien ne vaut une bonne énucléation.

Luke le dévisagea, interloqué et vaguement inquiet.

— Franchement, mec, tu me fais froid dans le dos. J'aimerais bien savoir si tu déconnes ou pas.

— Il déconne, assura Jake.

— Ou pas, compléta Max juste avant qu'une vive discussion à une table près des fléchettes n'attire son attention. Oh ! C'est pas vrai ! lâcha-t-il dans un soupir accablé en se levant. J'en ai ras le bol de Wade. Il est temps qu'il se mette dans la tête que Mindy est mariée avec Curt. Ça fait sept ans, nom d'un chien ! Elle ne reviendra jamais.

Il vida son verre d'un coup et posa de l'argent sur la table.

— A plus tard, vous deux. J'emmène ce crétin au poste.

— Tu n'es plus en service, lui fit remarquer Jake. Et c'est Wade. Tu crois vraiment que ça servira à quelque chose ?

— J'aimerais bien ! S'il avait seulement deux neurones qui fonctionnent, une nuit en cellule lui permettrait de voir la réalité en face ou au moins de commencer à réfléchir. Malheureusement, je ne crois pas qu'il en possède plus d'un en état de marche, sinon il aurait compris le message quand Mindy a déposé une demande d'injonction contre lui auprès du tribunal.

— Alors pourquoi perdre ton temps ?

— Parce que j'espère que si je m'occupe l'esprit, même le temps de dresser un procès-verbal à Wade pour avoir enfreint l'ordonnance restrictive et de le boucler, j'arriverai peut-être à retrouver ma bonne humeur avant d'aller voir Harper.

— Ah d'accord…, murmura Jake. C'est préférable, effectivement.

23

Harper, immergée dans le jacuzzi, partageait une bouteille de pouilly-fuissé avec Jenny et Tasha, et l'arrivée en fanfare des clients des Deux-Frères qui revenaient du feu d'artifice n'affecta pas sa bonne humeur. Il lui fallut pourtant sortir du bain bouillonnant pour aller vérifier l'amarrage des barques et s'assurer que personne ne manquait à l'appel. Cette tâche accomplie, elle rentra chez elle, toute guillerette.

Alors qu'elle entrait dans la salle de bains, son reflet dans le miroir réussit, lui, à entamer son moral. Tout en continuant à s'examiner, elle porta les mains à ses cheveux pour dompter le chaos effrayant des frisottis qui hérissaient son crâne. Echec total.

Et puis zut ! Elle se sentait trop bien pour laisser ce détail gâcher sa soirée idyllique. Elle se doucha, se sécha, s'enduisit le corps de crème hydratante et enfila un débardeur et un bas de pyjama. Elle était en train de lisser ses boucles rebelles quand on frappa à la porte.

Elle courut ouvrir et son visage s'éclaira d'un large sourire lorsqu'elle découvrit Max, l'air vaguement soucieux. Elle lui sauta littéralement dessus, lui enlaçant le cou de ses bras et la taille de ses jambes.

— Salut, grand costaud !

Agrippant ses fesses de ses larges mains, il baissa la tête vers elle.

— Salut toi-même, répondit-il. Tu sembles d'excellente humeur.

— Je le suis ! Et toi ?

Elle passa son pouce sur son front à présent détendu.

— Pourquoi fronças-tu les sourcils quand je t'ai ouvert ? demanda-t-elle. Un souci ?

— Oh ! Un petit coup de cafard. Mais ça va beaucoup mieux maintenant que je te vois. Raconte-moi. Qu'est-ce qui te rend aussi joyeuse ?

— J'ai passé une soirée mortelle !

Resserrant son étreinte autour de la taille de Max, elle se mit à frétiller des fesses.

— C'est effectivement ce qu'on m'a raconté, marmonna Max.

— Pardon ? Qu'est-ce qu'on t'a raconté ? s'exclama-t-elle, beaucoup moins joyeuse, soudain.

— Le bruit court que Jenny, Tasha et toi avez pris un bain de minuit sur le ponton flottant.

— Tu me fais marcher ! Les gens seraient déjà au courant ? Je sais que Sequim est une usine à commérages mais quand même, celui-là s'est diffusé à la vitesse de la lumière, même pour ici !

— Peu de gens sont au courant.

Il ferma la porte du pied et, sans lâcher son fardeau, alla s'asseoir dans le fauteuil à côté du canapé.

— J'ai bu une bière avec Jake et Luke.

— Ah ! D'accord ! dit-elle dans un sourire en s'installant plus confortablement, un genou de chaque côté des hanches de Max. Ils n'ont rien vu, tu sais.

— Au grand regret de Luke ! répliqua Max en riant.

Même si elle n'avait pas douté de la parole de Tasha, elle fut malgré tout soulagée d'apprendre que son amie avait bien évalué la situation. Du coup, Dieu sait pourquoi, elle se sentit plus confiante pour aborder le sujet dont elle voulait discuter avec Max. Et ce regain de confiance la rendit câline.

Très câline…

Elle se tortilla doucement de gauche et de droite.

Haussant les sourcils, Max lui saisit les hanches pour la soulever et permettre à son pénis de se dresser sous son jean. Alors il posa de nouveau Harper sur lui de façon à ce que la couture de son pyjama en satin s'ajuste à son sexe gonflé.

Elle hoqueta, déjà prête à passer sans préliminaires à l'étape suivante. Aucun autre de ses amants ne l'avait mise dans cet état.

Max était le seul qui, d'une simple caresse, la rendait moite de désir. Elle fit délicatement pivoter son bassin.

Il lui empoigna les fesses pour l'immobiliser avant de l'embrasser rapidement mais passionnément.

— On dirait un chat qui s'est introduit en cachette dans la crèmerie, murmura-t-il d'une voix rauque en la scrutant entre ses paupières mi-closes.

— Rrrr, s'essaya-t-elle à ronronner en entamant un lent mouvement d'avant en arrière.

Etait-ce possible ? Elle sentit le membre déjà puissamment bandé de Max se durcir encore tandis qu'il continuait à l'observer de ses yeux de braise.

— Enlève ton haut, ordonna-t-il.

Un ton autoritaire auquel le bas-ventre de Harper réagit par une brusque contraction. Croisant les bras pour attraper chaque côté de son débardeur, elle commença à l'enlever. Elle avait les coudes à hauteur des oreilles et la tête cachée dans le tissu quand Max happa dans sa bouche un de ses mamelons.

Un gémissement de Max répondit au râle désespéré qui s'échappa alors de sa gorge. Il libéra son sein pour se mettre debout tandis qu'elle se débattait fiévreusement avec son débardeur.

— Du calme, dit-il dans un murmure rieur. Je te tiens mais, si tu te penches trop en arrière, on va atterrir tous les deux par terre.

Alors qu'il traversait la pièce, elle se débarrassa définitivement de son haut qu'elle envoya valser et, dans un sourire triomphant, enlaça de nouveau le cou de Max.

Il s'arrêta net.

— Oh ! Nom d'un chien !

Elle sentit sa voix grave vibrer contre son sternum puis se propager tout le long de sa colonne vertébrale.

— J'adore ton sourire, poursuivit-il. Je l'a-do-re.

Là-dessus, il la bâillonna de sa bouche et l'embrassa éperdument.

Un baiser fougueux auquel elle s'abandonna tout en se frottant langoureusement contre lui.

Quand il leva enfin la tête, elle le regarda, hébétée, fascinée par ses cils noirs et drus qui s'emmêlaient dans les coins extérieurs. Elle mit un certain temps à recouvrer l'usage de la parole.

— Pourquoi as-tu arrêté ?

— Echelle, se contenta-t-il de répondre en la jetant sur son épaule à la façon des pompiers. Accroche-toi.

Harper, un instant surprise, se cramponna à la chemise de Max alors qu'il lui coinçait les jambes d'une main posée sur l'arrière de ses cuisses et que de l'autre il attrapait le barreau de l'échelle menant au grenier.

— Pas très romantique, j'en conviens, dit-il en arrivant dans la chambre, avant de poser Harper debout à bonne distance de la trémie. Mais c'était la méthode la plus sûre pour grimper jusqu'ici en te portant. Et tu me connais, la sécurité d'abord.

En riant elle se jeta de nouveau dans ses bras. Il l'allongea sur le lit défait et roula sur le côté pour la contempler. Il se redressa et passa un bras par-dessus elle pour allumer la lampe de chevet, effleurant au passage ses seins dans leur soutien-gorge bleu marine et rose.

Harper, dans la soudaine lumière, s'exclama en voyant ses draps enchevêtrés :

— Ciel ! Je suis démasquée ! Je suis une nana bordélique.

— Ouais… D'ailleurs, comme je suis obsédé par l'ordre et la propreté, je pense que notre relation va droit dans le mur.

— Mince alors ! Nous sommes incompatibles ! Du coup, je devrais probablement m'abstenir de faire ça…

S'allongeant face à Max, elle plaqua une main sur son érection.

— Euh… Ma langue a fourché, corrigea-t-il. En fait, je voulais dire « Je suis *énervé* par l'ordre et la propreté ». Je suis toujours énervé par les maniaques du ménage.

Il pressa son bassin contre la main de Harper.

— Personnellement, les gens bordéliques m'ont toujours attiré, conclut-il.

— Ben voyons ! C'est exactement l'impression que m'a donnée ton lit fait au carré, sans un pli, sans une bosse. Décidément, vous les hommes, vous êtes prêts à dire n'importe quoi pour une partie de jambes en l'air.

— Mais sur le moment nous pensons vraiment ce que nous disons.

Elle éclata de rire. Elle était chaque jour surprise par son sens de l'humour et son côté blagueur, qu'elle avait été loin de soupçonner chez lui lors de leur première rencontre. Mais elle reprit bien vite son sérieux ; elle avait un projet plus urgent en tête.

— Max ? murmura-t-elle.

— Oui, mon chou ?

— Tais-toi et embrasse-moi.

— C'est dans mes cordes, répondit-il dans un souffle avant de rouler sur elle en prenant toutefois la précaution de s'appuyer sur ses avant-bras pour ne pas l'écraser sous son poids.

Baissant la tête, il enserra sa bouche entre ses lèvres et aspira doucement, à un rythme lent et sensuel. Le souffle un peu court, Harper perdit toute notion du temps.

Sa main remonta pour déboutonner le col de la chemise amidonnée de l'uniforme de Max et, l'instant d'après, elle arrivait à la ceinture de son jean. Elle en dégagea prestement les pans de la chemise, défit les deux boutons restants pour ouvrir le vêtement, qu'elle fit glisser sur ses bras musclés.

Puis elle explora nonchalamment le torse de Max, laissant ses mains se promener de la peau lisse de ses abdominaux parfaitement dessinés à la toison plus rêche de sa poitrine. Elle donna une légère pichenette à son petit tétin blotti dans les poils et sourit quand elle sentit Max tressaillir.

— Tu me trouves drôle ? demanda-t-il en s'écartant légèrement.

— Pas du tout. Je suis simplement fascinée par la sensibilité de tes bouts de sein.

De son pouce, elle caressa son aréole à la douceur de soie.

— D'après mon expérience…

Qui n'était pas gigantesque, d'accord.

— … c'est rarement le cas chez les hommes. Où est ton piercing ?

— Sur ma commode ou bien sur la paillasse de la salle de bains, répondit-il en haussant une de ses larges épaules.

Se dégageant à moitié, il massa doucement le bout du menton de Harper, en un geste platonique… sous lequel elle sentit pourtant ses propres mamelons durcir. Elle serra les cuisses comme pour retenir un nouveau flot de sensations entre ses jambes.

Il laissa ses doigts rugueux errer jusqu'au creux à la base de son cou, puis le long de son épaule avant de descendre nonchalamment vers son sein gauche. Là, au lieu de satisfaire la demande de son téton dressé, ses doigts continuèrent leur promenade vers son ventre et l'élastique de son bas de pyjama.

D'un coup, il se mit de nouveau à califourchon sur ses cuisses.

— Tourne-toi sur le ventre, ordonna-t-il.

Le cœur battant la chamade, Harper s'exécuta. Aussitôt, elle sentit des mains invisibles faire glisser son pantalon sur ses fesses, sur ses jambes, ses pieds et le jeter. Puis elle entendit un bruissement de tissu quand Max se dépouilla de son jean.

Après avoir mis un préservatif, il revint sur elle, l'intérieur de ses jambes musclées et chaudes pressé contre l'extérieur de ses cuisses à elle, ses grandes mains rugueuses étalées sur la peau tendre de ses fesses.

— J'adore ton cul, dit-il d'une voix rauque.

Elle tendit le cou pour lui sourire par-dessus son épaule.

— T'es vraiment un mec ! Moi, je l'ai toujours trouvé trop gros.

— Tu es folle ? Tu es dotée de *ça* et tu regrettes de ne pas être une de ces femmes plates et anorexiques ?

— Tu vois ? Un vrai mec !

La saisissant alors par les hanches, il la mit à quatre pattes et colla son torse irradiant de chaleur à son dos.

— Et toi, une vraie femme, lui murmura-t-il à l'oreille avant d'effleurer de sa barbe naissante sa tempe, puis son cou…

Harper eut l'impression que ses os se transformaient en caoutchouc. Les seins écrasés contre le matelas, le postérieur toujours en l'air, elle étendit les bras en croix, les doigts écartés froissant le drap jaune.

Max glissa la main entre ses jambes…

— Tu es toute mouillée, mon ange !

— Je sais, Max ! Je suis prête pour toi. Là, tout de suite.

— Tu es la perfection faite femme, Harper.

Et il la pénétra d'un seul élan. Il resta un moment enfoui au plus profond d'elle avant de commencer à bouger, les paumes plaquées sur ses fesses et les doigts sur ses hanches pour l'empêcher de bouger.

Harper sentit très vite l'extase approcher. S'arc-boutant à chaque poussée des reins puissants de Max, elle empoigna les draps et s'entendit murmurer :

— Je t'aime, Max. Je t'aime !

Un son rauque explosa dans la gorge de Max qui resserra son étreinte. Il parut perdre tout contrôle, augmentant le rythme et la force de ses coups de butoir.

Soudain, elle explosa en un orgasme flamboyant, étreignant de ses spasmes le pénis de Max, comme pour l'amener à son propre degré de jouissance.

Si tel était son but, elle l'atteignit. Max éjacula rapidement en prononçant son nom d'une voix enrouée.

Il ne s'effondra pas sur elle, mais elle sentit son corps se détendre. Les mains qui s'étaient cramponnées à ses hanches avec une telle force se mirent à la caresser tendrement.

— Je suis désolé, murmura-t-il. Je t'ai fait mal ?

— Pas du tout ! Je me suis sentie formidable. Belle.

— Tu es formidable. Et d'une beauté incroyable.

Il se retira et elle roula sur le dos.

Mais pourquoi évitait-il son regard ?

Après être allé jeter son préservatif, il revint s'asseoir sur le lit et lui caressa la poitrine par-dessus le drap qu'elle avait tiré sur elle. Il s'interrompit brusquement et laissa tomber sa main sur le matelas.

— Tu le pensais ? Tu sais, ce que tu as dit. Ou c'était juste des mots en l'air ?

Oui, elle lui avait effectivement dit qu'elle l'aimait dans le feu de l'action. Pourtant…

Si elle examinait ses sentiments sans se voiler la face, elle devait admettre que les mots qu'elle avait prononcés n'étaient pas uniquement de circonstance, mais allaient bien au-delà. Une prise de conscience qui l'emplit d'une douce chaleur.

Elle avait toujours été sociable. Sa mère ne l'aurait certainement pas contredite, même si elle ne l'entendait pas comme un compliment mais comme un simple constat de la personnalité de sa vadrouilleuse de fille.

Mais ce qui existait entre Max et elle dépassait la simple sociabilité, la simple faculté à nouer des contacts. Max l'illuminait de l'intérieur comme personne d'autre avant lui. Il la touchait là où personne ne l'avait jamais touchée, et elle ne parlait pas uniquement du sexe, mais, plus important encore, il suscitait en elle des émotions qu'elle n'avait jamais éprouvées.

Comparés à Max, tous les amis qu'elle avait rencontrés au fil des années, amants compris, apparaissaient comme de simples connaissances.

Si toutes ces pensées lui traversaient l'esprit à une vitesse fulgurante, elles n'arrivaient cependant pas jusqu'à Max, à en juger par son expression fermée. Prenant une profonde inspiration, elle posa sa main sur la sienne, ou plus exactement sur le poing qu'il avait serré sans s'en apercevoir.

— Je le pensais, répondit-elle enfin. Ce n'était pas des mots en l'air. Je ne sais pas depuis quand mais, oui, je t'aime.

Un sourire éclaira lentement le visage de Max.

— Pour de bon ?

— Pour de bon.

Malgré sa gêne, elle le regarda dans les yeux.

— Oui. Absolument. Pour de bon.

— Tant mieux. Parce que tu sais quoi ?

Il laissa passer quelques secondes…

— Moi aussi, je t'aime.

Elle faillit laisser exploser sa joie mais se contenta de tapoter la couverture à côté d'elle. Il posa son fessier musclé contre sa hanche avant de l'embrasser avec une ardeur renouvelée. Quand il la libéra, il la regarda avec ce léger sourire qui lui paraissait plus éclatant que le sourire le plus radieux qu'il lui avait jamais été donné de contempler.

Haletante, elle se laissa aller contre son oreiller.

— La vie est belle, murmura Max.

— Oui. Vraiment belle. Et je pense que c'est le bon moment pour aborder un sujet dont je veux te parler depuis quelque temps.

— Dois-je remettre mon jean ?

— Ce n'est pas obligatoire, répondit-elle en riant.

— Très bien. Dans ce cas, je reste comme je suis. Allez ! Vas-y, j'écoute.

— J'aimerais faire de Sequim mon port d'attache.

— Génial ! Mais qu'entends-tu exactement par « port d'attache » ? demanda-t-il, pris d'un doute soudain.

Il s'était redressé et la dévisageait avec attention, un peu inquiet, visiblement.

— Tu sais que je voyage beaucoup pour mon travail, dit-elle.

Eh bien, j'aimerais que Sequim devienne mon point de chute après chaque mission. Et si tu acceptes, j'aimerais revenir pour te voir, toi. Peut-être… habiter… avec toi ?

Il la considéra un long moment en silence avant de dire en secouant imperceptiblement la tête :

— Non.

Elle eut l'impression que son cœur se décrochait.

— Quoi ?

— Non.

Il se leva et enfila son jean sans même chercher son caleçon, puis la regarda avec son habituelle expression impénétrable pendant qu'il mettait sa chemise.

— Au moins une fois dans ma vie, je veux venir en premier pour quelqu'un, dit-il. Alors, non, je ne te servirai pas de corps-mort auquel tu viendras t'amarrer le temps de tes escales. Je veux davantage. Davantage que ce que tu sembles prête à donner.

Derrière ce discours froid, elle sentit qu'il s'éloignait d'elle, qu'il se repliait sur lui-même, et un éclair de panique la traversa.

Mais elle respira pour garder son calme et réfléchit à ce qu'elle allait répondre à ce refus.

— Ecoute, Max. J'ai investi plusieurs années de ma vie dans ce boulot et je me sens utile. Ne peut-on vraiment pas en discuter ? Peut-être parvenir à un compromis ?

— C'est certainement ainsi que se comporteraient des adultes.

Avec un regard glacial, il ramassa ses chaussures et ses chaussettes et poursuivit :

— Mais tu sais quoi, Harper ? Je me sens volé pour l'instant. Alors, ça devra attendre.

Là-dessus, il tourna les talons et descendit l'échelle.

Quelques secondes plus tard, Harper entendait la porte d'entrée claquer.

24

A peine arrivé chez lui, Max fonça vers le placard où il avait rangé la bouteille de bourbon Jim Beam offerte par le shérif Neward à Noël, deux ans plus tôt. Il l'apporta dans le salon avec un de ses verres à moutarde et tira un fauteuil devant la cheminée. Après une brève hésitation, il renonça à allumer un feu et s'employa plutôt à faire baisser consciencieusement le niveau de bourbon dans la bouteille.

Il se réveilla au même endroit le lendemain matin avec un torticolis monstre, l'impression que les sept nains de Blanche-Neige armés de leur pic se taillaient un chemin dans son crâne et la conscience que son refus catégorique la veille d'étudier, même une seconde, la proposition de Harper signifiait probablement qu'il ne la verrait plus jamais.

Ne plus jamais la revoir ? Hors de question !

Lui avait-il avoué son amour pour exiger juste après d'occuper la première place dans sa vie ? Non qu'il y ait là quoi que ce soit de scandaleux. L'amour, tel qu'il le concevait, lui, impliquait nécessairement d'accorder la priorité à l'être aimé. Il le croyait dur comme fer et avait espéré que Harper aussi adhérerait à ce credo. Mais peut-être aurait-il fallu qu'il commence lui-même à l'appliquer en pensant d'abord et avant tout à elle, non ?

Pour couronner le tout, il avait tenu un discours de vieux ringard. Comment avait-il osé suggérer que sa compagne sacrifie son travail et sa passion des voyages pour se dévouer tout à lui ?

— Et merde !

Il s'extirpa de son fauteuil et se traîna jusqu'à la cuisine, où il avala trois cachets d'aspirine et se prépara du café. Il alla ensuite se rasseoir devant la cheminée et, une tasse dans une main et le pot de café à portée de l'autre, il se dopa à la caféine jusqu'à ce que ses neurones commencent à sortir de leur léthargie.

Quand il eut vidé la cafetière, il se doucha longuement, jusqu'à vider le ballon d'eau chaude. Une fois prêt, il avait mis au point son plan d'action.

Un quart d'heure plus tard, il frappait à la porte de Harper. La chance était de son côté car non seulement il la trouva chez elle, mais son visage s'illumina dès qu'elle le vit.

Il reprit courage. Peut-être tout n'était-il pas perdu ?

— Salut, dit-elle timidement.

— Salut. Je peux entrer ?

— Oui, bien sûr.

Elle s'effaça pour lui laisser le passage et ferma la porte derrière lui.

— Tu veux du café ?

— Non, merci, répondit-il avec une petite grimace involontaire.

Enfonçant ses mains dans les poches de son jean, il se lança :

— Ecoute, je suis désolé pour hier soir.

— T'inquiète !

Elle inclina la tête sur le côté et le regarda d'un air interrogateur.

— J'en conclus que tu es prêt à discuter de ma proposition, à présent ?

— Pas vraiment, mais je pense avoir une autre solution.

— C'est vrai ? demanda-t-elle, pleine d'espoir.

— Oui. C'est assez simple en fait.

Il lui caressa la joue.

— Je t'aime. Tu m'aimes. Tu aimes aussi ton travail, qui implique de fréquents déplacements.

— En effet.

— Alors pourquoi est-ce que je n'arrêterais pas mon boulot de shérif pour voyager avec toi ?

— *Qu-quoi* ? s'exclama-t-elle, effarée.

Pas exactement la réaction qu'il avait escomptée. Mais attention à ne pas tirer de conclusions hâtives et irréversibles !

Hier, il n'avait laissé aucune marge de manœuvre pour la discussion. Il ne devait pas répéter la même erreur ce matin.

— J'abandonnerai…

Harper l'interrompit d'un geste.

— Oui, j'ai entendu mais… cela n'a pas encore atteint mon cerveau. C'est *toi* qui quitterais ton boulot ?

— Oui.

Avec un pincement au cœur, bien sûr, mais Harper comptait mille fois plus pour lui que tous les métiers du monde.

— Enfin, Max, tu adores ton travail !

— Je t'aime plus encore, rétorqua-t-il dans un haussement d'épaules.

Il tendit le bras vers elle mais elle s'écarta vivement. Son ventre se serra.

— Harper ?

— Je ne peux pas te laisser faire ça, voyons ! s'écria-t-elle avec un geste brusque de la main. Ecoute, Max. J'ai vu les tensions qu'ont générées dans leur couple les envies contradictoires de mes parents, avec d'un côté mon père qui avait la bougeotte et de l'autre ma mère qui rêvait d'une vie sédentaire. Alors je ne veux à aucun prix t'imposer cela. *Nous* imposer cela. Reste à Sequim. Garde le travail qui te plaît. Je reviendrai te voir, toi et personne d'autre. Chaque fois. Je te le jure.

Max sentit quelque chose se fermer tout au fond de lui. Combien de fois s'était-il efforcé de détecter les aspirations des gens pour qu'ils n'aillent pas chercher ailleurs ce qu'il n'aurait pas su leur apporter ? Et combien de fois avait-il réussi ?

Aucune. Absolument aucune.

Décidément, certaines choses ne changeraient jamais, songea-t-il, soudain extrêmement las.

— Je ne peux plus continuer comme ça, murmura-t-il, comme pour lui-même. Je ne peux pas continuer à essayer et à échouer.

Pour la première fois depuis que Harper avait rejeté si catégoriquement sa proposition il la regarda, et lui dit silencieusement au revoir.

— Quand tu auras terminé ta mission ici… Demain ? Après-demain ?

Il secoua la tête. Quelle importance, la date exacte ?

— Bref, quand tu auras terminé ta mission, va-t'en.

— Quoi ? Max, s'il te…

Cette fois, c'est elle qui tendit le bras vers lui et lui qui s'écarta.

— Je suis incapable de gérer une relation où on me relègue sur une étagère comme un jouet, expliqua-t-il. Tout ce que je sais, c'est que je ne peux pas passer ma vie à attendre que tu reviennes faire mumuse avec moi. Alors je t'en prie, dans notre intérêt à tous les deux, quitte Sequim.

Il avait parlé d'un ton sans appel. Sa décision était irrévocable.

— Et ne reviens pas.

Impossible pour lui de rester plus longtemps. Il devait aller ailleurs, n'importe où, pourvu que ce soit loin de Harper.

Il tourna donc les talons et, sans un regard en arrière, quitta cette femme qui l'avait élevé à des hauteurs vertigineuses avant de le pousser dans le vide et de le laisser s'écraser au sol.

Pendant de longues minutes, Harper demeura sous le choc, regardant d'un air hagard la porte qui s'était fermée derrière Max. C'était la deuxième fois en moins de douze heures qu'il rompait avec elle. Lorsqu'elle recouvra enfin ses esprits, elle voulut ressentir de la colère contre lui. Avait-on jamais vu personnage plus tyrannique et autoritaire ? Un instant, elle réussit à se révolter et à laisser monter une juste fureur.

— C'est mon boulot, merde ! Je ne pars pas en voyages d'agrément avec mon amant ! Et un jour tu t'ennuieras tellement que tu changeras d'avis et insisteras pour que je reste à la maison, près de toi, comme épouse modèle, femme au foyer et mère de famille, c'est ça ? Comme dans *Les Femmes de Stepford* ?

Vidée de toute énergie après cette tirade, elle dut aller s'asseoir sur le canapé. Là, elle se recroquevilla sur elle-même, bras serrés autour de la poitrine, et se mit à se balancer d'arrière en avant, inlassablement, en psalmodiant :

— Oh mon Dieu ! Mon Dieu… Mon Dieu… Mon Dieu…

Qu'elle s'indigne tout son soûl, au fond d'elle elle savait que Max ne cherchait pas à la garder sous sa coupe. Elle n'avait jamais connu d'homme meilleur que lui. D'autant plus admirable après l'enfance qu'il avait vécue. Les personnes qui auraient dû se démener pour lui, adoucir ses épreuves — au moins de temps en temps — n'avaient jamais répondu présent.

Et il voulait qu'elle parte à tout jamais de Sequim ?

Elle suffoqua.

Il lui avait proposé de renoncer à tout pour elle et elle avait été prise de panique, celle-là même qui l'étreignait lorsqu'elle s'imaginait ne plus voyager. S'il abandonnait tout pour elle, il finirait immanquablement par lui en vouloir. Or, pour elle, ne plus voyager c'était la mort. Un précepte gravé de façon indélébile au plus profond de son être.

A bien y réfléchir, la vraie panique elle l'avait vécue en voyant s'éteindre dans les yeux de Max la lumière qu'elle y avait allumée.

— Mais tu sais quoi ? murmura-t-elle en se redressant. Primo, rien ne l'oblige à renoncer à sa vie ici. Et deuxio, toi, tu ne vas pas mourir.

Son père n'avait pas conçu sa devise pour qu'elle soit prise au sens littéral. C'est elle, Harper, qui s'était évertuée à la transformer en parole d'évangile. Si elle osait regarder la réalité en face, elle saurait que, même en voyageant jusqu'à la fin de ses jours, jamais elle n'éprouverait ne serait-ce qu'une fraction du bonheur qu'elle connaissait depuis quelques semaines à Sequim. Un bonheur qu'elle devait à l'amour de Max, à l'amitié qu'elle avait nouée avec Jenny, Tasha et même Mary-Margaret, à son investissement aux Deux-Frères et auprès des adolescents des Cèdres.

Elle s'était comportée comme une imbécile avec Max et avait poussé le bouchon trop loin, conclut-elle. Mais lui-même ne s'était pas montré très malin. Et s'il croyait qu'elle allait se soumettre docilement à sa décision, eh bien il se trompait !

Oubliée, sa panique ! Elle était maintenant déterminée à se battre. Hors de question qu'elle perde Max.

Elle mit ses tongs tout en cherchant son sac du regard. Elle ignorait où Max était allé, mais peu importait. Elle le trouverait, où qu'il soit.

On frappa à la porte au moment où elle tirait son sac de dessous la table basse. Le cœur palpitant d'espoir, elle se précipita pour ouvrir.

— Ah ! Tu es reve…

Elle se figea.

— Maman ?

Gina Summerville-Hardin, l'élégance personnifiée dans un flot de satin dont l'ivoire contrastait magnifiquement avec sa peau lumineuse d'un brun plus foncé que celui de Harper, se tenait là, tout sourire, comme si sa présence allait de soi.

— Bonjour, ma chérie.

— Qu'est-ce que tu fais là ?

— Tu ne réponds pas à mes appels et je ne supporte pas l'idée que tu m'en veuilles. Alors je suis venue t'expliquer en personne pourquoi j'ai mis aussi longtemps à informer les Cèdres de notre décision de les subventionner. Et je voulais aussi te préciser quelques points que tu ne me parais pas avoir compris au sujet de ton père et moi.

— Maman, quand tu veux, mais pas maintenant. Le moment n'est vraiment pas bien…

— S'il te plaît, Poussinette. Je ne te demande que dix minutes. Cinq même.

— D'accord. Entre. Veux-tu boire quelque chose ?

Sa mère passa devant elle, laissant dans son sillage un nuage de parfum Clive Christian 1872, et inspecta d'un œil plein de curiosité le logement avant de se tourner vers elle.

— Je veux bien un verre d'eau.

— Comment es-tu arrivée jusqu'ici, maman ? demanda Harper alors qu'elle allait prendre dans le mini-réfrigérateur une petite bouteille d'eau fraîche. L'aéroport de Seattle-Tacoma se trouve à plus de cent cinquante kilomètres.

— Figure-toi que comme dans tous les aéroports du monde on peut y louer des véhicules équipés de GPS.

— Tu es venue en voiture ?

— Ecoute, ma chérie. J'ai construit des nids pour notre petite famille partout dans le monde. Des nids que je détruisais pour emménager dans le suivant. Alors pourquoi une heure et demie de route m'effraierait-elle ?

Pour la première fois depuis très longtemps, Harper se rappela sa mère autrement que comme la femme qui harcelait son mari pour qu'il arrête de bourlinguer. Elle se souvint d'elle dirigeant les mises en cartons de chacun et s'arrangeant pour que ces déménagements se transforment en moments joyeux.

— Tu mettais de la musique pendant qu'on emballait nos affaires et tu dansais entre les cartons, murmura-t-elle, soudain émue à ce souvenir. Papa disait que tu remuais ton popotin comme personne.

Sa mère sourit à ce souvenir.

— Ton père disait des tas de choses. Et en dépit de ce que tu sembles croire, nous étions heureux, tous les deux.

— Mais tu le poussais sans arrêt à se fixer quelque part.

— Sans arrêt ? Tu exagères, Harper. J'en parlais en gros tous les trois déménagements. Et invariablement, ton père m'embobinait et rejetait gentiment mes arguments les uns après les autres. Oh ! Il savait y faire !

— Mais je me souviens que vous vous disputiez !

— Tu crois vraiment que cela n'arrive pas à tous les couples de temps en temps ?

— Non, bien sûr que non. Je ne suis pas naïve à ce point. Mais reconnais que vous vous accrochiez uniquement à ce propos-là.

— Ce n'est pas tout à fait exact mais, comme c'était le seul véritable sujet de friction, je ne contesterai pas. Il y avait des moments où je n'en pouvais plus, de passer d'un pays à un autre tout en étant virtuellement exilée du mien. Mais sache, ma chérie…

Elle posa sa main sur celle de Harper.

— … que j'ai toujours aimé ton père beaucoup plus que je n'ai détesté cette vie itinérante.

Des larmes montèrent d'un coup aux yeux de Harper.

— C'est exactement ce qu'a dit Max, murmura-t-elle, la gorge nouée.

— Max ?

Sa mère écarquilla les yeux et réussit la prouesse de se tenir encore plus droite.

— Max Bradshaw ? Le shérif adjoint ?

— Oui. Il m'a proposé de tout abandonner pour me suivre dans mes pérégrinations mais je lui ai opposé qu'il aimait trop son travail pour consentir un tel sacrifice. Il m'a rétorqué qu'il m'aimait encore plus. Exactement ce que tu viens de me raconter.

— Alors… le shérif et toi… ?

Les larmes de Harper cessèrent de couler.

— Ne t'inquiète pas, maman, répondit-elle d'un ton sec. Il n'entrera pas dans la famille. Tu seras contente d'apprendre que dans un accès de panique je l'ai renvoyé dans ses pénates.

Sa mère fronça ses sourcils soigneusement dessinés.

— Tu n'es plus une adolescente, Harper Louisa. Ne penses-tu pas qu'il est temps que tu cesses de donner systématiquement un sens négatif à tout ce que je fais ou dis ? Je ne suis jamais *contente* quand j'apprends que ma fille panique, figure-toi. Et d'où sors-tu que l'entrée de Max Bradshaw dans la famille m'inquiéterait ? Ou plutôt, me dérangerait, si je comprends bien ton sous-entendu ?

— Oh ! Arrête ! Tu me serines en permanence que je devrais faire la connaissance du fils du Dr Machin ou de l'ingénieur Truc ou du P-DG Bidule.

— C'est vrai, admit sans difficulté sa mère en lui souriant tendrement. Je rêve de te voir rencontrer quelqu'un prêt à décrocher la lune pour toi. Quelqu'un pour qui toi aussi tu aurais envie de la décrocher. Les fils de mes amies sont les seuls hommes de ton âge que je connaisse. Les copains de ton frère sont bien trop jeunes pour toi… et pas seulement en termes d'années.

Harper laissa échapper un petit rire moqueur mais ne fit aucun commentaire.

— Tu veux savoir pourquoi j'ai repoussé le moment d'annoncer la nouvelle aux Cèdres pour la subvention, ma chérie ?

— Evidemment !

Car elle ne comprenait toujours pas la raison de ce retard. Quel que soit le fossé qui les séparait, sa mère s'était toujours montrée d'un professionnalisme exemplaire pour tout ce qui touchait la fondation. Mais là…

— Ta voix changeait dès que tu prononçais le nom de ton shérif.

Harper regarda sa mère en clignant des yeux.

— Quoi ? finit-elle par dire.

— Ta voix se modifiait dès que tu parlais de Max Bradshaw. Tu tournais les syllabes de son nom dans ta bouche comme si tu dégustais de la crème brûlée. Alors j'ai voulu te permettre de passer plus de temps avec lui.

— Mais je t'avais déjà dit que j'avais accepté de rester à Sequim jusqu'à la semaine prochaine.

— Je ne prétends pas être parfaite.

Un aveu que sa mère accompagna d'un élégant haussement d'épaules.

— Emportée par mon enthousiasme, je n'ai tout simplement

pas pris en compte ta conscience professionnelle et j'ai seulement eu peur que, démangée par ton envie de voyager, tu ne t'envoles. Je n'ai vraiment pas assuré, Poussinette. Mais je te promets que j'avais les meilleures intentions du monde.

Elle se tut un instant puis reprit :

— Alors, comme ça, vous vous êtes disputés, tous les deux ?

— Je n'ai vraiment pas assuré, reconnut Harper dans un gémissement. Ce doit être de famille !

— Que comptes-tu faire ? lui demanda sa mère, ignorant la pique.

— Je m'apprêtais à aller le trouver quand tu es arrivée.

— File ! Ne t'inquiète pas pour moi, je n'ai pas besoin de baby-sitter. Va t'excuser. Et ensuite, ramène ce jeune homme pour le présenter à ta mère.

Après avoir quitté Harper, Max roula au hasard, traversant plusieurs des petites villes sans cachet en périphérie de Sequim. Ses intestins auraient-ils charrié du verre pilé qu'il n'aurait pas saigné davantage intérieurement.

Finalement, dans l'espoir que les gamins lui changeraient les idées, il prit la route des Cèdres.

Malheureusement, il avait l'esprit trop perturbé et souffrait trop pour s'oublier et se consacrer entièrement aux ados comme à l'accoutumée. Et le fait que Malcolm et Owen lui demandent tous deux s'il avait vu Harper n'arrangea rien. Il dut faire appel à toute sa volonté pour leur expliquer calmement que l'organisation des Journées de Sequim prenait tout son temps à la jeune femme.

Quand les jeunes du groupe dont il s'occupait finirent par se disperser, les uns pour une séance avec un éducateur, les autres pour un cours, il était exténué. Dans le calme qui suivit le départ du dernier gamin, il se pencha en avant sur sa chaise, les coudes sur les genoux, la tête enserrée dans ses doigts comme s'il cherchait à chasser la migraine qui lui martelait les tempes.

Qu'allait-il devenir ? Il ne s'imaginait pas vivre jour après jour avec l'horrible douleur que lui causait la pensée de ne jamais revoir Harper. Une chose lui apparaissait clairement malgré tout :

il ne devait pas rester là. Dans son état de dépression actuel, il ne servirait à rien à ses protégés du foyer.

Lentement, il laissa tomber ses mains, se redressa, expira profondément et se leva. Il avait l'impression d'avoir quatre-vingts ans !

A un léger déplacement d'air, il comprit que quelqu'un venait d'arriver. Pourvu que ce soit Mary-Margaret ou un collègue plutôt qu'un des pensionnaires ! Franchement, il ne se sentait pas disponible pour un autre…

Harper !

La dernière personne qu'il s'attendait à voir ! Il faillit en tomber à genoux pour remercier le ciel.

Il dut puiser très loin en lui pour trouver la force non seulement de ne pas s'effondrer, mais de rester digne. Appliquant son habituel masque d'impassibilité sur son visage, il affronta sans ciller les yeux vert olive de Harper.

— Qu'est-ce que tu veux ?

— Je te choisis toi, répondit-elle d'une voix frémissante.

— Merde, Harper ! Nous ne pourrions pas juste…

Soudain, ces mots atteignirent son cerveau et il secoua la tête comme pour remettre ses idées en place. Ses oreilles ne lui avaient-elles pas joué un tour ?

— Tu veux bien répéter ?

— C'est à toi que je donne la priorité, dit-elle plus fermement en entrant dans la pièce, dont elle ferma la porte. Je ne veux pas me séparer de toi. Je veux t'aimer et vivre avec toi.

Le cœur de Max cogna violemment contre ses côtes.

— Tu viens me narguer ? lança-t-il sèchement.

Merde ! Si elle était en train de lui jouer une blague perverse en lui donnant un faux espoir…

Il ne s'en remettrait pas.

— Non.

Elle s'approcha d'un pas encore.

— Mais non, Max ! Non ! Pas du tout !

Un pas encore.

— Je t'aime.

Elle passa sa langue sur sa lèvre inférieure et le regarda droit dans les yeux.

— Je t'aime. Tu n'imagines pas à quel point.

Quand il la vit sur le point d'avancer encore, il l'arrêta d'un geste.

— Reste où tu es, lui ordonna-t-il. Alors, finalement, tu veux bien que je te suive dans tes voyages ?

— Non, je…

— Tu cherches vraiment à me rendre fou !

Fourrageant nerveusement dans ses cheveux, il ajouta d'une voix sourde :

— Je ne pensais pas que tu étais capable de cruauté.

— Ecoute-moi, Max ! Je ne suis pas venue pour te torturer.

Passant outre son injonction, elle s'approcha résolument et lui prit le visage entre les mains.

— Je t'aime. Tu entends ce que je te dis ? Je t'aime.

Il hocha prudemment la tête, baissa les bras… mais ne put se résoudre à la toucher, craignant de s'apercevoir qu'il vivait un rêve dont il allait s'éveiller à la seconde où il céderait à la tentation.

— Quand tu m'as quittée, dit-elle, j'ai compris que je pourrais voyager jusqu'à ce que mes cheveux soient gris, jamais je ne me sentirais aussi heureuse que lorsque je suis avec toi.

Elle lui caressa la lèvre de son pouce et précisa :

— Ici. A Sequim.

— Tu n'as jamais caché ta passion pour ton travail.

— Mais je t'aime davantage. J'ai perdu les pédales quand tu m'as dit ça, mais maintenant je comprends ce que tu voulais dire. Effectivement, je t'aime plus que n'importe quel boulot. Infiniment plus. Je verrai avec Jenny si je peux travailler aux Deux-Frères pendant la haute saison et avec Mary-Margaret à temps partiel au foyer. Au besoin comme bénévole, si elle ne peut pas payer un autre salarié. J'ai un bas de laine. Je peux me permettre un congé sabbatique.

Les mains de Max se posèrent d'elles-mêmes sur les hanches de Harper.

— Nous pourrions peut-être nous donner mutuellement la priorité dans notre vie et arriver à un compromis, comme tu le suggérais, dit-il.

Il frissonna en sentant la chaleur du corps de Harper se diffuser à travers ses vêtements.

— Pourquoi faudrait-il que ce soit tout ou rien ? poursuivit-il.

Les yeux de Harper s'éclairèrent.

— Par exemple, voyager une semaine par mois ou tous les deux mois, c'est ça ? demanda-t-elle.

Puis elle réfléchit.

— En général, évaluer un dossier de demande de subvention ne me prend qu'entre trois et cinq jours. La durée de mon séjour ici était exceptionnelle.

Elle secoua la tête avant de reprendre :

— Mais quelle importance ? Je peux parfaitement me passer de ces tournées d'inspection et être heureuse, Max. Tant que je suis avec toi.

Incapable de se maîtriser davantage, il s'empara de la bouche de Harper. Au premier contact de leurs lèvres, il eut l'impression d'être revenu chez lui. Il prit alors tout son temps pour savourer ce moment et s'assurer qu'il n'était pas victime d'un mirage, qu'il la serrait bel et bien dans ses bras et qu'elle-même lui enlaçait le cou et lui rendait son baiser.

Il finit par s'écarter pour plonger ses yeux dans les siens, un sourire tremblant aux lèvres.

— Tu crois vraiment que la fondation accepterait de ne t'envoyer sur les routes qu'une semaine par mois ?

— Je ne sais pas, répondit-elle, le transperçant de son sourire. Il va falloir demander à ma mère.

Elle se hissa sur la pointe des pieds pour l'embrasser rapidement.

— Ma mère qui, comme par hasard, se trouve chez moi.

— Ta mère est chez toi ? Ici ? A Sequim ?

— Oui.

— Oh bon sang ! Elle va me détester.

— Mais non, le rassura-t-elle en lui tapotant la poitrine. Elle va t'aimer presque autant que moi je t'aime.

— Tu parles ! A mon avis, elle rêvait à quelqu'un de plus classe pour sa fille unique.

— C'est ce que je croyais moi aussi, avoua Harper dans un rire. Mais si elle n'a pas mis plus tôt Mary-Margaret au courant pour la subvention, c'était pour me laisser plus de temps avec toi.

— Quoi ? Mais comment savait-elle que nous avions une liaison ? C'est toi qui le lui as dit ?

— Non. Nous avions tout juste terminé la phase où nous nous

tournions autour, à l'époque. Mais d'après elle ma voix changeait chaque fois que je prononçais ton nom.

— Ah oui ?

— Oui. Et elle a ajouté : « Tout ce que je te souhaite, c'est un homme prêt à décrocher la lune pour toi. »

Max sentit la tension qui avait pris possession de son corps ces derniers temps se dissiper.

— Je suis sans conteste cet homme-là, assura-t-il.

— Oui, sans conteste. Et elle souhaite que je sois prête à décrocher la lune pour l'homme que j'aime. Et je le suis, Max.

Elle lui mordilla la lèvre inférieure.

— Je veux l'arracher du ciel et te la mettre autour du cou comme une médaille olympique, murmura-t-elle.

Il n'aurait pas cru possible de passer aussi vite du trente-sixième dessous au septième ciel. Et pourtant…

— Dans ce cas, nous savons tous les deux ce qu'il nous reste à faire, répliqua-t-il en se penchant pour l'embrasser une nouvelle fois.

Epilogue

Tandis que sa mère continuait à déambuler dans le rayon linge de toilette du magasin, Harper virevolta vers Max qui, à quelques mètres de là, prétendait se désintéresser de ces *fanfreluches*, selon son terme.

— Regarde, Max. Tu ne trouves pas que celles-ci seraient parfaites dans ta salle de bains d'amis ?

— *Notre* salle de bains, rectifia-t-il avec fermeté.

Il ne manquait jamais une occasion de lui rappeler que tout leur appartenait en commun, alors même qu'elle n'avait emménagé chez lui que le mercredi précédent.

Et peut-être devrait-elle commencer à envisager les choses sous cet angle-là, elle aussi, songea-t-elle.

— D'accord, *notre* salle de bains. Tu ne les trouves pas superbes ?

Docilement, il se mit à examiner les serviettes qu'elle destinait aux invités… et releva vivement la tête, l'air horrifié.

— Attends ! Il y a des rubans !

— Oui, je sais. C'est adorable, non ?

Elle palpa avec ravissement les rayures richement colorées, dédaignant la réaction de Max. Elle ne lui présentait pourtant pas une pièce en strass et en dentelle !

— Ce ne sont pas de vrais rubans, mais juste deux bandes de tissu cousues ensemble à l'extrémité. Et regarde ces couleurs, comme elles sont assorties à celles des murs !

— Des *rubans*, Harper, tu te rends compte ? Si mes frères voient ça, ma virilité va en prendre un sacré coup.

Elle déposa un baiser sur son menton, dont la barbe naissante lui picota agréablement les lèvres, tout en plaquant sa main sur son torse musclé, à l'endroit du cœur.

— Crois-moi, Max, serais-tu couvert des pieds à la tête de froufrous roses que ta virilité n'en serait en rien affectée.

— Avec une femme dans vos murs, Max, intervint Gina, il vous faudra faire des concessions, côté décoration.

Elle lui tapota le bras.

— Mais je suis d'accord avec ma fille. Votre virilité ne risque certainement rien.

— Quand même ! maugréa-t-il en secouant la tête. D'abord les bougies. Maintenant… *ça*. Tous ces trucs de fille commencent à me traumatiser.

Des propos bougons que contredisait la gaieté de ses yeux noirs. Aussi Harper entra-t-elle dans son jeu.

— Allons, allons, dit-elle en lui caressant la joue d'un geste maternel. Cela aurait pu être pire. Estime-toi heureux que je ne t'aie pas obligé à m'accompagner au rayon maquillage. Et si tu patientes encore cinq minutes, le temps que je paye ces serviettes, je t'achèterai une glace.

En ronchonnant, il laissa Gina l'entraîner vers les ustensiles de cuisine à côté de la caisse.

— Il faut que je vous avoue quelque chose, Max, lui dit cette dernière. Je suis sincèrement et profondément touchée de tout le mal que vous vous donnez tous les deux pour ma soirée d'adieu.

Puis elle éclata d'un rire joyeux avant d'ajouter :

— En tout cas si ce n'est pas parce que vous vous réjouissez de vous débarrasser de moi !

— Mais non ! répliqua-t-il en riant. Je suis triste de vous voir partir. S'il ne tenait qu'à moi, vous vous installeriez définitivement ici.

Et il était sérieux, songea Harper, émue, en réglant ses articles à la caisse. Entre sa mère et lui s'était produit un véritable coup de foudre. D'un seul regard, sa mère avait compris ce que cachaient la froideur et l'indifférence qu'il se plaisait à afficher et s'était mise à le choyer comme s'il était un orphelin qu'elle avait sauvé de la tourmente. Max, quant à lui, se délectait de ce maternage — maternage qu'il n'avait vraisemblablement pas connu, ou si peu.

Le comportement de sa mère avec Max lui avait aussi permis

d'ouvrir les yeux sur d'autres facettes de la personnalité de l'exigeante Gina Summerville-Hardin. Jusqu'à présent, il ne lui avait jamais traversé l'esprit que certaines de ses certitudes profondément ancrées la concernant ne correspondaient peut-être pas tout à fait à la vérité.

Alors qu'elle observait l'attitude de sa mère avec Max, ces derniers jours, des souvenirs enfouis depuis trop longtemps dans un coin poussiéreux de son cerveau avaient surgi. Elle avait appris de nouveau à aimer sa mère, comblant ainsi le fossé qui s'était creusé entre elles.

— Tu vas me manquer à moi aussi, maman, dit-elle en la prenant dans ses bras.

Sa mère l'étreignit à son tour et ne répondit pas. Mais Harper vit qu'elle avait les larmes aux yeux.

Un peu plus tard dans la soirée, leurs amis arrivèrent pour la petite fête d'adieu organisée pour Gina.

— Où est Tasha ? demanda Harper à Jenny. Tout le monde est là, sauf elle.

— Oh ! Désolée ! Elle m'a dit de te prévenir de ne pas l'attendre pour manger. Elle a eu un contretemps à la pizzeria. Mais si j'étais toi, je lui mettrais une assiette de côté. Elle a tendance à péter les plombs quand elle saute un repas.

Alors que les femmes se réunissaient dans la cuisine pour organiser le dîner pendant que les hommes sortaient dans le jardin pour préparer le feu, Harper entendit Jake s'écrier en sortant de la salle de bains :

— Hé, Max ! Mon vieux ! Des rubans sur tes serviettes ! Ça va pas la tête ?

— Tu ne perds rien pour attendre, mon bonhomme ! l'interpella Jenny. J'en cherche avec de la dentelle pour chez nous.

Les femmes éclatèrent de rire et Rebecca, une habituée de leurs petites fêtes, demanda à Harper tout en continuant à éplucher les fruits pour la salade :

— Alors, ça fait quoi d'être à la retraite ?

— Elle reprend son travail aux Deux-Frères l'été prochain, expliqua Jenny.

— Et je l'engage officiellement à temps partiel aux Cèdres pour collecter des fonds, renchérit Mary-Margaret.

— En plus, elle poursuivra ses missions habituelles d'évaluation des dossiers de demande de subvention pour la fondation, à temps partiel, là aussi, ajouta Gina avec un regard affectueux à sa fille. J'ai également essayé de la persuader de me décharger en partie des tâches administratives à Sunday's Child. Il existe de nos jours des logiciels incroyables qui permettent de travailler à distance pour ce type d'activité. Mais ma Poussinette n'aime pas la routine.

Avec un sourire gêné et un haussement d'épaules, Harper servit du vin à tout le monde.

— Que voulez-vous que je vous dise ? Quand maman a raison, elle a raison.

— Malgré tout, peut-être changeras-tu d'avis une fois que tu te seras organisée entre tes diverses occupations et que tu verras qu'il te reste du temps, ma chérie. J'espère vraiment que tu me succéderas à la fondation quand je déciderai de me retirer.

— Voyons, maman, tu n'as que cinquante-quatre ans. Je ne te vois pas lâcher les rênes avant un bon moment.

— Je pourrais te surprendre, ma chérie.

— Oh ! Ça, je n'en doute pas, mais ce ne sera pas avec une retraite anticipée. De toute façon, Sunday's Child est basée à Winston-Salem et, aussi performants que soient les programmes informatiques, on ne peut pas tout régler à distance. Alors maintenant que j'ai trouvé un endroit où je me sens chez moi, je ne la dirigerai jamais, à moins que toi tu ne déménages ici avec la fondation.

— Pourquoi pas ? Surtout si tu me donnes des petits-enfants.

Harper laissa échapper un éclat de rire incrédule.

— Max et moi vivons ensemble depuis moins d'une semaine ! Je ne pense pas que la question soit d'actualité.

En fait, elle ne lui avait jamais traversé l'esprit. Et pourtant…

A la pensée de tenir un jour dans ses bras une version miniature de Max, elle sentit quelque chose de très profond vibrer en elle, comme un désir irrépressible.

Il n'y aurait pas meilleur père que lui.

Lorsque Harper monta avec Max dans leur chambre après le départ du dernier invité, l'idée surgit de nouveau. Alors qu'elle le regardait enlever son pantalon et le T-shirt que Jake lui avait offert pour son anniversaire, elle demanda :

— Tu as déjà envisagé d'avoir des enfants ?

Il arrêta net de plier son vêtement et la regarda d'un air étrange.

— Tu es enceinte, ma chérie ?

— Quoi ? Non ! Ma mère a juste parlé de devenir grand-mère tout à l'heure dans la cuisine et du coup je me suis aperçue que je n'avais jamais réfléchi à cette possibilité.

— Faut-il en déduire que tu n'en veux pas ? demanda-t-il d'un ton un peu trop détaché. Que tu n'en voudras jamais ?

— Je n'en sais absolument rien. Honnêtement, je ne me suis jamais posé la question. Mais je ne rejette pas l'idée d'emblée. Tu en veux, toi, n'est-ce pas ?

— Oui !

Il l'observa avec attention quelques secondes, un petit sourire en coin, et ajouta :

— Tu ferais de très jolis bébés. Cela dit, je pense que nous pouvons attendre d'avoir vécu ensemble disons… un mois avant de prendre la décision fatidique.

Puis, avec une désinvolture qui la mit sur le qui-vive, il enchaîna :

— Au fait, à propos de brûler les étapes, quand je suis passé au poste de police pour toucher ma paye tout à l'heure, le shérif Neward m'a annoncé qu'il projetait de cesser ses activités professionnelles en juin.

Harper s'arrêta de fouiller dans le tiroir de ses vêtements de nuit pour regarder Max avec un grand sourire.

— Tu vas postuler pour lui succéder ? Tu serais parfait.

— Tu crois ?

— Non, j'en suis certaine. Tu as souvent évoqué les changements auxquels tu procéderais si tu occupais ce poste.

Malgré l'envie qui se lisait dans ses yeux, il semblait hésiter, nota-t-elle. Pourquoi ?

Soudain, elle sentit ses genoux se dérober sous elle.

— Oh ! Je parie que c'est à cause de moi, Max. Je vais nuire à ta candidature.

— Quoi ?

Il la regarda un instant sans comprendre. Puis, brusquement, il comprit.

— Parce que tu es noire ?

Il éclata d'un rire sonore.

— Mais non, voyons ! Nous sommes dans l'Etat de Washington, mon chou. Un mariage mixte laissera totalement indifférents la grande majorité des gens. Je suis prêt à parier mon salaire là-dessus. Bon sang, Harper ! C'est grâce à toi que je me suis fait autant d'amis ou au moins de connaissances.

Elle émit un drôle de petit bruit pour manifester son désaccord.

— Faux. On t'aime et on te respecte pour ce que tu es, Max.

Il lui sourit tendrement.

— Peut-être que l'on me respecte, mais avant que tu n'arrives rares étaient ceux qui m'appréciaient, je t'assure.

Comme il semblait sûr de ce qu'il avançait et ne paraissait pas en éprouver d'amertume particulière, elle n'insista pas. Et c'est l'esprit totalement libéré et tout à son bonheur qu'elle enfila un débardeur rose et un pantalon de pyjama noir à pois roses.

Max, lui, avait disparu dans la salle de bains attenante à la chambre et revint quelques instants plus tard.

— Dis-moi, Harper, qu'est-ce qu'elle avait, Tasha ? Elle a dit ne pas se sentir très en forme, mais moi je l'ai trouvée carrément déprimée.

Il se laissa tomber sur le lit et s'adossa contre l'oreiller, les mains derrière la tête.

— Une crise d'hypoglycémie, peut-être, répondit-elle. D'après Jenny, elle réagit bizarrement quand elle a faim.

— Peut-être, mais cela n'explique pas son attitude avec Luke. J'ignorais même qu'ils se connaissaient. Or je l'ai surprise à lui passer un savon dans le jardin alors que je la croyais partie. Elle était sacrément en pétard !

— Je n'en sais pas davantage que toi. Elle était en retard à cause d'un problème à la pizzeria. Peut-être n'avait-elle pas réussi à le régler et était-elle préoccupée à cause de ça. En tout cas tu as raison, elle n'était pas dans son assiette. Je l'ai entendue marmonner que Luke s'appellerait Diego, en fait.

Un instant, elle eut l'impression que Max dressait l'oreille avec son air soupçonneux de policier. Mais, en y regardant de plus près, elle ne vit que les yeux langoureux d'un homme embrasé de désir.

— J'ai dû mal comprendre parce que cela n'a aucun sens, déclara-t-elle. Et de toute façon, nous ne pourrions pas y faire grand-chose. En tout cas, ce soir.

Max se leva et vint l'enlacer par derrière.

— A l'échelle de l'humanité, je ne connais Luke que depuis dix minutes. Alors je ne peux pas garantir qu'il n'est pas en délicatesse avec la loi. Je vérifierai, mais ça peut attendre demain. Allez ! Viens te coucher ! conclut-il en posant son menton sur son épaule.

— Euh… Je ne sais pas…

Elle renversa la tête pour frotter sa joue contre celle de Max.

— Il est encore tôt et je suis du genre couche-tard. Qu'allons-nous bien pouvoir faire en attendant que je trouve le sommeil ?

— Fais-moi confiance.

La voix grave de Max continua à vibrer délicieusement dans son oreille ainsi que sur sa peau, dans le petit creux entre le cou et l'épaule, alors qu'il commençait à la bombarder de baisers ardents. Elle dut se concentrer pour comprendre ce qu'il lui murmurait :

— J'ai exactement ce qu'il te faut pour te faire dormir comme un bébé, mon chou…

Sentant son membre en érection contre ses fesses, elle sourit et répondit avec une fausse gravité :

— Tu es trop bon avec moi.

Il fit glisser une bretelle de son débardeur et l'embrassa tout le long du cou avant de la prendre dans ses bras en la tournant face à lui. Ses yeux brûlaient de ce feu qu'elle avait un moment désespéré de jamais revoir un jour, et elle fut submergée par une vague de chaleur qui n'était pas uniquement sensuelle.

— Tu n'as encore rien vu, dit-il. Tu sais pourquoi, ma chérie ? Parce que nous n'en sommes qu'au début.

Si vous avez aimé ce roman,
découvrez sans attendre le précédent roman de la série
« Le défi des frères Bradshaw » :

1/ *Ce qu'on appelle l'amour*

Et ne manquez pas la suite dans votre collection Sagas :

Un lien si fort, à paraître en août 2016

Retrouvez en août, dans votre collection

♦ sAGAs ♦

La chaleur de tes bras, de Cara Connelly - N°38

UN MARIAGE À TOUT PRIX - TOME 1/3

Tyrell ne décolère pas. Alors qu'il se rend en avion au mariage de sa meilleure amie, le voilà assis – ou plutôt piégé – à côté de Victoria Westin, l'avocate qui a osé défendre l'assassin de son épouse…. Victoria, qu'il déteste car elle lui rappelle la tragédie qui a anéanti sa vie… mais qui, par sa présence magnétique et sa grande intelligence, l'attire malgré lui. Hors de question pour autant de lui laisser entrevoir le moindre signe du désir qu'elle lui inspire…

L'enfant de l'espoir, de Jodi Thomas - N°39

NOUVELLE VIE À RANSOM CANYON - TOME 1/3

Elle est… enceinte ? Quand Quinn O'Grady apprend cette nouvelle inattendue, elle est bouleversée. Car lorsqu'elle a laissé entrer dans son lit Staten Kirkland, c'était uniquement pour lui apporter le réconfort et la tendresse dont il avait besoin suite à la mort de sa famille. Certes, elle l'aime depuis toujours, mais elle le sait, il ne lui donnera jamais son cœur. Alors, très vite, sa décision est prise : cet enfant, elle l'élèvera seule…

Un lien si fort, de Susan Andersen - N°40

LE DÉFI DES FRÈRES BRADSHAW - TOME 3/3

La nuit qu'a passée Tasha Riordan avec l'agent Luc Bradshaw a été la plus belle de sa vie. La suivante beaucoup moins, car elle s'est retrouvée derrière les barreaux d'une prison des Bahamas, accusée à tort de trafic de drogue. Elle en a toujours été persuadée : c'est Luc, qui venait de quitter sa chambre, qui l'a piégée… Alors quand celui-ci débarque sept ans plus tard dans le restaurant qu'elle tient, Tasha ne pense qu'à se venger. Et tant pis si, pour parvenir à ses fins, elle doit faire taire l'attirance irrépressible qu'elle éprouve toujours pour lui…

Retrouvez en août,
dans votre collection

◆ sAGAs ◆

L'HÉRITIER DES CASTALDINI, une trilogie intégrale **d'Olivia Gates - N°41**

La maîtresse du prince

Le jour où Phoebe se retrouve en présence du prince Leandro de Castaldini, elle est secrètement troublée par la violence du désir qu'elle voit briller dans ses yeux. Elle-même n'a jamais réussi à oublier les moments merveilleux qu'ils ont passés ensemble quelques années plus tôt. Pourtant, elle est bien décidée à lui résister car, elle le sait, il n'y aura jamais de place pour elle dans la vie de Leandro...

Le désir dans ses yeux

Afin de sauver son entreprise de la faillite, Gabrielle Williamson n'a qu'une solution : persuader le prince Durante Castaldini de travailler avec elle. Mais si elle n'ignore pas que Durante est un homme difficile et impitoyable, elle était loin d'imaginer l'incroyable proposition que celui-ci lui fait alors : il l'aidera, à la seule condition qu'elle passe la nuit avec lui...

Un mariage tant redouté

Epouser Ferrucio Selvaggio ? Pour la princesse Clarissa, il en est tout simplement hors de question. Comment pourrait-elle accepter de devenir la femme d'un homme aussi arrogant et qui, de toute évidence, ne la convoite que pour son titre ? Hélas, si elle veut sauver le royaume de Castaldini, elle n'a d'autre choix que de se plier à la volonté de Ferruccio...

La soif de vivre, de Nora Roberts - N°42

LE DESTIN DES MACKADE - TOME 4/4

Shane MacKade a beau trouver les femmes merveilleuses et ne pouvoir résister à leur charme, il est hors de question pour lui de s'engager dans une relation sérieuse. Pourtant, face à la délicieuse, – et insupportable – Rebecca Knight, que sa belle-sœur lui a demandé d'accueillir à l'aéroport, il sent tout de suite que quelque chose de très inattendu est en train de se passer...

 HARLEQUIN ◆ sAGAs ◆

OFFRE DE BIENVENUE

Vous êtes fan de la collection Sagas ?
Pour prolonger le plaisir, recevez gratuitement

◆ 1 livre Sagas gratuit ◆
et 2 cadeaux surprise !

Une fois votre premier colis reçu, si vous souhaitez continuer à recevoir nos romans Sagas, cela se fera automatiquement. Vous recevrez alors tous les 2 mois, 4 romans inédits de cette collection au tarif unitaire de 7,45€ (Frais de port France : 1,05€ - Frais de port Belgique : 3,05€).

➡ ET AUSSI DES AVANTAGES EXCLUSIFS :

➡ LES BONNES RAISONS DE S'ABONNER :

<u>Aucun engagement de durée ni de minimum d'achat.</u>
◆
Aucune adhésion à un club.
◆
Vos romans en avant-première.
◆
La livraison à domicile.

Des cadeaux tout au long de l'année.
◆
Des réductions sur vos romans par le biais de nombreuses promotions.
◆
Des romans exclusivement réédités notamment des sagas à succès.
◆
L'abonnement systématique et gratuit à notre magazine d'actu ROMANCE.
◆
Des points fidélité échangeables contre des livres ou des cadeaux.

➡ REJOIGNEZ-NOUS VITE EN COMPLÉTANT ET EN NOUS RENVOYANT LE BULLETIN !

✂ --

N° d'abonnée (si vous en avez un) ⊔⊔⊔⊔⊔⊔⊔⊔⊔ `NZ6F09` `NZ6FB1`

Mme ☐ Mlle ☐ Nom : .... Prénom : ....

Adresse : ....

CP : ⊔⊔⊔⊔⊔ Ville : ....

Pays : .... Téléphone : ⊔⊔⊔⊔⊔⊔⊔⊔⊔⊔

E-mail : ....

Date de naissance : ⊔⊔ ⊔⊔ ⊔⊔⊔⊔

☐ Oui, je souhaite être tenue informée par e-mail de l'actualité d'Harlequin.

☐ Oui, je souhaite bénéficier par e-mail des offres promotionnelles des partenaires d'Harlequin.

<u>Renvoyez cette page à</u> : Service Lectrices Harlequin – BP 20008 – 59718 Lille Cedex 9 - France

Vous n'avez pas le temps de lire tous les romans Harlequin ce mois-ci ?
Découvrez les 4 meilleurs avec notre sélection :

[COUP DE CŒUR]

COUP DE CŒUR

HARLEQUIN

HARLEQUIN
www.harlequin.fr

HARLEQUIN

La romance sur tous les tons

Toutes nos actualités et exclusivités
sont sur notre site internet.

E-books, promotions, avis des lectrices,
lecture en ligne gratuite, infos sur
les auteurs, jeux-concours… et bien
d'autres surprises !

Rendez-vous sur
www.harlequin.fr

facebook.com/LesEditionsHarlequin

twitter.com/harlequinfrance

pinterest.com/harlequinfrance

OFFRE DÉCOUVERTE !

Vous souhaitez découvrir nos collections ? Recevez **votre 1ᵉʳ colis gratuit*** **avec 2 cadeaux surprise !** Une fois votre colis de bienvenue reçu, si vous souhaitez continuer à recevoir nos livres, cela se fera automatiquement. Vous recevrez alors chaque mois vos livres inédits en avant première.

Vous n'avez aucune obligation d'achat et cette offre est sans engagement de durée !

*1 livre offert + 2 cadeaux / 2 livres offerts pour la collection Azur + 2 cadeaux.

☛ **COCHEZ la collection choisie et renvoyez cette page au**
Service Lectrices Harlequin – BP 20008 – 59718 Lille Cedex 9 – France

Collections	Références	Prix colis France* / Belgique*
❑ **AZUR**	ZZ6F56/ZZ6FB2	6 livres par mois 27,59€ / 29,59€
❑ **BLANCHE**	BZ6F53/BZ6FB2	3 livres par mois 22,90€ / 24,90€
❑ **LES HISTORIQUES**	HZ6F52/HZ6FB2	2 livres par mois 16,29€ / 18,29€
❑ **ISPAHAN***	YZ6F53/YZ6FB2	3 livres tous les deux mois 22,96€ / 24,97€
❑ **HORS-SÉRIE**	CZ6F54/CZ6FB2	4 livres tous les deux mois 32,35€ / 34,35€
❑ **PASSIONS**	RZ6F53/RZ6FB2	3 livres par mois 24,19€ / 26,19€
❑ **NOCTURNE**	TZ6F52/TZ6FB2	2 livres tous les deux mois 16,29€ / 18,29€
❑ **BLACK ROSE**	IZ6F53/IZ6FB2	3 livres par mois 24,34€ / 26,34€
❑ **SAGAS**	NZ6F54/NZ6FB2	4 livres tous les deux mois 30,85€ / 32,85€
❑ **VICTORIA****	VZ6F53/VZ6FB2	3 livres tous les deux mois 25,95€ / 27,95€

*Frais d'envoi inclus, pour ISPAHAN : 1ᵉʳ colis payant à 22,96€ + 1 cadeau surprise. (24,97€ pour la Belgique).
**Pour Victoria : 1ᵉʳ colis payant à 25,95€ + 1 cadeau surprise! (27,95€ pour la Belgique)

N° d'abonnée Harlequin (si vous en avez un) ⎵⎵⎵⎵⎵⎵⎵⎵

Mᵐᵉ ❑   Mˡˡᵉ ❑   Nom : _____

Prénom : _____   Adresse : _____

_____

Code Postal : ⎵⎵⎵⎵⎵   Ville : _____

Pays : _____   Tél. : ⎵⎵⎵⎵⎵⎵⎵⎵⎵⎵

E-mail : _____

Date de naissance : _____

❑ Oui, je souhaite recevoir par e-mail les offres promotionnelles des éditions Harlequin.
❑ Oui, je souhaite recevoir par e-mail les offres promotionnelles des partenaires des éditions Harlequin.

Date limite : 31 décembre 2016. Vous recevrez votre colis environ 20 jours après réception de ce bon. Offre soumise à acceptation et réservée aux personnes majeures, résidant en France métropolitaine et Belgique, dans la limite des stocks disponibles. Prix susceptibles de modification en cours d'année. Conformément à la loi Informatique et libertés du 6 janvier 1978, vous disposez d'un droit d'accès et de rectification aux données personnelles vous concernant. Par notre intermédiaire, vous pouvez être amenée à recevoir des propositions d'autres entreprises. Si vous ne le souhaitez pas, il vous suffit de nous écrire en nous indiquant vos nom, prénom et adresse à : Service Lectrices Harlequin BP 20008 59718 LILLE Cedex 9.
Service Lectrices disponible du lundi au vendredi de 8h à 17h : 01 45 82 47 47 ou 33 1 45 82 47 47 pour la Belgique.

Harlequin® est une marque déposée du groupe Harlequin. Harlequin SA – 83/85, Bd Vincent Auriol – 75646 Paris cedex 13. SA au capital de 1 120 000€ – R.C. Paris. Siret 318675910 0069/APE5811Z